11:59 PM
밤의 시간

김이은 지음

답

차례

스위치백

"교영이가 이야기를 참 잘 만들어요. 그리고 친구들에게 들려
주지요. 그런데…."

원장은 다음 말을 하려다 말고 망설였다. 해선은 원장을 똑바로 쳐다보았다. 살짝 미소도 지었다. 좀 지겨운 기분이었다. 이어질 말을 기다렸다.

어린이집의 작은 거실 창안으로 햇살이 비쳐 들었다. 곁눈으로 햇살을 잠깐 보았지만 해선의 시선은 곧 다시 원장을 응시했다. 원장은 놀란 듯 해선의 눈빛을 비켜 신발장을 쳐다보았다. 해선은 망설이다 망친다, 라고 원장에게 말하고 싶은 것을 참았다.

"그 이야기를 들은 아이들이 울더라고요. 그래서… 다른 엄마들이 걱정을 하시더라고요. 아무래도 아이들이 어리니까. 아, 그렇지만 교영이는 여섯 살인데도 창의력이 정말 뛰어난 아이랍니다."

원장의 표정으로만 보면 신발장에 죽은 쥐라도 얹혀있는 줄 알겠네, 라고 해선이 속으로 불평했다.

"요즘 어린이집 폭행사건 때문에 뒤숭숭한데 여긴 원장 선생님이 계셔서 정말 다행이에요. 교영에겐 주의를 주죠. 그래도 안 되면 어린이집을 옮길게요. 교영이, 진영이 둘 다. 됐죠?"

"아니, 어머니. 그런 말이 아니라…."

"농담이에요."

해선은 깔깔 웃었다. 오늘은 아무래도 좋다. 무슨 말을 들어도 그 무게를 백만 분의 일쯤으로 줄일 수 있는 기분이었다. 만일 누군가 해선이 전남편을 죽이고 그 시체 옆에 앉아서 태연하게 기념 셀카를 찍고 있더라는 목격담을 전해도 상관없다. 오늘은 진영의 네 번째 생일이고 해선이 원하던 대로 패밀리 레스토랑에서 파티를 할 거니까. 기분이 좋다. 드문 날이다. 첫째 딸 교영과 둘째 아들 진영이 나란히 손을 잡고 나왔다.

"자, 원장 선생님께 배꼽인사 해야지?"

"안녕히 계세요."

진영의 귀여운 목소리에 이어 교영이 씩씩하게 인사했다.

"살아있으면 내일 또 만나요."

그러고는 원장의 목을 끌어안고 볼에 뽀뽀했다. 죽은 쥐가 옷속으로 쑥 들어간 것처럼 원장의 얼굴이 하얘졌다.

"그럼 못써."

해선은 교영의 엉덩이를 톡 쳤다.

"오늘은 친구들에게 무슨 이야기를 했는데?"

아파트 단지 안에 있는 어린이집을 나와 놀이터를 가로질러 걸어가면서 교영에게 물었다. 진영은 제 누나의 손을 꼭 잡고 헤, 웃었다.

“시금치 반찬이 있었는데 푸름이랑, 지우랑, 은수랑, 현민이가 안 먹었어.”

“그래서 먹게 해 주려고 한 거였구나? 주인공이 누구였는데?”

햇살이 좋았지만 아무래도 초겨울이라 해선은 아이들의 외투 앞섶을 꼭 여미고 목도리를 한 번 더 휘감아주었다. 막 태어난 겨울의 바람이 불었다.

“토끼. 오빠 토끼와 언니 토끼가 결혼해서 아기 토끼들을 낳았어. 엄마, 아빠 토끼가 다 죽어서 오빠랑 언니가 결혼해도 화내는 토끼가 없었어. 아기 토끼들은 하도 많아서 이름을 다 외울 수가 없어. 아기들이 많아져서 토끼 가족은 넓은 집으로 이사 갔어. 이층집. 아기들은 뛰어다니고 언니 토끼는 좋아서 웃었어. ‘엄마 여긴 정말 넓어 보여.’ 아기들도 웃으면서 말했어. 천장이 높다란 거실에서 아기들은 오빠 토끼가 시켜준 피자를 나눠 먹었어. 피자에는 시금치가 있었는데 시금치를 끝까지 안 먹는 아기 토끼가 있었어. 오빠 토끼랑 언니 토끼가 ‘시금치를 안 먹는 아가 토끼는 오래 살지 못해요’, 라고 야단쳤는데도 안 먹었어. 그래서 어떻게 했게?”

해선은 진영에게 뭘 입힐까 생각하느라 건성으로 들었다. 교영은 빨리, 더 말하고 싶어서 발을 굴렀다. 동생을 보고 있는 엄마의 옷자락을 쥐고 잡아당겼다. 해선은 교영이 그만했으면 좋긴 하겠지만 말이 많은 아이가 내 아이라면, 그건 좋다, 고 생각했다.

“어떻게 했는데?”

"오빠 토끼와 언니 토끼가 밟아 죽였어. 그리고는 죽은 아기 토끼 머리를 똑 떼고 다리 네 개를 모두 찢었어. 피가 많이 흘러서 집이 더러워졌기 때문에 언니 토끼는 화가 나서 소리 질렀어. 화가 안 풀려서 아기 토끼의 뼈를 씹었어. 오도독하고 뼈가 부서지는 소리가 넓은 이층집에 울렸어."

"오빠 토끼와 언니 토끼가 슬프지 않았을까?"

"아기들이 하도 많아서 괜찮았어. 그리고 선생님한테 시금치 좋아해요? 라고 물어봤어. 그랬더니 선생님이 울던데?"

"원장 선생도 사실은 시금치 싫어하나 보다. 그렇지?"

해선은 결국 웃음이 터졌다. 교훈을 제대로 전달하는 법을 아는 교영이 자랑스러웠다. 교영도 웃었고 영문을 몰라 갸우뚱하다가 진영도 따라 웃었다. 놀이터에 모여 있던 아이들과 엄마들이 돌아볼 정도였다.

"교영 엄마, 뭐가 그렇게 재밌어? 같이 좀 웃고 살자."

"아, 은수 이모님이시구나. 안녕하세요."

내가 이 동네를 하루라도 빨리 떠야 저런 노인네하고 말을 안 섞지, 생각하면서 해선은 활짝 웃었다. 요즘은 어딜 가나 어린 애들 옆에는 늙은이들이 붙어 있다. 맞벌이가 아니고서는 애들을 낳아 대학까지 보내고 시집 장가 못 보낸다고 다들 엄살떨면서 정작 한 사람분의 수입은 저런 조선족 입주 보모에게 다 갖다 바치는 형편이다. 그러면서 혹시나 제 아이한테 못되게 굴까 봐 보모한테 알랑방귀끼고 철철이 선물에 말끝마다 이모님, 하면서 새살대는 꼴이라니. 집안 곳곳에 폐쇄 회로 티브이를 다는 게 확실하긴 하지. 이모님은 무슨. 냄새나는 늙은이.

해선은 노인네가 벤치에서 일어나는 걸 보고 질 나쁜 병원균이 이쪽으로 다가올까 봐 겁이 나서 얼른 그네를 타고 있는 은수 쪽으로 걸음을 옮겼다.

"요즘 은수 엄마, 아빠는 어때요? 이모님한테 잘 하죠?"

"나야 뭐, 주는 대로 받을 수밖에. 돈 받고 일하는 사람이. 얼마 전에 내 생일이라고 캐시미어 니트를 주더라고. 근데 그게 자꾸 보풀이 일어. 백 프로가 아닌가봐."

"그래도 은수가 얌전한 애라 편하시겠어요."

"모르는 소리 마요. 애들은 둘이 있을 때 겪어봐야 안다니까. 얼마나 앙큼한지. 나니까 여태 붙어 있는 거야. 그 돈 받고."

늙은이가 해선에게 다가와 소리를 낮춰 지껄였다. 해선은 입을 약간 벌리고 입으로만 숨을 쉬었다. 그래도 냄새가 나는 것 같았다.

"근데 그 집은 일하는 사람 안 쓰나? 내 친구 중에 전문직 엄마들 도와주던 애가 있는데. 유아교육 프로그램도 수료했고 영어도 할 줄 알아."

해선은 은수의 그네를 앞뒤로 밀었다, 당겼다. 말대꾸 안 하고 들어가 버리고 싶지만 그랬다간 은수네 이모가 무슨 말을 어떻게 퍼트릴지 몰랐다. 아이들은 어느새 남은 그네를 차지하고 엉덩이를 붙여 흔들었다.

"아직은 괜찮아요. 제가 어떻게든 해보려고요. 도움이 필요하면 꼭 이모님한테 말씀드릴게요."

누군가 지나가자 늙은이가 은수의 그네를 밀었다. 해선은 은수의 그네 줄을 놓고 옆으로 조금 떨어졌다.

"그런데, 그 집 이사 간다며?"

"네?"

"사람들이 그러더라고. 교영이네 이사 갈 거라고."

"누가 그래요?"

"나야 뭐, 그렇다면 그런 줄 아는 거지. 그 집 시어머니하고 교영 엄마하고 사이 안 좋다고 소문 짜하던데. 둘이 붙어봤자 뻔한 일이지. 그 노인네가 이 동네에 발붙이고 산 지가 벌써 사십 년이 넘어간다며. 아이고, 그 성미는 또 어떻고."

진짜 지겨워졌다. 늙은이가 한 발짝 더 다가오더니 한쪽 눈을 찡긋했는데 이제야 사는 게 좀 재밌어졌다는 듯 천박하게 웃음을 참고 있었다.

"아니야? 이런 낡은 아파트에서 살지 말고 환경 좋은 신도시 같은 데로 가면 교영 엄마도 좋지 뭘. 거기다 교영이도 말야…."

오늘은 무슨 말을 들어도 상관없었지만 말이 아닌 경우는 예외였다. 양배추 파마머리에 저렇게 추레한 검붉은 색의 누비 잠바를 입고 똥개 털처럼 뻣뻣하게 엉킨 인조털이 달린 싸구려 신발을 신은 늙은이들은 왜 꼭 하나같이 입으로 똥을 싸는 건지 해선은 알 수 없었다. 할 말, 못할 말을 구별 못하고 아무 말이나 싸질러 대는 꼴이 똥오줌 못 가리고 제 똥을 벽에 칠하다가 똥 묻은 손을 입으로 쪽쪽 빨아대는 치매 늙은이와 뭐가 다른가.

미끄럼틀 꼭대기에는 용머리가 그려진 나무판이 미끄럼대를 사이에 두고 양쪽으로 덧대 있었다. 그러니까 용의 머리는 텅 비어있는 공간이었다. 용의 표정은 무섭지 않고 웃겼다. 그리고 용의 눈동자는 페인트가 흐려져 한쪽은 흐리멍덩하고 다른 쪽은 아예 지워지고 없었다.

텅 빈 머리와 흐릿한 눈을 보고 있으니까 멍청해 보이고 웃기는 게 저 뾰족한 용수염을 떼다가 늙은이의 심장을 쑤시면 입을 다물겠지, 싶었다. 심장에 박힌 용수염을 붙들고 빙글빙글 돌다 벌러덩 자빠질 늙은이를 떠올리자 간신히 기분이 좋아졌다. 그거야말로 화룡점정일 텐데. 싸구려 스피커 같으니라고. 해선은 입속으로 말을 씹었다.

"응? 뭐라고?"

"이사 같은 건 안 가요. 그리고 이쪽으로 잠깐만…."

손가락을 치켜 올린 해선이 그 끝을 까딱거렸다. 늙은이가 가까이 다가오면서 '소문 퍼지는 거 보면 희한해. 죄짓고는 못 산다니까.' 라면서 신이 나 중얼거렸다.

해선은 늙은이의 귓바퀴를 잡았다. 그리고 더럽고 냄새나는 귀에 대고 속삭였다. 늙은이가 귓속말을 꼼꼼하게 챙겨 들을 수 있도록 늙은이의 팔을 붙들어주었다.

귓속말이 끝났을 때 해선은 늙은이의 어깨를 토닥거리고 따뜻하게 안아주었다. 뼛속까지 하얗게 떨고 있는 늙은이의 앞섶을 여며주고 살갑게 인사를 건넸다.

"그럼, 은수 이모님. 추운데 감기 조심하시고요. 또 뵐게요."

교영과 진영을 챙겨 데리고 돌아서는데 쿵, 하고 늙은이가 바닥에 엉덩이를 찧으며 주저앉는 소리가 났다. 그걸 보고 은수가 울기 시작했다.

"진영이 데리고 놀고 있어. 엄마가 금방 갈아입을 옷 챙겨올게."

집으로 돌아온 해선은 아이들을 씻기고 감기에 걸리지 않도록 포근한 극세사 가운을 입혀놓고 분주하게 서둘렀다. 교영이 마론 인형을 가져와 옷을 갈아입히기 시작했고 진영은 제 누나를 도와 종류별로 옷들을 바닥에 늘어놓았다.

진영은 유독 제 누나와 노는 걸 좋아해서 어디를 가도 누나 뒤꽁무니를 오락가락했다. 엄마나 아빠 한 쪽이 없을 때보다 제 누나가 없을 때 진영이 더 불안해하는 까닭에 쉬나 응가를 할 때에도 교영을 따라 꼭 여자 화장실로 갔다. 장난감도 제 아빠와 할머니, 고모가 사다 준 자동차며 칼 따위는 방 한구석에 쌓아두고 교영과 인형놀이를 하며 놀았다.

해선이 갈아입힐 옷을 챙겨 들고 나왔을 때, 마침 구름이 걷혔는지 거실 창문으로 설탕에 졸인 생강 절임 색깔의 햇살이 들어왔다. 빈 데 없이 촘촘한 안전보호망처럼 아이들을 비추고 있어서 그런가, 겨울 햇살은 날 생강의 아린 맛은 숨어들고 설탕 알갱이처럼 달콤한 냄새가 나는 것 같았다.

아이들이 최선을 다해 놀고 있는 모습은 언제나 해선에게 심장이 쉬지 않고 뛰고 있다는 사실을 떠올리게 만들었다. 아이들은 그 자리에 앉아서 가만가만 노는 것 같지만 미세하게, 아주 천천히 자라고 있으며, 동시에 누구도 알아차리기 어려울 만큼 느리게 세상에 대해 배워가고 있는 중이니까.

그럴 때 아이들에게 필요한 건 무지개가 되어줄 물방울들과 햇빛 한 줄기, 아이들의 성이 되고 크레파스가 되어줄 모래 한 줌, 사랑과 꿈이 되어 줄 온화한 미소 같은 것들이라는 어떤 노래 가사가 기억났다. 가장 흉악한 죄의 유일하고도 마땅한 이유가 될 수 있을 것 같은 그 장면을 해선은 마냥 바라보았다.

"누나, 이번엔 무슨 옷을 입힐 거야?"

"음, 파티 옷하고 수영복은 너무 자주 입었고. 승마복하고 테니스복은 꽉 껴서 입히기가 너무 힘들어. 오늘은 저거 어떨까?”

교영이 망사 레이스가 덧대진 검은 드레스를 가리키자 진영이 고개를 끄덕였다.

“나도 그게 좋다고 생각했어.”

진영은 잽싸게 인형의 평상복을 벗기고 검은 드레스를 입히기 시작했다. 입혀놓고 보자 검은 색깔 때문인가, 빛에 드러난 검은 망사 드레스는 상복처럼 우울해 보였다.

“예쁘다. 그치? 그런데 화장이 좀 진한 것 같지 않아? 눈은 새파랗고 입술은 너무 빨개.”

제 누나가 묻자 진영이 교영을 보면서 걱정스러운 표정을 지었다.

“어떡하지?”

“음, 우리가 화장을 지워주면 어떨까?”

“그래. 그게 좋겠다.”

진영이 손뼉 쳤다. 그리고 고개를 갸웃거렸다.

“그런데 어떻게 지우지?”

교영이 인형을 끌어다 킁킁 냄새를 맡았다.

“엄마가 바르는 매니큐어 냄새가 나. 나한테 좋은 방법이 있어, 기다려봐.”

교영이 해선의 방에서 아세톤과 화장솜 통을 찾아와서는 평소 해선의 하는 양을 보았던지 화장솜에 아세톤을 듬뿍 묻혔다. 그리고는 그걸로 인형의 얼굴을 박박 문질렀다. 화장솜을 떼자 인형은 화장이 지워진 게 아니라 얼굴이 아예 없어져 있었다. 허연 고무로 된 해골 같았다. 그걸 보고 진영의 입이 삐죽거리더니 금세 눈물이 흐르기 시작했다.

"으앙. 누나, 무서워."

"무섭긴. 겁쟁이. 너 자꾸 울면 괴물이 잡으러 온다?"

그 말을 들은 진영이 더 크게 울었다. 교영은 울고 있는 동생을 말없이 보고 있다가 무슨 생각이 났는지 잽싸게 일어나 제 방으로 뛰어갔다.

바닥에 엎드려 울던 진영이 고개를 들었다. 눈물이 흐르자 아릴만큼 맑고 예쁜 눈이 도드라졌다. 겉면에 윤기가 반질거리는 진한 다크초콜릿 빛의 눈동자였다. '거기 맑은 물기가 좀 묻었다고 초콜릿이 녹아 사라지진 않지.' 해선은 선불리 아이들에게 다가서지 않았다. 문득 다크초콜릿으로 눈동자를 만들어 넣은 캐릭터 쿠키를 만들어보고 싶었다. 아무래도 진영을 캐릭터로 만들면 사슴이나 토끼 정도만 떠오른다는 게 불만이긴 했다.

"자, 이거 봐. 괴물이 널 잡으러 왔잖아. 그니까 이제 뚝 그쳐."

교영이 내민 것은 고르고였다. '어쩐 일이지? 저걸 다 갖고 나오고. 제 동생이 우는 게 어지간히 싫었던 모양이네.' 거실 구석에 서서 지켜보던 해선은 의아하게 생각했다.

고르고는 커다란 얼굴에 눈은 부릅뜨고 무서운 표정을 하고 있는데다 머리카락은 수백, 수천 마리 뱀이 달린 듯 배배 꼬여 엉켜 있었다. 입은 끔찍한 것을 목격하고 크게 소리 지르는 듯 벌어져 있었다. 교영이 제 방에 꼭꼭 숨겨두고 아무에게도 안 보여주며 아끼던 거였다.

고르고를 본 진영이 더 크게 울었다. 발도 굴렀다. 눈물이 그야말로 뚝, 뚝, 떨어졌다. 저 작은 몸 어디에 저토록 커다란 물방울이 숨어있는지 볼수록 신기했다.

"넌 이걸 봤어. 그러니까 넌 곧 죽게 될 거야. 피도 흘릴 거야."

교영이 깔깔거리며 웃었다. 진영의 울음보다 더 큰 웃음이었다. 그러니까 진영이 교영을 쳐다보았다. 잠시 헷갈리는 표정을 짓더니 입이 벌어지면서 헤, 웃기 시작했다. 마지막 눈물방울이 또르륵, 굴러떨어지고 나자 진영은 갑작스런 소나기가 지나간 뒤 말갛게 씻긴 하늘같은 표정이 되었다.

"우와, 웃었다."

교영이 웃고 진영이 따라 웃었다.

"응, 누나. 헤헤."

아이들이 서로 끌어안았다. 그리고는 뺨을 부비며 서로에게 뽀뽀를 퍼부어댔다.

"사랑해."

"나도 사랑해, 누나."

진영은 버버리체크 셔츠에 댄디풍 그레이 퀼팅 코트를 받쳐 입히고 보온과 포인트의 이중 효과를 위해 목에 자두색 목도리를 두르고 머리에는 목도리와 세트로 나온 비니를 씌워주었다. 신발은 짙은 브라운의 하이탑 가죽 스니커즈. 오늘 생일 파티를 위해 모두 새로 구입한 것들이었다.

교영은 진영과 조화를 위해 버버리체크 모직 원피스에 목 주위에 포근한 크림색 털이 달린 망토형 코트를 입히고, 머리에는 나비 모양 큐빅 장식이 박힌 연핑크색 페도라를 씌우고 워커식의 부츠를 신겼다. 둘 다 새 옷을 입고 좋아서 팔짝거렸다.

보고 있자니 세상이 미쳐 돌아간다는 사실이 잠깐 믿을 수 없어졌다. 누군가 해선에게 세상에서 가장 완벽한 것 한 가지만 꼽으라고 한다면 주저할 이유가 없었다. 바로 지금, 아이들의 모습은 너무나 완전해서 불안한 기분이 들 정도였다.

아이들은 그 자체가 불완전의 상징이기 때문에 – 시시각각 자라고 있으니까 – 그래서 저토록 예쁘고 완벽할 수 있는 거다. 원래부터 완벽했던 것들은 계속해서 망가지는 일밖에 더 있겠는가. 완벽이란 상태가 아니라 순간적인 느낌인 거라는 생각이 들자 해선은 잊기 전에 이 생각들을 어디다 써놓아야 하는데 싶어 스마트폰을 꺼내 메모장을 열다 말고 아 참, 손뼉을 치고는 카메라를 열고 아이들의 사진을 찍었다.

아이들은 서로 팔짱을 끼고 헤, 웃기도 하다가 볼을 빵빵하게 부풀려서는 검지손가락을 갖다 대기도 했다. 셀카 모드로 돌려 셋이 함께 사진을 찍었다. 그러면서 해선은 메모장을 열려고 했다는 걸 잊고 좀 전에 자신이 무슨 생각을 했었는지도 잊었다.

"그런데, 엄마?"

페도라의 한쪽 챙을 손가락으로 살며시 잡고 거실 한쪽에 놓인 전신 거울에 제 모습을 비춰보던 교영이 해선에게 말을 걸었다. 진영은 제 누나를 곁눈질하면서 비니의 한쪽 끝을 잡았다 놓았다 하고 있었다.

"왜? 맘에 안 드니?"

"그게 아니라…. 옷은 예뻐. 잘 골랐어. 그런데 나보고 아빠 없는 애라고 그러던데?"

뒷모습까지 체크한 교영이 이번에는 코트를 벗고 원피스를 살펴보기 시작했다. 해선은 바닥에 흩어진 빈 쇼핑백들을 한데 모아 정리하고 있었다. 둘 중 누구도 하던 일을 중단하지 않았다.

"누가 그래?"

"토끼 얘기하고 나서 원장 선생님한테 잔소리 듣고 있는데 애들이 나 몰래 소곤거리던데?"

제자리에서 빙글, 돌아보던 교영이 이번에는 진영을 데려와 거울 앞에 세우고 자신은 그 옆에 섰다. 진영과의 조화를 살피고 혹시나 진영의 옷이 더 좋아 보이는 건 아닌지 의심하는 것 같았다. 해선은 찢겨진 종이 포장지와 비닐 껍질 등을 꼼꼼하게 접어서 치우는 중이었다. 얼른 치우고 옷 갈아입고 나가려면 시간이 빠듯했다.

"원장 선생님이 혼냈다는 얘기는 왜 안 했어?"

잘 개킨 포장지들을 챙겨 들고 일어나면서 해선은 원장 선생한테 무슨 조치를 해야 하는 건 아닐까, 생각하다가 아까 봤던 원장의 얼굴이 떠올라 그럴 필요도 없겠다고 마음을 바꿨다.

"괜찮아. 다시 안 그러겠다고 맹세했더니 금방 그만했어."

"그랬니?"

"응. 내가 엄마한테 일러줄 거라고 그랬거든."

그래도 그렇지, 이야기를 잘 지어낸다는 이유로 갱생의 맹세까지 시키다니. 뭐가 잘못돼도 한참 잘못된 세상이다. 주방 뒤쪽 베란다에 있는 재활용 분류함에 종이와 비닐을 따로 넣어 두고 돌아 나오다 말고 마침 오늘이 재활용 분리수거 날인데 나갈 때 들고나가 치우고 외출할까 잠깐 고민했지만 안 그러기로 했다. 그러다가 옷이나 얼굴에 지저분한 얼룩이 묻기라도 하면 다시 집으로 들어와 옷을 갈아입고 가야 하나 어쩌나 싶기도 할 테고 무엇보다 그런 사소한 일이 기분을 망치는 법이라는 생각이

들었다.

"어떤 애들이었는지 엄마한테 말해 줄래?"

"근데 그 애들 말이, 그래서 할머니랑 아빠가 진영이만 예뻐하는 거라고 했어."

가방에서 파우치를 꺼내든 해선은 아이들 옆에 나란히 섰다. 거울을 보며 화장을 고치자 교영이 입술을 쑥 내밀었고 제 누나가 하는 모양을 보고 진영이 따라서 입을 앞으로 쭉 뺐다.

"그러니까, 그 애들이 누군지 말해줄 수 있지?"

아이들을 향해 빙긋 웃으면서 해선은 투명 립글로스를 꺼내 아이들 입술에 발라주는 시늉을 했다. 교영이 입술을 꾹 다물었다 뻐끔, 하는 모양으로 소리를 내며 입을 벌리자 진영이 보고 따라 했다.

"할머니가, 진영이만 아니었음 엄마를 내쫓았을 거라고 사람들한테 말했대."

해선은 벽에 걸린 곰돌이 푸우 모양의 벽시계를 올려다보았다. 지금 출발해야 예약 시간에 늦지 않을 거였다.

"할머니가 그랬대?"

"응. 엄마가 앙큼한 원숭이 같은 년이라고 세 번이나 말했대."

서둘러 방에 들어가 코트를 챙겨 입고 나온 해선이 아이들을 보챘다.

"늦겠다. 어서 가자."

밖으로 나와 현관문이 잠겼는지 다시 당겨 열어보고 있을 때, 교영과 진영이 먼저 뛰어가 엘리베이터 하강 버튼을 눌렀다. 지하 이 층에서 올라오는 엘리베이터가 십이 층까지 올라오는 사이, 해선은 다시 한 번 아이들 옷섶을 여며주고 한 발짝 뒤로 물러나 매무새를 살피고 미소 지었다. 자신의 삶이 성공적이라고 생각하느냐, 는 식의 설문이 있다면 그렇다, 에 동그라미를 칠 수 있는 한 가지 근거였다.

망토형 코트 안쪽으로 교영이 장난스럽게 팔짱을 낀 자세로 팔을 높이 들어 올리고 있었기 때문에 배가 불룩 나와 보여서 웃겼다. 땡, 엘리베이터 도착음이 울리면서 문이 열렸을 때 해선은 아무도 없는지부터 살폈다. 일 층 버튼을 누르고 해선과 아이들은 각각 벽면에 붙은 거울을 바라보았다.

"자, 이제 그게 누구였는지 엄마에게 말해줘야지?"

"응? 어린이집에서 나 몰래 얘기하던 애들? 아니면 할머니가 엄마 욕을 했다던 아줌마들?"

새끼손가락으로 입술 끝에 번진 립스틱을 닦아내던 해선은 입을 벌리지 않고 말했다.

"둘 다."

"알고 싶어?"

"응. 무척 알고 싶어."

교영이 손짓으로 해선을 불렀다. 해선이 허리를 굽히자 망토 코트 밖으로 작은 손을 꺼내 해선의 귓바퀴를 감싸고 제 딴엔 소리를 잔뜩 낮춰 말했다.

"진영이가 좋아, 내가 좋아?"

나무라는 뜻으로 눈을 한 번 찡긋해 보인 해선이 교영에게 귓속말을 했다. 교영이 환하게 웃었다. 진영은 교영의 불룩한 배를 보며 웃고 있었다. 교영이 다시 한 번 해선에게 귓속말을 했다. 이번엔 까치발까지 들고 열심이었지만 말이 귓속말이지 만일 엘리베이터 안에 다른 사람이 있었다면 해선을 대신해 리스트를 작성해줄 수도 있었을 것이다. 어린아이의 귓속말이란 은밀한 비밀의 생성이 아니라 언제나 상대에 대한 친밀감의 표현인 법이다. 진영이 목소리를 낮춘다는 포즈를 취하고는 이름들을 작게 우물거리자 교영이 눈을 흘겼다.

"엄마가 다 혼내줄 거지?"

밖으로 나온 해선은 아이들이 볼 수 있도록 커다랗게 팔을 뻗어 손가락으로 공중의 어느 곳을 가리켰다. 하늘이 짙은 잿빛으로 변해 있어 그런가, 해선이 가리킨 나무 꼭대기는 어디까지가 끝인지 헷갈렸다.

"모조리 저기에 걸어줄게."

"주렁주렁 열매처럼?"

"응."

"무섭다고 소리 지르면 어떡하지?"

"소리 지르지 못하도록 입을 막아주면 돼."

교영이 고개를 갸웃하고는 까르르, 웃었다. 상상한 모양이었다.

"어서 가자."

해선은 아이들의 손을 잡고 서둘렀다.

차가운 겨울이었고, 어두운 밤이 시작되고 있었다.

"엄마, 나 저거."

레스토랑 입구로 막 들어가려는데 진영이 해선의 외투 자락을 잡아당겼다.

"응? 뭐?"

진영이 수줍은 듯, 머뭇거리며 가리킨 곳에 초로의 사내가 좁은 포장마차 안에서 바나나 모양 풀빵을 구워 팔고 있었다. 넓고 복잡한 도로에 바쁘게 어깨를 부딪고 지나는 사람들 틈을 비집고 진영은 용케도 그걸 본 모양이었다.

여기 저런 게 있었네. 전엔 없었는데, 하고 생각하면서 해선은 미간을 찌푸렸다. 기분이 좋지 않았다. 질 나쁜 밀가루 반죽에 무슨 첨가물을 넣었는지도 알 수 없는데다 또 사내의 헐렁한 차림과 표정 없는 얼굴을 보아 그 위생 상태는 말 안 해도 알 수 있었다.

"저기 보이지? 지금 저기 가서 무지 맛있는 거 많이 먹을 건데. 나중에 먹자, 응?"

해선은 불빛이 환한 레스토랑의 외관을 가리켰다. 거길 올려다보지도 않고 진영은 눈을 내리깔고 제 신발코를 보면서 입을 삐쭉거렸다. 제 누나가 손을 잡아끌었는데도 냅다 뿌리치고 돌아서 버렸다. 평소에 얌전하고 말썽이라곤 없는 진영은 그러나 간혹 원하는 게 있으면 꼭 손에 넣고야 마는 고집스러운 데가 있었다.

해선은 진영을 억지로 잡아끌지 않았다. 진영이 원하는 걸 들어주지 않았다가 길거리에 벌렁 누워 비명과 함께 울어대는 걸 몇 번 겪은 후론 더 그랬다. 사실 그럴 때 보면 천상 자기가 낳은 아이라는 자부심이 생기기도 했고 무조건 남의 말을 믿을 줄밖에 모르는 아이가 아니었다는 사실을 깨닫게 되기도 한 까닭에 기분이 좋기도 했다.

"그래도 사는 게 피곤한 사람들이 만든 음식은 먹는 게 아닌데…."

해선은 사내의 기름진 머리칼을 건너다보았다.

"대신 한 개만 사서 둘이 반씩 나눠 먹는 거야. 어때? 그 이상은 안 돼."

아이들이 입 벌려 웃으면서 힘센 어른들 사이를 비켜나가 포장마차 앞에 섰다. 바나나빵 한 개를 나눠 조각낸 무슨 책 종이에 감싸 아이들에게 쥐어주는데 허기질 시간이어서인지 해선은 저도 모르게 군침을 삼켰다. 다시 기분이 좋아진 아이들은 저희들이 먼저 해선을 앞질렀다.

레스토랑은 이 층에 있었다. 엘리베이터 문에 종이가 붙어 있었다. '점검중'. 겨우 이 층인데 뭐. 해선은 아이들을 앞장세우고 뒤따랐다. 한 번의 층계참을 지나 오른쪽으로 꺾어 올라가자 갑자기 계단 경사가 심해졌다. 누나에게 뺏길까 봐 나머지 빵을 입에 우겨넣은 진영이 난간을 붙잡고 저 혼자 간신히 계단을 올라갔다.

"아얏."

불안해 보여 서둘러 진영에게 다가서던 해선은 마치 전속력으로 달려가 돌벽에 세게 부딪친 것처럼 몸이 순간적으로 튕겨 뒷걸음질 쳤다. 하마터면 뒤로 계단을 구를 뻔했다. 부딪친 어깨가 아파 손으로 문지르는데 키가 백구십에 체중이 백 킬로는 충분할 듯 보이는 남자가 계단을 날듯이 뛰어 내려갔다.

그 순간, 해선은 일 초 만에 뼛속까지 얼려 누군가 주먹 한 방만 날려도 자신의 몸을 가루로 부숴트릴 수도 있을 만한 한기가 자신의 몸으로 침입했다고 느꼈다. 그것은 감당하기 어려울 만큼 무거운 긴장감 같은 것이기도 했는데 왜 그런 느낌이 든 건지 알 수 없었다. 그렇기 때문인지 해선은 갑자기 불안해졌다. 불안은 해선의 존재감을 단박에 한 마리 땅벌레로 만들어버려 더러운 바닥을 기고 있는 스스로를 느끼도록 만들었다.

해선은 밟힐까 봐 몸을 작게 움츠려 구석으로 붙었다. 만약 계단을 하나만 잘못 디뎠다면 어찌 되었겠는가. 레스토랑으로 올라가는 몇 개의 계단이 무한으로 늘어나 닿을 수 없는 저 너머인 듯 보였다. 마치 마지막 숨인 듯 겨울의 하얀 한숨이 해선의 입 밖으로 힘겹게 새나왔다. 아이들이 겁먹은 얼굴로 두리번거렸다.

"환영합니다."

열 명이 훌쩍 넘는 직원들이 한꺼번에 소리쳐서 놀랄 법도 했지만 목소리가 컸달 뿐, 톤과 어조가 놀이공원에서 들을 수 있는 것처럼 밝았기 때문에 아이들은 웃었다. 패밀리 레스토랑 안은 활기차고 세련되고 잘 꾸며져 있었으며 몹시 더웠다.

해선은 그제야 안심했다. 밝고 환한 세계로 옮겨올 수 있어서 천만다행이었다. 남자와 부딪친 어깨는 여전히 아팠고 저릿했지만 그건 무식하게 근육만 키운 남자 때문이지 자신의 잘못도 아니지 않은가. 공기가 답답하긴 했지만 크게 울리는 빠른 비트의 음악 소리 때문인 것 같기도 했다. 해선은 아이들을 자리에 앉혔다.

다른 가족들은 도착 전이었다. 자리는 널찍했고 융이 깔린 좌석은 등을 기대고 앉자 푹신하게 몸을 받아주었다. 실내 공기가 더워 아이들 볼이 금세 상기됐다. 멋진 외투를 입고 있는 모습을 더 보여주지 못해 안타까웠지만 해선은 하는 수 없이 아이들의 겉옷을 벗겨주었다. 교영은 굳이 저 혼자 벗겠다고 해서 내버려두었다. 발광체 별 모양의 더듬이가 달린 헤어밴드를 한 직원이 쟁반에 물을 받쳐 갖고 왔다.

직원은 얼음물과 함께 색칠연습을 할 수 있도록 밑그림이 되어 있는 종이 두 장과 색연필, 그리고 간단한 장난감 두어 가지를 테이블 위에 놓아두고 갔다. 예약시간이 십 분이나 지나있어 전화를 해볼까 하는데 마침 남편 동식과 시어머니 문자, 그리고 시누이 미주가 한꺼번에 들어오는 게 보였다.

"아니 무슨 어린애 생일잔치를 이런 데서 한다고 사람을 오라 가라 귀찮게. 여긴 왜 이렇게 덥다냐?"

문자는 들어오자마자 또 불평부터 시작했다. 목소리가 커서 옆 테이블의 커플이 곁눈질로 이쪽을 쳐다보았다. 해선은 숨을 깊이 들이쉬고도 침을 한 번 삼킨 다음에야 웃어 보일 수 있었다.

"처음 하는 건데요. 둘 다 한 번도 제대로 생일파티를 해 본 적 없잖아요. 요즘은 다들 이런 데서 해요. 덕분에 어머니도 저희도 이런 데 와보는 거죠."

문자가 더 말하려는 걸 미주가 자리에 끌어 앉혀 막았다.

"선물은?"

해선이 소리를 낮춰 동식에게 묻자 동식이 테이블 아래쪽으로 눈을 주었다. 어느새 발밑에 커다란 박스가 들어앉아 있었다. 또 이상한 자동차 따위나 사 갖고 왔으면 집에 가서 보자, 생각하면서 해선은 메뉴책을 문자 쪽으로 내밀었다.

"어머니, 뭘로 드시겠어요?"

"이런 게 뭔지. 근데 이게 값이냐? 뭐가 이렇게 비싸?"

"엄마는 참. 촌스럽게. 이런 데서 가격표 보고 그러는 거 아냐. 언니가 쏜다잖아. 그냥 주는 대로 먹어. 그리고 말 좀 작게 하고. 창피하게."

미주가 얼음을 소리 나게 씹으면서 교활하게 웃었다.

"그러세요. 오늘은 제가 메뉴를 고를게요."

문자도 처음부터 그럴 생각이었다. 오늘은 뭐래도 가만있자, 생각하면서 더 말하고 싶은 걸 참았다. 그런데 문자는 가만있어도 불만이 찬 얼굴이어서 도대체가 이런 데 어울리지 않았고 해선이 직원에게 뭔가를 주문할 때마다 저게 또 얼마야, 집에서 대충 밥이나 한 끼 해 먹으면 될걸, 뭔 갑부라고 조막만 한 애들 생일 밥을 이런 데서 먹는데? 하면서 속으로 불만이 늘어가는 걸 어쩔 수 없었다. 문자는 밸이 꼬였지만 그래도 진영을 보고 참았다. 뭔지 모르겠는 시끄러운 음악이나 끄면 좀 나을 것 같기도 했다.

"아이고, 내 강아지. 할머니한테 뽀뽀해 줘야지?"

문자는 색칠놀이에 열중해 있는 진영의 손을 끌어당겼다. 다른 애들 같았으면 화가 나서 소리 지르고 냅다 손을 뿌리쳤을 텐데 진영은 얌전하게 할머니 볼에 뽀뽀했다.

"우리 강아지는 착하기도 하지."

"엄마는 교영이한테는 우리 강아지라고 안 그러더라? 애들이 그러는 거 은근히 다 알아."

미주가 아이들의 머리를 차례로 쓰다듬어주면서 그런 말을 아무렇지도 않게 했다. 미주가 요즘 만나는 유부남의 와이프가 벼르고 있다는 소문이 돈다, 라는 말을 미주에게 해야겠다고 해선은 맘에 새겼다. 문자는 못 들은 척했다.

교영도 못 들은 척했지만 다 듣고 있었다. 원래도 다른 가족이 있을 때는 말수가 많지 않았지만 지금은 아예 입을 꾹 다물고 나비 날개를 빨간색으로 칠하고 있었다. 그림 속 나비는 제 날개가 점점 핏빛으로 물들어가는 걸 모르고 그저 커다란 꽃송이만 바라보고 있었다.

동식은 진짜 아무것도 몰랐다. 물을 마시면서 헤헤 거리고 있었다. 마침 음식이 나오지 않았으면 해선은 동식을 따로 불러냈을 거였다.

망고 베이스 스프레드 버터가 발린 식전 빵부터 맛이 좋았다. 미주가 리필 주문을 넣자 문자가 말렸다.

"뭘 또 시켜. 그것도 다 돈인데."

가장 먼저 먹어치운 문자는 그런 말은 특히 더 못 참고 본능적으로 뱉고 보았다.

"이거 돈 안 내는 거야. 엄마도 맛있지?"

"그러냐? 난 또."

문자는 날라 온 빵을 두 개나 더 씹어 먹었다. 그릴드 씨푸드 샐러드는 잘 구워진 쉬림프에 신선한 로메인 상추가 아삭했고 구운 파프리카는 달았다. 살짝 뿌린 레몬즙에 섞인 치즈가루는 상큼하면서도 고소해 절로 침이 나왔다. 갈릭 립아이 스테이크에 곁들여 나온 더운 야채와 구운 마늘, 으깬 감자는 아이들도 달게 삼켰다. 평소 야채나 마늘 따위는 입에도 대지 않던 아이들이었다.

레어로 구운 스테이크를 썰자 붉은 피가 흘러나와 접시 위에서 버터기름과 부드럽게 섞여 방울졌다. 해선은 천천히 씹었다. 두툼한 고기를 천천히 씹으니까 강렬한 피 맛이 향기롭게 혀뿌리까지 스며들어 날 것의 신선한 맛이 느껴졌다. 평화롭고 즐거운 식탁의 시간이었다. 해선은 이런 게 사는 거지, 싶어서 오늘만 같으면 평생이라도 감사하는 마음으로 살 수 있겠다고 잠시 꿈을 꾸었다.

"옆 동에 사는 은수 봐주던 그 조선족 여편네가 그만두고 나간다더라."

문자가 고기기름으로 번질거리는 입술을 닦지도 않고 말을 싸지르면서 판을 깨고 들어왔다.

"왜? 은수 엄마가 며칠 전에도 그 이모 생일선물 산다면서 백화점 가던데?"

미주가 잽싸게 끼어들었다.

"몰라. 은수 엄마가 당장 내일부터 은수 때문에 큰일이라고 그러면서 저녁에 갑자기 그만두겠다고 짐 싸 들고 나가는데 그 여편네 무슨 일이 있는지 사색이 돼서는 벌벌 떨더라는데?"

"내가 은수 엄마, 아빠한테 은수 이모가 몰래 은수 엉덩이를 때렸다고 말해줬어."

고기를 씹다 말고 무심코, 교영이 말했다. 손은 여전히 그림의 색을 칠하고 있는 중이었다. 커다란 꽃송이의 꽃잎 색깔이 빨강, 파랑, 노랑, 검정으로 제각각이었다. 말해놓고 놀랐는지 교영이 입을 다물고는 고개 숙여 그림만 내려다보았다. 진영은 헤헤 웃으면서 열심히 제 누나 그림을 따라 똑같은 색을 골라 칠하고 있었다.

"재는 누굴 닮아 저러는 거야? 말하는 게 어떻게 애 같지가 않고. 어떤 땐 섬뜩하다니까, 눈빛이."

미주가 가리지도 않고 뇌가 없는 것처럼 말하는데 그걸 또 문자가 거들었다.

"지 애미 닮았지, 뭐. 계집애가 기가 세니까 진영이가 기를 못 펴고 제 누나만 졸졸 따라다니면서 계집애처럼 놀잖아."

문자가 대놓고 해선을 밟는데도 동식은 스테이크를 씹고 맥주를 마시면서 들은 척도 안 했다. 일부러 그러는 게 아니라 그런 말은 아예 들리지도 않는 게 당연한 권리인 줄 아는 사람이라는 게 더 해선의 부아를 돋웠다.

해선은 포크로 고기 조각을 푹 찍었다. 입으로 가져가는 사이 고기 조각에서 떨어진 핏국물이 해선의 옷자락, 정확히 심장이 있는 즈음에 물들어 천천히 그리고 깊숙하게 번졌다. 미리 준비시킨 생일 케이크를 직원이 들고 와 해선은 자신에게 새겨진 핏자국을 보지 못했다.

촛불은 하늘하늘, 더운 공기는 후훅한 가운데 진영이 말간 얼굴을 들고 작은 눈동자를 빛내면서 투명하고 하얀 웃음을 웃었다. 평생 그렇게 웃을 줄밖에 모를 것 같은 얼굴로 순한 입김을 불어 촛불을 껐다. 꺼지지 않았다.

"자, 다시 불어 볼까. 교영이가 좀 도와주면 잘 꺼질 텐데."

"진영이 생일인데 왜 얘가 끄냐? 더 세게 불어봐. 그래, 옳지."

해선의 말에 문자가 퉁을 놓았다. 문자의 말을 들은 교영이 색연필을 쥐고 있던 손에 더욱 힘을 주어 손등까지 새하얘졌다. 진영이 입을 오므려 바람 부는 시늉을 할 때 문자가 몰래 콧바람을 풍기는 걸 해선만 알아챈 건 아니었다.

"아이고, 내 강아지. 잘했네, 잘했어."

"자, 여기 진영이 선물."

동식이 얼근해진 술기운에 직원을 불러 테이블을 정리하게 하고는 거기서 선물 상자를 깠다. 까만 윤기가 흐르는 기차와 조립식 레일 조각들이 쏟아져 나왔고, 동식과 미주는 서로 다퉈가며 레일을 맞추고 테이블 위에 깔았다. 배를 뒤집어 뚜껑을 열고 건전지를 넣고는 레일 위에 올려 작동 버튼을 누르자 기차가 달리기 시작했다. 모두가 웃어댈수록 교영의 눈빛은 먹고 남은 고기의 까맣게 탄 가장자리 부분을 닮아 갔다.

"와, 진영아. 이것 좀 봐. 정말 멋진 기차네?"

"칙칙폭폭. 칙칙폭폭. 소리도 나는데? 여기, 여기를 당겨봐. 종소리도 날 거야."

미주와 동식이 호들갑을 떨었다. 눈치라곤 무덤 갈 때나 챙겨 갈 건가…. 해선은 교영과 진영을 번갈아 살폈다. 진영은 신이 났고 교영은 눈을 깔고 상황을 빠짐없이 지켜보고 있었다.

기차는 정해진 선로를 따라 터널을 지나고 언덕을 넘고 교차로를 정확하게 통과했다. 진영이 눈을 떼지 못했다. 문자는 진영의 뺨에 뽀뽀를 퍼부었고 동식은 진영의 머리를 쓰다듬었으며 미주는 진영의 코를 살짝 비트는 시늉을 했다. 그리고는 저마다 진영에게 입술을 내밀어 뽀뽀를 요구했다. 착한 진영은 조막손으로 일일이 양쪽 볼을 잡고 뽀뽀를 하며 향기로운 숨을 불어넣어 주었다.

"할머니 최고라고 말해봐."

진영이 몸속에 저장된 매뉴얼처럼 자동적으로 엄지를 치켜 올리면서 말했다.

"할머니 최고!"

"아빠는?"

"고모는?"

"아빠도, 고모도 최고."

진영은 양쪽 손을 드높이 들어 올려 모두를 기쁘게 해주었다.

가족들이 깔깔대며 웃었다. 분위기는 최고였고 해선 또한 얼마쯤 다시 즐거워졌다. 오늘은 진영의 생일이었고 어찌 됐든 바라던 대로 시간을 보내고 있지 않은가. 지금의 시간을 무게로 잰다면 발이 살짝 바닥에서 떠오를 듯 가볍고 경쾌하지 않은가.

교영은 어른들에게 화를 내거나 울지 않았다. 대신 낮게 내리 깐 눈으로 한 번 진영을 노려보았다. 그게 다였다. 교영은 여느 아이들처럼 미련하게 투정 부려서 이미 갖고 있는 것까지 빼앗길 위험을 피할 줄 아는 아이였다. 대신 교영은 시간을 들여 좀 더 적절하고 효과적인 방식을 연구할 줄 아는 인내와 영특함을 지녔다. 화가 나는 일이 생기면 그 자리에서 화를 내는 대신 교영은 어른스럽게 분노를 안으로 쌓아가는 방식을 택했다. 나중에, 며칠쯤 뒤 교영은 어른들을 혼내줄 수 있는 훌륭한 방법을 해선에게 제안해 올 것이다. 해선은 그게 뭔지 벌써부터 궁금해졌다.

해선은 전혀 다른 성품을 타고난 두 아이가 자신을 정확히 반으로 갈라 둘로 나눠가진 것 같다고 느꼈다. 두 아이는 평생 서로의 모자라거나 넘치는 부분들을 적절하게 주고받으며 삶의 균형을 이뤄나갈 것이다.

만약 진영이 혼자라면 멍청하게 남의 말이나 들으면서 끝없는 굴욕에도 분노할 줄 모르고 이십사 평 아파트 따위에나 감사하며 살게 될지 모른다. 반대로 교영이 혼자라면… 어떻게 될지 몰랐다. 순간순간 교영의 삶이 어긋날 때, 그럴 때면 진영이 교영에게 올바른 도착지를 일깨워줄 것이다.

덜그럭.

기차가 머뭇거리는가 싶더니 이내 멈춰 섰다. 레일이 지그재

그로 깔린 구간이었다. 동식이 스위치를 간단하게 조작하자 일정하게 한쪽 방향으로 달리던 기차가 우뚝 서더니 방향을 바꿔 거꾸로 움직이려 한 거였다.

"우와."

진영이 소리 질렀다.

"스위치백이라고 하는 거야. 기차가 방향을 바꾸는 거지. 기차는 늘 한 방향으로만 달리는 줄 알지만 그건 사실이 아니야. 어떤 장치가 있어. 그 장치가 작동되면 기차는 가던 방향을 버리고 반대 방향으로 가기 시작하는 거야. 신기하지?"

"오빠가 그런 것도 알아?"

미주가 묻자, '실은 여기 설명서에 적혀있어.' 라고 동식이 미주에게 귓속말했다. 진영이 줄을 당기자 삑삑, 기적이 울었다. 방향을 바꾼 기차는 둥근 바퀴들이 일정한 속도로 구르지 못하고 덜컹거렸다. 세 개의 바퀴가 바뀐 방향으로 돌아갈 때 한 개의 바퀴는 원래 방향으로 구르는 식이었다.

끝이 시작이 되어 달리기 시작한 기차는 제 속도와 방향을 잘 바꾸지 못해 불안하게 덜커덩거리다가 이내 레일을 탈선하더니 옆으로 넘어졌다. 금세 울상이 된 진영을 보고 동식이 재빨리 기차를 도로 레일 위에 세우고 스위치를 다시 바꾸었다.

덜그럭.

원래의 방향을 되찾은 기차가 한 번 더 덜그럭했지만 처음부터 그랬어야 했다는 듯 아무 문제없이 달리기 시작했다.

"아직 길이 안 들어 그런가? 아빠가 나중에 다시 해 줄게."

쌩쌩 잘만 달리는 기차를 보면서 동식이 맥주잔을 들어 한 모금 더 마시다 말고 잔을 내려놓았다. 잔에 두어 모금쯤 남아 고여 있는 김빠진 맥주가 파티가 끝나가고 있는 걸 알리고 있었다. 모두가 배불렀고 단조롭기 짝이 없는 사랑이 가득한 시간이었다.

"아빠, 고모, 할머니. 고르고에게도 밥을 줘야 해요. 배고파하니까요."

교영이 제 외투 밑에서 뭔가를 꺼내 불쑥 가족들에게 내밀었다.

"깜짝이야."

"아이고. 저게 대체 뭐라니?"

교영이 평소에는 감춰두고 다른 사람들에게 보여주지 않던 고르고를 어쩐 일인지 꺼내 와서 해선도 몰래 레스토랑에 데려온 거였다. 외투가 불룩했던 게 생각나 해선이 조금 웃었다.

"그래. 여기 한 입."

해선이 먼저 남은 음식을 고르고 입에 넣어주는 시늉을 하니까 동식이 따라 했고 마지못해 문자와 미주도 선심 쓰듯 한마디씩 해주었다. 낡고 괴상하게 생긴 인형이라 인상을 찌푸렸지만 어쨌든 그렇게 각자 한 번씩은 고르고를 쳐다봤다. 그러고는 교영의 볼을 한 번 꼬집어주지도 않은 채 모두들 기차놀이를 하면서 곰 세 마리 노래를 부르고 있는 진영을 쳐다보았다.

그러느라 교영이 어둡게 가라앉은 눈으로 모두와 분리된 공간과 그 너머 어딘지 알 수 없는 곳을, 그런 어린아이가 볼 수 있다는 가능성에 대해 인정하고 나선다면 그건 지옥의 밑바닥이라고도 할 수 있을 만한, 그런 곳을 보고 있다는 사실을 알아채지 못했다. 그순간 가족들은, 누구나 그렇듯 막연하게 불행은 자신을 피해갈 거라고 느끼고 있었다.

엘리베이터가 고장이라 동식이 기차놀이 세트 상자를 옆구리에 끼고 나머지 한쪽은 문자를 거들고 먼저 레스토랑을 나서 계단을 내려갔다. 미주는 화장실 앞에서 누군가와 통화 중이었다. 유부남 애인과 얘기가 잘 안 풀리기라도 하나. 시간은 언제나 사랑에 불리하게 작용해서 도파민 생성에 익숙해지고 나면 100밀리미터짜리 콘크리트 벽으로 된 현실이 무서운 속도로 육박해오는 법이다.

해선이 혼자 교영과 진영의 손을 한 쪽씩 붙잡고 첫 번째 계단으로 내려섰다. 두 번째 계단에 발을 내려놓다가 문득 계산을 마친 뒤 사소한 뭔가를 카운터에 두고 온 사실이 생각났다. 정말 사소한 것인 데다 귀찮기도 해서 그냥 두고 갈까 하다가 그래도, 싶은 마음에 아이들에게 '여기 잠깐만 기다려. 엄마 금방 올게.' 라고 말한 뒤, 서둘러 카운터에 가서 사소한 그 뭔가를 챙겨 들고 나왔다.

그리고 막 레스토랑 문을 열었을 때 보았다. 미주는 여전히 화장실에서 나오지 않고 있었고 동식과 문자는 두어 계단 앞서 내려가고 있었으므로 그걸 본 건 해선이 유일했다.

교영이 소리 나지 않게 진영의 등을 밀고 있었다. 한쪽 팔에 고르고를 안고 있었으므로 나머지 한쪽 손으로 힘주어 미느라 그쪽 어깨가 앞으로 쑥 나올 정도였다. 진영은 가파른 경사의 계단을 굴러 내려가면서 머리를 시멘트 계단에 콩콩 부딪쳤다. 콩콩 소리는 동식의 발을 지나쳐 계속 내려갔다. 입으로는 아무 소리도 내지 못한 진영은 오직 머리로만 그렇게 소리 내었다. 작고 채 여물지 않은 진영의 머리가 내는 소리는 말랑한 공 같은 게 떨어지는 것처럼 허공에 잠시 머물다가 바닥에 튕기기를 반복하는 소리였다.

교영은 놀라 창백해진 얼굴로 고르고를 가슴에 꼭 끌어안고 굴러 내려가는 동생을 보고 있었다. 해선은 비명을 질렀다. 진영이 자신의 발 옆을 굴러 내려갈 때였는지, 아니면 해선의 비명을 듣고 나서였는지 동식은 어느 순간 문자를 놓아두고 기차놀이 세트도 팽개치고 뛰어 내려가 이미 계단 층계참에 멈춰 누워 있는 진영 앞에 무릎 꿇었다. 다리가 떨려 걸을 수 있을 것 같지 않았지만 아이들을 낳았을 때의 그 불가능하고도 초인적이었던 힘을 다시 기억해낸 해선이 오로지 그 힘으로 계단을 하나씩 걸어 내려 진영에게로 갔다.

해선은 악을 썼다. 고함을 질렀다. 동식이 진영을 끌어안고 흔들었는데 진영은 더 이상 웃지 않았고 눈도 뜨지 않았다. 해선의 입에서 진영을 낳았을 때 질렀던 비명보다 더한 소리가 터져 나오면서 뭔가 질긴 줄이 선뜩 끊겨나가는 것만 같았다. 마치 그때 다 잘려나가지 않고 해선의 뱃속에 남아있던 탯줄이 지금 남김없이 끊어져나가는 듯, 해선을 단단히 비끄러매고 있던 것이 툭툭 잘려나갔다.

해선은 그 소리를 들은 것만 같았다. 신경줄이 끊어지는 것 같기도 하고 혈관이 터져나가는 것 같기도 하고 혹은 자신이 믿어왔던 모든 사실들과 거짓들이 한꺼번에 날카로운 칼날 따위에 난자당하는 것 같은 소리.

동식을 밀쳐낸 해선이 진영을 받아안았다. 계속 악을 쓰고 있어서인지 눈앞이 흐렸다. 해선은 눈에 초점을 모으려고 안간힘을 쓰면서 진영을 노려보았다. 어떤 느낌이 들어 손을 보니 피가 한가득이었다. 마치 해선이 막 저지른 흉포한 죄의 증거인 듯 피는 붉고 선명하게 해선의 흐린 눈을 파고들었다. 화가 났고 억울했다.

그때 미주가 달려 내려오면서 바닥에 구르던 선물 상자를 발로 찼고 상자의 입구가 열리면서 기차와 레일 조각들이 쏟아져 나왔다. 기차는 계단 위에서 부서졌다. 해선은 순간 미리 계획해서 한 치의 오차도 생기지 않도록 수십 번이나 점검하고 확인한 길에서 자신이 튕겨 나온 것 같은 기분을 느꼈다. 그렇게 해선은 또 다른 차원의 시공간에 존재하고 있던 스스로에게로 옮아가기 시작했다. 해선은 피와 부서진 기차를 번갈아보았다.

이윽고 해선은 악을 쓰고 비명을 지르던 입을 다물었다. 한순간 제지된 슬픔과 분노는 이제 입속에서만 누구도 알아들을 수 없는 언어로 뭉개지고 있었다. 날이 선 눈빛, 차가워진 표정, 가라앉은 심장 박동. 해선은 차분해졌고 흥분을 가라앉혔으며 온전한 그녀 자신으로 돌아와 섬뜩하게, 숨이 멎어 늘어진 자신의 아이를 내려다보았다.

머리가 맑아졌다. 그리고 낡은 정신을 버리고 새롭고 강렬한 새 정신을 갖게 되었다. 동식과 문자, 미주는 각각 진영의 팔다리를 붙들고 울었다. 해선은 할 수 있는 한 최대로 눈에 힘을 주고 그들을 노려보았다.

모두 다 어른들 탓이다. 죄는 저런 아이에게 깃드는 게 아니다.

해선은 여전히 계단 위에서 하얗게 떨고 있는 교영을 보았다. 교영은 오늘 밤 잠들지 못할지도 모른다. 그러면 해선은 교영에게 자장가를 불러줄 것이다. 해선은 죽은 진영을 안고 교영을 바라보며 속으로 뭔가를 중얼거렸다. 스스로 그것이 뭔지 몰랐다.

'하나의 반이 나머지 반을 집어삼켰지. 반을 잃어버린 슬픔은 언젠가 가라앉을 거야. 그러면 바깥세상의 풍경이 바뀔 거야.

너의 몸은 열기가 끓어 너의 모든 말이 바싹 메마르게 되겠지.…'

중얼거리다 보니까 놀랍게도 삶이 유쾌해지기 시작했다. 나쁜 상상을 하고 난 것처럼. 그걸 누구도 알아채지 못하게 실행에 옮긴 것처럼. 해선은 마치 죄를 짓기 전에 면죄부를 먼저 손에 넣은 것처럼 알 수 없는 기쁨의 감정이 느껴져 전율했다. 점차 검붉게 변해가는 진영의 피가 해선의 손에 깊숙하게, 지워지지 않는 면죄의 낙인을 새기고 있었다.

꿈꾸러 오세요

남자들을 대할 때 해선에게 특이한 점이 있다면, 못생긴 남자에게 더욱 친절하게 군다는 것이다. 처음에는 동정이나 연민 같은 일차적이고 자연스러운 감정이었다면 나중에는 가장 좋아하는 놀이 중 하나쯤으로 정착했다. 왜냐하면 잘생긴 남자들과 달리 못생긴 남자에게 작은 친절이라도 베풀라치면 그들은 해선이 건넨 친절에 대해 백배까지도 기꺼이 되돌려주었기 때문이다. 그것은 두서너 번의 예외를 제외하고는 고배당이 보장된 투자처럼 언제나 확실한 보상으로 돌아왔다. 심지어 다른 사람들이 보는 앞에서 그런 일이 벌어진다면 그들은 우쭐해져서는 살면서 그런 행운은 처음이라는 듯 그녀를 행운의 여신이라 여겼다.

해선이 운영하는 올가닉 수제 쿠키 전문점 '몽상' 에 동식이 처음 방문했을 때도 그랬다.

"왼손잡이시네요?"

얼굴은 둥근데다 머리는 크고 살집까지 두둑한 동식에게 호기심이 인 해선은 새로 구운 쿠키라며 일부러 동식 앞쪽으로 접시를 밀어주면서 이렇게 말했었다. 그때 동식은 동료 두엇과 함께 몽상에서 간단한 모임 중이었다.

"아, 네."

왼손에 펜을 쥐고 메모지에 뭔가를 쓰다 말고 동식은 말을 걸어온 해선을 쳐다봄과 동시에 붉어진 얼굴로 자신의 왼손을 감추었다. 그러느라 허브티가 담긴 컵을 손등으로 툭 건드렸다. 넘어진 컵에서 흘러나온 찻물이 해선의 발등으로 똑똑 떨어졌다.

"미안합니다."

몹시 당황한 동식은 저도 모르게 자리에서 일어났다.

"괜찮아요."

해선은 동식을 향해 웃으며 행주를 가져다 젖은 탁자를 닦았다.

"저는 오른손잡이인데 항상 왼손잡이 분들을 보면 신비롭다고 느끼거든요. 뭐랄까, 어떤 자랑스러움 같은 게 느껴진다고 할까. 살면서 많은 일들을 금지 당해도 때가 되면 결연히 해낼 수 있는 어떤 기이한 힘이 거기 들어있다고 생각하거든요. 평상시에는 손님처럼 평온하고 온건하다가도 언젠가는 반드시 그 힘이 드러나게 될 거라고 믿는 편이에요."

반쯤 장난과 과장이 섞인 해선의 칭찬은 그래도 완전히 거짓말은 아니었다. 평소 해선은 평범하지 않은 것들을 선호하는 쪽이었으니까. 동식은 왼손을 도로 꺼내 오른손으로 손등을 부비면서 헤벌쭉 웃었다. 해선을 똑바로 보지 못하면서 동시에 해선에게서 눈을 떼지 못하는 동식이었다. '나한테 반했군.' 호기심과 재미를 느끼며 생각했다. 해선은 그런 쪽으로는 특히 촉이 좋았다.

물론 그것은 해선이 웬만한 남자들이라면 커다란 호불호 없이 좋아할 만한 외모를 가졌기 때문에 가능한 일이기도 했다. 가냘픈 몸매에 뽀얀 얼굴로 말갛고 까만 눈동자 색깔을 빛내면서 해선이 동식을 향해 미소 짓자 동식은 퉁퉁하게 살이 쪄 주름진 목덜미까지 새빨개져서는 진땀을 흘렸다. 동료들이 오오, 하면서 동식과 해선을 번갈아보며 소리 높였다. 특히 동식을 바라볼 때는 선명하게 감탄과 찬사가 섞인 눈빛이었다.

자신의 지나온 삶에 새겨진 경험치가 없었던 동식은 그 상황을 어떻게 이해해야 하는 건지 알 수 없었지만 거의 본능적으로 우쭐해지는 기분을 느꼈다. 그래서 '예, 제가 왼손잡이여서 어릴 적에는 놀림 같은 걸 받기도 했었는데 그게 알고 보니까….' 뭐 어쩌구 하면서 대꾸했던 것 같은데 정확히 뭐라고 말했는지는 스스로도 기억하지 못했다.

그럴 때 해선은 직감적으로 느꼈다. 자신의 투자에 대해 이 남자가 과연 몇 배쯤으로나 되돌려줄 수 있는지를. 그것은 짐작이라기보다 살면서 쌓아온 생존본능에 기인한 냉정한 판단의 결과였다. 무어라고 딱 꼬집어 말하기가 애매하기는 해도 그런 느낌과 판단은 해선이 가진 삶의 자산 혹은 세상살이에 먹힐 만한 일종의 스펙이라고 할 수도 있겠다. 나쁘게 보자면 남자를 이용할 줄 안다는 것이겠지만 좋은 말로 하자면 자신을 사랑해 줄 사람을 알아보는 것이다. 그런 점에서 해선은 스스로에 대해 자부심을 느꼈다.

그렇다고 처음부터 해선이 동식과 결혼까지 할 생각은 아니었다. 동식이 주민 센터에서 일하는 공무원이라는 것, 바로 인근 동네에 산다는 것, 그리고 홀어머니가 근처 재래시장에서 옛날 통닭집을 삼십 년 넘게 운영해 재정상태가 꽤 괜찮다는 사실을 알게 되는 데는 동식이 몽상에 거의 매일 드나들기 시작하고부터 채 보름도 걸리지 않았다. 하지만 그때까지도 동식은 그저 익숙하고 편안한 놀이 상대에 불과했다.

새것인 티가 역력해 어색하기 짝이 없는 새 옷을 걸치고 반짝이는 밤색 구두를 받쳐 신고 매일 찾아오는 동식을 향해 해선은 예의를 갖춘 거절의 말로 적당한 정도의 좌절감을 남겨 주었다. 그러면서도 하루 한 가지씩 잊지 않고 친절을 베풀면서 조금만 더 애쓰면 뭐라도 될 것 같은 희미한 여운을 느끼도록 미소를 지어 주었다. 그때마다 처음 맛본 놀라운 맛의 초콜릿을 놔두고 돌아가는 아이의 표정이 되곤 했던 동식이 싫지 않았고 그래도 포기하지 않고 다음날 또다시 찾아오는 동식의 우둔함이 재밌었다.

사실 해선이 동식과 뭔가를 해보리라 생각하게 되었던 계기는 별게 아니기도 했고 좀 별난 것이기도 했다. 처음으로 둘이 저녁을 함께 먹기 위해 주민 센터 뒷 블록에 위치해 있는 횟집에 갔을 때였다. 식당 주인이 제주도 돔베고기라며 서비스로 돼지고기 수육을 몇 점 내왔다. 동식과 친한 듯 보이는 주인이 해선을 훔쳐보며 동식의 옆구리를 쿡 찌르고 돌아가고 나자 동식은 새우젓 국물에 찍은 돼지고기를 해선에게 내밀었다. 젓가락을 쥔 왼손을 오른손으로 받치고 있었는데 새우젓 국물이 동식의 손바닥으로 떨어지는 걸 지켜보면서 해선이 말했다.

"저는 돼지비계를 못 삼켜요."

뒤이어 다른 사람들에게 늘상 해왔던 것처럼 설명을 덧붙이려는데 동식이 빠른 젓가락질로 비계를 깔끔하게 떼어낸 돼지고기를 해선의 입에 넣어주었다.

해선이 비계를 삼키지 못하는 건 비계 기름의 느물거리는 식감 때문인데 그래서 삼겹살도 먹지 않으며 마찬가지 이유로 곱이 들어 있는 곱창 따위도 먹지 못한다, 라는 설명을 할 필요가 없었던 건 동식이 처음이었다.

대체로 사람들은 언제부터 그랬느냐, 그러면 족발은 어떠냐, 콜라겐이 피부에 얼마나 좋은데 그것도 못 먹느냐, 사람들하고 회식 같은 거 할 때 불편하겠다, 그럼 무슨 재미로 세상을 사느냐, 부모님이 너무 떠받들어 키운 것은 아니냐, 등등을 캐묻지 않고 넘어가는 일이 없었다.

동식은 아무것도 묻지 않았다. 해선은 이상하게 그 점에 마음이 움직였다. 의식하고 그러는 게 아니라 타고난 성품인 듯 자연스러웠다는 점에서 더욱 감동을 느꼈다. 중요한 게 적힌 건 아니지만 짧은 메모를 적어놓은 종이쪽지를 잃어버리고 나서 결국 못 찾고 포기하고 있었는데 엉뚱한 곳에서 쪽지가 툭 튀어나온 것 같은 기분이었다. 잃어버렸을 땐 몰랐는데 찾고 나니까 그 쪽지가 굉장히 중요한 것이었다는 사실을 깨달은 것 같은. 쪽지에는 '이해하지 말라. 받아들여라.' 와 비슷한 경구가 적혀 있었을 것이다.

'이 남자, 어디까지 나를 의심하지 않을 수 있을까.'

해선에게 믿음과 신뢰란 의심하지 않는 거였으니까.

살코기를 씹으면서 해선은 모처럼 식욕이 돈는다고 생각했다. 돔베고기의 풍부하고 미지근한 육즙이 목울대를 흘러 넘어가는데 침샘이 폭발했다. 수육을 다 먹어치운 해선은 회를 연신 집어먹었다. 그러다 그럴 생각은 아니었는데 회가 담긴 접시 위에서 동식과 손끝이 부딪쳐 동식의 손을 살짝 잡아 쥐었다.

다음날. 동식이 퇴근 후 몽상에 또 들렀을 때 해선은 알고 지내던 보험 설계사 병숙과 얘기 중이었다.

"어머, 또 오셨네. 앉으세요."

그렇게 해서 동식은 자연스럽게 병숙과 인사를 나누게 되었다.

"이쪽은 저랑 가장 친한 언니예요. 마침 잘됐네. 안 그래도 언니한테 동식씨 자랑을 하고 있던 참이었어요."

해선이 가장 친한 '언니' 라는 호칭을 쓴 점과 동식이란 인물을 소개하는 방식에 병숙은 속으로 좀 놀랐으나 오랫동안 수많은 사람들을 대하며 먹고 살아온 사람답게 굴었다.

"아, 이 분이 그분이시구나."

"네, 언니. 보기 드물게 착하고 우직해서 어떤 때는 내가 깜짝 놀란다니까요. 좋은 보험 있으면 우리 동식씨한테 좀 권해줘요."

'우리 동식씨' 라고 부르며 자신의 옆자리에 앉은 해선 때문에 동식은 기분이 우쭐해졌다. 다른 사람 앞에서 자신을 자랑스러워하는 듯 해선의 표정이 상기되어 있는 걸 보자 오늘은 꼭 뭔가를 할 수 있겠구나, 싶은 기대가 생겨 심장이 뛰었다.

"그럼, 해선이 덕분에 오늘 실적 좀 올리는 거야?"

방금 가장 친한 언니와 동생 사이가 된 해선을 향해 병숙은 다 알았다는 듯 눈을 살짝 찡긋했다. 병숙이 주섬주섬 보험 상품 안내서들을 꺼내놓고 설명하기 시작했으나 동식은 병숙의 목소리보다 옆에 앉은 해선의 숨소리에 더 집중하고 있었다.

나른하기도 하고 간혹 성급하기도 한 호흡 사이로 동식은 해선에게서 희미하게 비릿한 물 냄새가 난다고 느꼈다. 미끄덩거리면서 흐를 것 같은 점도 높은 물의 냄새였다. 그녀가 쓰는 비누 거품 냄새인가. 해선의 알몸을 타고 흐를 비눗물이 동식의 목덜미로 스며드는 것 같았다. 가늘고 푸르스름한 선이 또한 해선의 실루엣을 따라 굴곡져 흐를 것이다.

여러 종류의 보험 상품에 대한 설명 끝에 병숙이 생명보험 얘기를 꺼냈을 때 해선이 '그게 좋겠네. 요즘 세상이 하도 험해서 언제 무슨 일이 생길지 아무도 모르잖아.' 라며 거들자 동식은 진심으로 그렇게 생각했다. 새로 내린 허브티가 다 식어갈 무렵에 동식은 엄마 문자와 동생 미주의 생명보험을 들고 자신을 보장인으로 하는 계약에 서명하고 있었다.

"그런데, 이런 건 엄마랑 동생에게 동의를 받아야 되는 거 아닌가?"

서명을 하고 나서야 그런 의문이 든 동식은 자신이 사람들의 각종 민원을 처리해주는 사람이라는 사실이 생각나 순간적으로 발끈했다.

"원래는 그런데… 이런 거 물어보면 어머니랑 동생이 기분 언짢아하실 수도 있으니까. 그런 건 내가 다 알아서 처리할게요. 막말로 동식씨가 보험금 노리고 가족들을 어떻게 할 것도 아니고 그저 불안한 미래를 대비하자는 거니까요."

병숙의 말투에 동식은 비위가 거슬렸다. 어떻게 하다니. 누가 들으면 가족들을 '어떻게 하지는' 않더라도 '어떻게 되기를' 바란다고 생각할 수도 있지 않은가. 동식은 병숙에게 부정적인 의견을 내놓고 계약을 다시 생각해보자고 말하려 했다.

"동식씨, 이제 가게 문 닫을 시간인데 우리 같이 드라이브나 가면 어때요? 시원한 바람이 쐬고 싶네."

드라이브? 그러니까, 여기서 드라이브라는 낱말의 뜻은 이 어두운 밤에 단둘이서 차를 타고 그것도 시내를 벗어나서 어디론가 가자는 말인 거지? 하면서 동식이 어리둥절해하고 있는데 해선이 '눈치 없이 더 앉아 있진 않을 거지?' 라며 병숙을 부추겼다.

"응, 그럼."

서둘러 가방을 챙긴 병숙이 몽상에서 나서자 배웅 나온 해선이 귓속말을 건넸다.

"거봐요. 오늘 오면 좋은 일 있을 거라 그랬잖아."

보험이야 무슨 하자가 생긴다면 언제든 해약해버리면 그만인 거 아닌가. 동식은 이제 곧 자신의 손길에 속속들이 무너져 내릴 여자의 가냘픈 등을 건너다보았다. 조바심과 갈증 때문에 일을 그르치지 않도록 가까스로 숨을 고르며 자리에서 일어나 해선이 가게 문 닫는 걸 도와주었다.

그렇게 해서 동식은 애당초 계획에도 없고 생각도 해 보지 않았던 보험을 두 건이나 계약했다. 그리고 지금은 한 달 가까이나 혼자 열병을 앓게 만들었던 바로 그 여자와 함께 으슥한 밤의 한가운데로 나아갈 일만 남겨둔 남자가 되었다.

친필 서명이 담긴 보험 계약서 두 건과 함께 동식은 빠르게 뛰는 심장을 간신히 추슬러 밤길로 나섰다. 동식의 눈에 어둠은 보이지 않고 오직 해선만 환하게 빛나 보였다. 시내를 벗어나 외곽으로 빠져나갈수록 길은, 어둠의 시작점인 듯 깊고 팽팽한 검정색으로 쓱쓱 다가오고 있었다.

청평이었다. 해선이 아는 집이라며 이끈 카페는 환하게 불을 켜놓고 영업을 하고 있었다. 동식은 커피를 주문할 때 테이크아웃 잔에 담아 줄 것을 재차 요청했다. 둘은 카페를 나와 해선의 바람대로 조금 걸었다. 꽃샘추위도 지나고 봄이 와 있어서 추위는 그런대로 문제 되지 않았다.

온통 어둠뿐인 강이었지만 둘은 잔디밭에 앉아 강을 보면서 커피를 마셨다. 카페에서 흐르는 빛이 그곳까지 미쳐 희미하게 서로의 얼굴을 볼 수 있는 정도였지만 앉은키 높이의 갈대가 무성해서 다른 이들에게 들키지 않고 하고 싶은 모든 걸 할 수 있었다. 커피가 채 식지도 않았는데 분위기는 이미 무르익고 있었다. 놀란 듯한 어투로 해선이 황급히 아무 말이나 꺼냈다.

"여기서 강을 보고 있으면 참 좋아요. 새벽이면 물안개가 야트막하게 깔리는 데 그걸 보고 있으면 나도 모르게 그 물안개 속으로 뛰어들어 헤엄치고 싶다니까요. 지치지 않고 끝까지 헤엄쳐서 안개에 가려진 다른 세상까지 갈 수 있을 것 같아요."

이미 온몸이 뜨거운 동식은 누군가 물안개를 건너 다른 세상으로 가든 말든 내 알 바 아니라고 생각했다. 앞은 강, 잔디밭을 지난 뒤쪽은 몇 미터 정도 높은 도로, 양옆은 갈대밭, 그 끝엔 막다른 둔덕이 가려져 있었다. 주위를 빠르게 둘러본 동식은 해선의 어깨를 감싸 안고 힘을 주어 끌어당겼다.

"잠깐만요. 그전에 할 얘기가 있어요."

개가 짖는 소리가 났다. 바람의 촉감이 싸늘했다. 강의 흔적이 배인 바람이었다. 시간이 흐르면서 강에서부터 습기가 올라와 주위에 음습함이 쌓이고 있었다. 해선은 망설였다. 주저하고 있는 그녀를 보면서 동식은 해선의 그곳이 어떤 모양일지 궁금해서 미칠 지경이었다. 촉감과 맛이 어떨지 알고 싶어서 몸을 떨었다.

이윽고 격식을 차리는 말투로 해선이 말했다. 자신은 부모가 없는 고아라고 주저하듯 털어놓았다. 그 말을 들은 동식은 타이밍과 고백의 수위로 봐서 자신에 대한 해선의 마음이 진짜라고 판단해 금세 눈에 감동의 눈물이 고였다.

"나도 아버지가 없어요. 홀시어머니가 쉽진 않을 거예요."

말해놓고 나니 너무 간 것 같았다. 아차 싶었다. 아직 첫 섹스도 치르지 않은 마당에 먼저 사랑한다고 말했어야 하나. 급하게 사랑한다고 말하면서 고백하는데 해선이 허리춤으로 파고드는 동식의 손을 잡아챘다. 그리고 해선은 또 망설였다. 한참의 시간이 침묵으로 버려졌다. 동식은 조바심 때문에 몇 시간은 흐른 것처럼 느꼈다.

이윽고 해선이 다른 남자의 아이를 배고 있다고 말했다. 전 남편의 아이인데 남편이 죽은 지 얼마 되지 않았다고 여섯 차례의 깊은 한숨과 함께 힘들여 고백했다. 그러므로 동식을 받아들일 수 없다고 결론 내렸다.

식어야 마땅한데 동식의 성기는 쉽게 죽지 않았다. 결혼 경험이 있으며 죽은 전 남편의 아이가 지금, 이 여자의 뱃속에 있다. 한 문장으로 생각하니까 간단했다.

"뱃속에 애가 있으면 섹스하지 못하나?"

"아니, 딱히 그런 건 아니지만."

그럼 그건 결론이 아니었다. 일단 그 얘기는 조금 이따 하자며 동식은 해선의 앞섶으로 손을 뻗었다. 해선을 사랑하기만 했지, 해선에 대해 잘 몰랐기 때문에 뱉을 수 있는 말이었다. 해선은 속으로 웃었다. 자신의 고백으로 인해 빠르게 몸이 식고 갑자기 현실의 법칙들을 떠올리며 자신의 속물근성과 순수한 사랑 사이에서 고민에 빠져버리는 경우보다 쉬울 터였다.

해선은 동식을 거부하면서 뱃속에 아이까지 품고 철부지 같은 사랑 놀음을 할 수는 없다고 말했다. 하지만 어디까지나 미적거리는 태도의 손길이었다. 얼마쯤 둘의 실랑이가 이어지는 동안 동식의 손이 두어 번 해선의 속살에 닿았다가 떨어져 나왔다.

간절한 애원이 깃든 말투로 동식은 그 아이를 자신의 자식처럼 예뻐하고 사랑할 거라고 맹세했다. 심지어 말하고 나니까 그것이 진심이란 걸 깨달았다. 동식의 고민은 길거나 깊지 않았다. 그럴 필요가 없었다. 이제까지 누구도 이토록 뜨겁게 사랑해 본 적 없고 아이도 사랑하는 여자의 일부가 아닌가.

어둠 속에서도 동식은 해선의 습기 많은 눈을 볼 수 있었다. 해선 같은 여자가 자신을 사랑해 주기만 한다면 그것으로 문제될 건 없었다. 그때 동식이 원하는 것은 하나였다. 해선의 알몸.

열댓 번이나 거듭 맹세가 이어진 후에야 비로소 해선은 몸을 열어주었다. 자신의 몸속에서 동식이 마음껏 헤엄칠 수 있도록 출렁여주었다. 해선의 몸 안에서 나온 물이 파도처럼 동식의 성기를 타고 넘었다. 그토록 훌륭한 섹스가 가능하다는 점과 해선의 몸 안에 믿을 수 없을 만큼 많은 물이 들어 있었다는 사실에 소스라치게 놀란 동식은 오랫동안 몸을 떨었다. 동식은 해선의 목덜미에 코를 박고 깊은 숨을 들이쉬었다. 물 냄새가 짙었고 새벽은 오지 않았다.

그랬던 사람이 오늘 같은 날 들어오지도 않다니. 해선이 입술을 물며 다시 한 번 전화를 걸었지만 동식은 받지 않았다. 열세 번째 전화였다. 밤 열한 시가 넘었다. 동식을 위해 준비해 놓은 케이크가 식탁 위에서 조금씩 무너져 내리고 있었다. 교영은 벌써 여덟 번째로 하품을 했다.

"조금만 더 기다려 보자. 아빠 금방 올 거야."

해선은 고르고를 안고 식탁 의자에 앉아 있는 교영의 말간 얼굴을 쓸어주었다. 피부는 투명하고 입술이 빨간 교영이 웃었다. 진영이 죽은 뒤 교영은 언제나 고르고를 안고 있었다. 낡고 군데군데 찢어져 해선이 곳곳을 꿰매 주었지만 더 이상은 손쓸 수 없는 지경이 되어 세탁도 못하고 있는 고르고는 더럽고 냄새났다. 몇 번인가 어른들이 빼앗으려 했을 때 교영이 울부짖은 목소리는 손을 뻗어도, 더 멀리 뻗어서 팔을 휘저어도 잡히지 않을 무엇처럼 들렸다. 그럴 때 교영에게선 뜨거운 맹수의 숨 같은 오싹한 열기가 느껴졌다.

"진영아…."

교영이 졸린 목소리로 고르고를 향해 그렇게 불렀다.

"응? 뭐라고?"

교영은 간혹 고르고를 진영이라 부르곤 했다. 진영이 죽은 뒤부터였다. 교영은 자장가를 부르듯 밤의 한가운데서 나오는 목소리로 해선에게 이야기를 들려주었다. 여전히 교영은 이야기 만들기를 좋아했다.

"내가 막대사탕을 주고 노래를 불러줬어."

"진영이에게?"

"아니. 아직 아니야. 엄마 쫌…."

"알았어. 어떤 노래를 불러주었는데?"

"세 마리 눈먼 쥐가 뛰어가요. 쥐들은 막대사탕을 들고 있는 농부의 부인을 따라갔어요. 그랬더니 농부의 부인이 칼로 눈먼 쥐들의 꼬리를 잘랐답니다."

"아무 데서나 뛰면 위험하지."

"그래서 내가 머리를 빗겨주고 목을 졸랐어. 그런데도 고르고가 안 죽었어. 그다음엔 머리카락을 모두 뽑고 손가락을 잘라서 눈먼 쥐에게 먹이로 던져주었어. 그랬더니 고르고가 진영이가 되었어."

"진영이가 좋아?"

"응. 엄마도 진영이에게 뽀뽀해."

더러운 인형의 주둥이에 막 해선의 입술이 닿았을 때 삑삑삑, 소리가 나고 뒤이어 도어록이 차륵, 풀리는 소리가 들렸다. 재빨리 진영, 아니 고르고를 품에 안은 교영이 해선의 뒤쪽으로 가 숨었다.

"이제 와?"

막걸리 썩는 악취가 먼저 집안을 하수처리장으로 만들었다. 열두 시 십 분 전의 고개를 하고 서너 번 발을 굴러 신발을 벗어 던진 동식은 들어오자마자 해선과 교영을 한꺼번에 눈으로 훑고는 고개를 푹 꺾고 훅, 숨을 뱉었다. 어디서 넘어지기라도 한 건지 흙 부스러기와 검불로 옷이 엉망이었고 얼굴도 검댕으로 지저분했다.

더러워져야 비로소 제대로 알 수 있는 것들이 있지. 문득 치솟는 살의를 느낀 해선은 입으로만 숨을 들이쉬면서 동식을 받아안듯 부축해 식탁에 앉혔다. 참느라, 지금껏 자신이 단 한 번도 동식에게 소리를 높이지 않았다는 걸 일부러 기억해내야만 했다.

"오늘 당신 생일이라 교영이도 여태 안 자고 기다렸는데. 오늘은 또 누구랑 이렇게 마신 거야?"

일부러 애쓴 해선의 말투는 상냥했다. 이 센티미터 정도 더 납작해진 케이크에 불을 켜고 동식 앞으로 바짝 끌어다 놓았다.

"불 꺼."

동식이 픽, 웃더니 훅, 껐다.

선물이라고 건넨 맞춤 셔츠의 포장은 해선이 풀어 보여주었다.

"아빠에게 뽀뽀해야지?"

겁먹어 뒤로 자꾸만 숨는 아이를 동식의 얼굴 앞에 끌어다 세웠다. 교영이 닿을 듯 말 듯 동식의 뺨에 입술을 가져갔다가 떼어내자 곧바로 동식의 얼굴에 어쩔 수 없음의 슬픔과 경미한 경멸의 표정이 감지되었다. '뽀뽀는 얼어 죽을.' 이라고 씹어뱉더니 애들 방으로 들어가 부스럭거리고는 이내 장난감 기차 세트를 가져다 거실에 늘어놓았다.

레일을 조립하면서 동식은 뭔가 중얼거렸다. 생일, 겨울, 죽었어, 같은 낱말이 들렸고 막 깨어난 악몽처럼 진영의 이름을 입에 올렸다. 술에 취할 때마다 늘어지는 동식의 주사였다. 바꿀 수도 없는 하나의 과거로 인해 동식이 자신에게 이런 방식으로 형벌을 내리고 있는 건 아닐까. 해선은 교영을 돌아보며 그렇게 생각했다.

물론 해선 또한 진영이 죽었을 때 모든 것이 멈췄다고 아무

것도 남지 않았다고 생각했었다. 그때부터 시간이 빠르게 흐르기 시작했고, 어떤 때는 영영 시간이 가지 않았다. 모든 게 일정함을 잃었고, 규칙이나 질서 같은 것도 사라졌다. 자신이 급하게 늙어가고 있다고 생각했고, 실제로 그 증거들을 곳곳에서 발견하고 알아차릴 수 있었다.

그러므로 늙은이들이 그렇듯, 모든 것들이 두려워졌고 정말 늙었을 때를 상상했으며, 마치 세상에서 가장 질 나쁜 병원균이 자신의 몸을 숙주삼아 퍼지는 기분이었고, 그에 대해 아무것도 준비되지 않은 상태가 공포로 느껴졌다.

하지만 그 후로도 시간은 가고 봄은 또 왔다. 그런 게 아닌가. 슬픔이나 절망보다 삶이, 살아가는 게 훨씬 더 무겁고 엄중한 거니까.

술에 취해 기차 레일 조립이 맘처럼 되지 않자 동식은 냅다 베란다로 집어던졌다. 앙. 교영이 울음을 터트렸다. 선 채 오줌을 쌌다.

"너 나이가 몇 살인데 거기서 오줌을 싸는 거야? 그 더럽고 재수 없는 인형을 버리랬잖아. 너 아빠 말 안 들을 거야?"

품 안의 칼을 뽑아들 듯 동식은 고르고를 빼앗아 내동댕이쳤다. 교영이 미친 듯이 악을 썼다. 애 좀 조용히 시키라며 동식이 칼날의 빛을 뿜는 눈빛으로 해선에게 화를 냈다. 친절하게 선물도 하고 교영이 뽀뽀도 했는데 즐거워하지 않아. 저 날 선 눈으로 사랑하는 교영이를 구박하고 째려보고 있어. 혼내줘야 해.

해선은 교영이 뱃속에 있을 당시 혈서를 쓰듯 자신에게 했던 동식의 맹세를 잊지 않았다. 동식은 그들이 함께 보낸 모든 시간들의 근거였던 약속의 말을 저버린 것이다.

동식이 작은 소리로 '씨발' 이라고 말함과 거의 동시에 해선이 동식의 뺨을 쳤다. 의도하지 않은 일이어서 때려놓고 놀랐다. 놀란 눈으로 동식을 쳐다보았을 때, 동식은 수없이 돋아났던 칼날들이 단번에 녹슬어 가루로 떨어지기라도 한 것처럼 이상하게 고요한 표정으로 해선을 응시하고 있었다.

"해선아, 그런 게 아니라…."

동식은 쉼 없이 뭔가를 말하고 있었다. 그때 동식은 가련했고 순한 어린 영혼이었으며 시선의 마주침 같은 것만으로도 치유될 수 있는 준비된 상처만 남아 있었다.

해선은 자신의 폭력에 보인 동식의 반응에 주목했다. 몸으로 그 반응을 느꼈고 그러자 기이한 흥분 때문에 몸이 가벼워지는 것 같았다. 초조하거나 불안할 때와 비슷한 심장박동을 느끼면서 얼마간 그 감정에 빠져 있었다.

누군가의 뺨을 때린 것이 처음이며 그것이 죄책감보다 금지된 일을 수행했을 때의 자랑스러움을 느끼게 했다는 점, 자신이 실제의 물리적 폭력을 행사할 수 있는 사람이며 경우에 따라 그것은 커다란 저항을 동반하지 않은 채 받아들여질 수 있다는 점에 대해 진지하게 생각해보았다. 그러니까 어떤 경우냐면 지금처럼 상대의 심신이 약해진 상태, 즉 자신보다 약한 존재에게 폭력은 정당한 제어 수단이 될 수 있는 것이다.

해선에게 뺨을 맞은 동식은 얌전히 잠들었다. 그는 계속해서 지껄였다. 그러나 그의 횡설수설은 더 이상 누구에 대한 처벌이 아니라 힘없이 늘어져 잠든 잠꼬대에 불과했다. 해선과 교영에게 눈을 부라리고 소리를 지르기 시작했을 때 동식의 못생김이 가진 효용가치는 사라졌다. 이제 동식의 못생김은 그저 진짜 못생김일 뿐이었다.

잠시 후 해선은 다시 한 번 동식의 잠든 뺨을 때렸다. 잠긴 문을 혹시나 하는 마음에 재차 확인하는 것과 같은 거였다. 물끄러미 동식을 내려다보던 해선이 그 옆에 누웠다. 교영은 제 방에서 이미 잠들었다. 수면제 복용을 잊은 걸 알아차렸으나 오늘은 수면제 없이 자 보기로 마음먹었다. 수면제는 진영이 죽은 뒤부터 처방받아 먹은 거였는데 삼킬 때마다 잠에서 깼을 때를 생각하면 망설이게 되었다.

그것은 한쪽 발이 없는 비둘기였다. 무언가에 의해 똑, 발이 잘려나간 비둘기는 한 마리가 아니었다. 언젠가 아파트 단지 안의 음식물 쓰레기통 주변에서 한쪽 발이 없는 비둘기를 보고 놀랐는데 살펴보니 발 없는 비둘기가 많았다. '비둘기 먹이 제공 금지' 라는 경고가 나붙어 있는 단지 안에 비둘기 떼는 계절을 상관 않고 넘나들었다.

발이 잘려 젓가락보다 가는 발목으로 땅을 찍듯 걷는 비둘기들은 무언가 감정을 자극하는 데가 있었다. 죽이고 싶다. 그것도 가능한 잔혹하게.

그런 생각이 들 때마다 해선은 발 없는 비둘기 떼가 송곳처럼 발목을 갈아 흉측한 소리와 함께 자신을 찌를 것만 같아 속으로 울었다.

비둘기가 해선에게 걸어왔다. 한쪽은 발이 있고 나머지 한쪽은 없었으므로 각각의 발소리는 사뭇 달랐다. 둔탁함과 날카로움이 조화를 이루지 못한 그 소리는 서로의 발성을 튕겨내면서 위험의 기척을 알리기라도 하는 것처럼 점차 커졌다.

소리가 증폭되자 이상하게 비둘기의 몸집도 따라서 증식하기 시작해 강렬하게 해선의 모든 감각을 고조시켰다. 이제 비둘기는 보잘것없고 더러운 작은 새 따위가 아니었다. 그것의 위용은 신화가 살아있던 때를 연상시켰다. 그때의 비둘기는 자신에게 슬픈 이야기를 만들어준 인간을 향해 한 번의 숨소리만으로 두려움을 뼛속 깊이 심어줄 수 있는 모든 존재 중의 존재였다.

'나 아니야. 내가 그런 거 아니란 말야.' 해선은 할 수 있는 유일한 일인 자기부정을 외쳤으나 자신을 개별성으로 대하지 않는 다른 종의 존재 앞에서 해선은 그저 인간일 뿐이었다. 내가 하지 않았어도 싸잡아서 벌 받을 수 있다, 는 자각은 모든 것을 불안과 공포의 덩어리로 만들었다.

소리는 점점 더 다가왔다. 거리가 줄어들수록 해선의 귀는 말할 것도 없고 영혼까지도 도리 없음의 지옥으로 떨어져 심장이 박동과 박동 사이의 잠깐의 정지를 잊은 듯 계속해서 뛰기만 했다.

"악."

소리를 지르며 눈을 떴을 때는 거대한 발소리가 하늘에서 떨어진 재앙이 되어 해선을 막 밟았을 때였다. 여전히 덜컹거리는 심장을 손으로 쓸어내리며 해선은 짤막한 자신의 잠이 빠른 속도로 멀어져 가는 것을 느꼈다. 동시에 발소리를 들었다.

현관 밖 복도에서 나는 구둣발 소리였다. 오래된 복도식 아파트는 모든 소리를 동굴 속에서처럼 커다랗게 울리면서 퍼지도록 만들었다. 그리하여 누군가의 밤늦은 귀갓길에 같은 층에 살고 있는 몇몇은 간절한 마음으로 어서어서 들어가 주기를 바라게 되었다. 해선처럼 선잠을 악몽으로 채우는 경우는 그것에서 맹수의 숨소리를 불러내기도 하는 것이었다.

수면제 없이 잠들었다 깨어난 밤은 어두웠다. '밤은 맹수의 숨소리와 함께 살아난다.' 라고 중얼거린 해선은 문득 한평생 이 작고 어두운 방에 갇혀 있었던 기분이 되었다. 이제 간수가 지나갔으니 편안한 잠을 맞이해도 되련만 한 번 살아난 밤은 해선을 더욱 난폭하게 붙들었다.

수면제를 먹을까. 침대에 기대앉아 눈을 깜박거리자 차츰 어둠이 눈에 보이기 시작했다. 교영이 두고 간 건가. 방 한쪽 구석, 더러운 고르고가 검은 밤 한가운데서 해선을 보고 있었다. 마주치면 재앙이 온다는 흉안(兇眼)이었다. 까맣고 투명한 고르고의 플라스틱 눈알을 들여다보았다. 거기 들어 있는 비어 있음의 막막함이 새삼스러웠다. 잘려나간 비둘기의 한쪽 발이 그 안에 들어 있었다. 화가 난 맹수처럼 이빨을 드러내고 목 줄기를 물어뜯을 틈을 노리고 있는 것이다.

문득 해선은 늘상 저놈의 맹수를 뒷덜미에 끼고 살았다는 사실을 알아차릴 수 있었다. 무슨 근거가 있어서라기보다 그런 건 그냥 알 수 있는 종류의 일이었다. 눈 뒤에 있어서 그놈의 얼굴을 똑똑히 보아둘 수는 없었던 데다 아직 체격도 종류도 알 수 없지만 자신을 위협하며 언젠가는 목덜미를 물어뜯으리라는 점은 확실히 알 수 있다. 여러 해에 걸쳐 맹수는 제 몸의 극히 일부만을 내비칠 뿐이었다. 이빨, 발톱, 눈초리, 억센 뒷다리 근육 등을 어둠을 배경 삼아 잠깐씩 드러냈다가 도로 숨기는 식으로 자신의 존재감을 과시했다.

불안하고 무서워져 몸을 떨다가 문득 동식의 뺨을 때렸을 때의 짜릿함과 오버랩되어 손을 보았다. 전율이 느껴진다는 점에서 공포와 폭력은 같았다. 동식의 감긴 눈을 내려다보고 있다가 눈꺼풀을 살짝 들어 올려 보았다. 해선과 교영에게 부라리던 눈동자가 아무런 방비도 없이 손쉽게 드러났다. 고르고의 플라스틱 눈알처럼 거기에는 아무것도 없었다.

해선은 동식에게 선물했던 맞춤 셔츠를 가져왔다. 겉포장만 뜯었을 뿐, 각 잡아 고정해놓은 장치들은 제거되지 않은 상태였다. 고정 핀들을 풀고 셔츠 사이에 끼워 있던 종이를 빼내고 하면서 소리 나지 않도록 조용히 움직였지만 어차피 동식은 무엇도 모르고 코를 골았다.

맹세코 처음부터 그럴 의도가 있었던 것은 아니었다. 해선은 언제부터 이럴 작정이었는가, 라고 스스로에게 던진 질문에 대해 그렇게 답했다. 다만 모든 상황이 맞아떨어졌다, 라고 느꼈다. 쉽게 말하자면 그럴 생각이 없었는데 막상 화장실에 들어가면 용변이 마려워지기도 하는 것과 비슷한 이치였다.

맞춤셔츠는 구김 간 부분에 분무기로 물을 뿜어 옷걸이에 잘 걸어두었다. 그래도 구김이 남아 있다면 아침에 해선이 정성 들여 다려줄 것이다. 속 포장지와 고정 핀들을 하나씩 살펴보고 그 중에서 셔츠 칼라를 고정시키는, 머리에 진주색 마감이 달려 있는 핀을 집어 들었다. 핀을 들고 동식의 오른쪽 눈꺼풀을 다시 한 번 들어 올렸다. 그리고 천천히 힘을 주어 찔러 넣었다.

해선의 움직임은 마치 촘촘한 자수 작품의 마지막 한 땀을 뜨는 것처럼 침착하고 정교했다. 피 한 방울 흐르지 않았다는 점에 약간 당황하기는 했어도 전체적으로 깔끔하고 정확한 일처리였다. 찔러 넣을 때보다 눈알 깊숙이 들어갔던 핀을 다시 빼낼 때 더욱 짜릿했다. 혹시 이건 오르가즘일까, 하고 헷갈려하면서 해선은 온몸을 타고 흐르는 전류를 즐겼다. 실제로 약간 그곳이 젖어들고 있었다.

"당신 덕분이야."

그렇게 중얼거리며 해선은 동식의 뺨에 입을 맞추었다.

이 모든 것을 어둠과 어둠의 그림자 속에 숨어든 고르고만이 눈을 빛내며 지켜보았다.

"그만 일어나요. 잠꾸러기."

동식을 깨우는 해선의 목소리는 차라리 아침 새의 지저귐에 가까운 것이었다. 동식은 잠이 덜 깨 몽롱한 가운데 카나리아 같은 종류의 새가 예쁜 목소리로 자신에게 노래하고 있는 줄로만 알았다. 해선의 손이 살짝 동식의 코를 비트는 시늉을 하는 걸 알아차리고 나서야 해선의 목소리인 걸 알았다.

"안 일어나면 거기를 꽉 깨물어 버릴 테야."라며 귓속말을 건네는데 처음 해선에게서 느꼈던 그 물 냄새가 짙게 풍겨서 동식의 성기는 안 그래도 깨물기 좋도록 커다랗게 부풀었다. 동식은 눈도 뜨지 않은 채 해선을 끌어당겨 눕혔다. 작게 꺅, 하고 애교 섞인 비명을 지른 해선이 '여덟 시 삼십 분이 넘었는데?' 라며 속삭이는 바람에 번쩍 잠이 달아났다.

퉁기듯 몸을 일으킨 동식은 순간 몸을 휘청하며 허리를 굽혀 손으로 침대 맡을 짚었다. 오른쪽 눈이 따끔거렸다. 눈을 떠보려고 하자 더욱 따끔거려 도로 감았다.

"이상한데?"

"뭐가 이상해?"

침대에서 일어난 해선이 일부러 동식을 마주 보고 섰다.

"눈이 아파."

"어디 좀 봐. 뭐가 들어갔나?"

해선이 엄지와 검지로 오른쪽 눈꺼풀을 벌리려 하자 동식이 악, 소리 질렀다. 금세 걱정스러운 표정이 된 해선이었다.

"염증이라도 생겼나?"

"모르겠어. 어제까지 멀쩡했는데."

주민센터에 눈병 있던 직원이 있었는지 떠올려보면서 동식은 인상을 찌푸렸다.

"눈 좀 떠봐. 어떤지 보게."

눈을 뜨려고 하자 날카로운 가시가 더욱 깊이 박히는 것처럼 쓰렸다.

"일단 누워봐."

눈이 부은 날이면 자신이 쓰던 아이스팩을 꺼내온 해선이 동식의 눈 위에 얹어주었다.

"내가 주민센터에 전화해서 반차 낼게. 교영이 먼저 어린이집 보내고 같이 병원에 가 보자. 우선 이거부터 마셔."

어젯밤에 무슨 일이 있었는지 기억해보려고 애쓰면서 동식은 해선이 건넨 컵을 받아 들었다. 술에 취해 들어오다가 길에서 넘어졌을 때 눈에 뭐가 들어간 건가. 집에 들어온 뒤론 케이크에 꽂힌 촛불을 끈 기억밖에 남아 있지 않았다.

"설탕물이야?"

"그럼. 당신 술 마신 다음날 꿀물 안 마시고 설탕물 찾는 거 내가 모르겠어?"

티슈를 뽑아 동식의 턱을 닦아준 해선은 목소리에 핀잔이 섞이지 않도록 주의했다. 죽은 아버지의 취향이었다며 꿀물 대신 설탕물을 찾는 동식이 처음엔 의아했다. 몇 년 살면서 그게 다시어머니 문자가 길들여놓은 저급한 식성이란 걸 알게 되고 나서야 해선은 동식의 취향을 바꾸려고 애쓰던 걸 그만두었다.

"좀 누워 쉬고 있어."

염려 섞인 얼굴로 동식의 이마를 쓸어주고 밖으로 나온 해선은 유기농 채소를 갈아 교영에게 건네고 자신도 마셨다. 동식이 남긴 설탕물은 그대로 쏟아버렸다. 평소 유기농 음식을 일부러 찾아 먹는 해선은 설탕이나 지방이 많이 들어 있는 음식을 먹지 않았다. 그런 걸 먹으면 왠지 마음이 불안해져서 그날부터 삼 일 정도는 재수가 없는 기분이 들었고 자신이 꼭 살덩어리 외엔 쓸모없는 돼지가 된 것 같았다.

교영을 보내고 자신도 출근 준비를 마치면서 해선은 내내 콧노래를 흥얼거렸다. 어쩐지 오늘은 기분이 몹시 상쾌했고 봄볕 또한 따스한 날이었다. 몸도 가벼워서 적어도 이 킬로 정도는 되는 지방이 몸에서 빠져나간 것 같았다.

모처럼 수면제 없이 깊이 잠들었던 덕분이라 생각하면서 해선은 서두르지 않았다. 새로 사서 때를 보느라 아직 라벨도 떼지 않은 그것, 몸의 곡선을 살려주는 원피스를 꺼내 입을까. 트위드 조직의 명품 원피스를 떠올렸다가 해선은 그건 좀 더 아껴두자는 쪽으로 결론지었다.

오랜만에 상쾌한 기분을 여유 있게 즐기고 싶어 햇볕에 잘 말려놓은 디기탈리스 꽃과 잎을 조금 꺼내 차를 우렸다. 자주 색이 약간 섞인 분홍 꽃이 줄기 끝에 줄줄이 거꾸로 매달린 모양으로 피어나서 폭스글러브라고도 불리는 디기탈리스는 어려서부터 심장이 약한 해선에게 엄마가 차로 만들어 주던 거였다. 예쁜 꽃 때문에 여름이면 거리 어디서나 쉽게 볼 수 있는 것이지만 약성과 독성을 함께 지니고 있어 많은 양을 한꺼번에 먹을 경우 죽을 수도 있는 화초였다. 해선은 차의 쓴맛을 즐기며 바로 그 점이 매력 있는 화초라고 생각했다.

올여름엔 얼마나 예쁜 꽃이 피어날까. 기대에 찬 눈으로 베란다 화분에 새로 심은 디기탈리스를 건너다보면서 기분 좋은 미소를 지었다. 오늘 몽상에서의 일정이 빡빡하지만 무리 없이 소화해낼 수 있을 것 같았다. 새로 다려 걸어두었던 맞춤 셔츠를 꺼내 동식에게 입혔다.

오전 시간의 안과는 환자가 별로 없었다. 여전히 오른쪽 눈을 뜨지 못하는 동식을 부축해 진료실로 들여보낸 뒤 대기실에 앉아 인터넷으로 정보를 찾아보았다.

'나뭇가지 등에 깊이 찔리면 망막 안에서 안구의 뒷부분을 둘러싸고 있는 암적갈색의 얇은 막인 맥락막(脈絡膜)의 검은 색소가 분출돼 바로 실명한다. 그러나 가는 바늘 등에 찔리면 순간적으로 따끔한 느낌이 드는 정도로 그 외 아무런 증상이 없지만 수정체 손상으로 천천히 실명에 이르게 된다. 이 경우 뭔지 모를 세균에 급성으로 감염되어 시력이 상실되는 안와봉와직염으로 진단한다.'

다 읽자마자 해선은 조급해졌다. 언제 터질지 모르는 시한폭탄이 바로 옆에서 재깍거리는 것 같았다. 그것이 시한폭탄이라서가 아니라 그게 터진다는 건 아는데 정확히 언제인지 모르는 데서 오는 조급함이었다. 바로 지금 터질 줄 알았는데 더 기다려야 하다니. 그리고 얼마나 걸릴지 알 수 없다니.

기분이 나빠진 해선은 아직 진료실에서 나오지 않은 동식을 내버려둔 채 병원 밖으로 빠져나왔다. 봄볕이 따가워 저도 모르게 눈을 감았다. 감은 눈 속에서 쏘는 듯한 빛의 잔상이 페이드 아웃으로 잇달아 퍼져나갔다. 순간적으로 감은 눈에서 눈알이 빠져나오기라도 하는 줄 알았다.

'차라리 눈알을 뽑을 걸 그랬나.' 해선은 실망한 투로 중얼거렸다. '나는 세상의 규칙이나 남의 눈 따위에 목덜미를 붙들려 두려운 나머지 아무 일도 하지 못하는 얼간이들과는 다르지 않은가.' 완전하지 못한 데 대해 스스로를 자책하는 말이었다.

몽상.

'꿈꾸러 오세요.' 가 그 밑에 부제처럼 팻말로 걸려 있는 문을 열고 들어갔다. 해선은 벽을 더듬어 모든 등의 스위치를 올렸다. 그러자 어두웠던 실내가 비로소 제 모습을 보여주었다. 보통 쿠키 전문점이나 카페들이 통유리로 바깥과 연결된 느낌을 주려 애쓰는 것과 달리 해선은 붉은 능라 커튼으로 사방을 둘러쳐놓아 몽상을 외부와 차단해 놓았기 때문이었다.

그래야 꿈을 꿀 수 있는 거잖아? 수많은 사람들이 지나는 사거리 한복판에 서서 무슨 몽상을 즐길 수 있겠어? 다른 카페들을 봐. 길거리에 앉아 있는 거랑 별로 다를 것도 없잖아. 그것이 몽상에 대한 해선의 의견이었다.

스위치를 넣자마자 먼저 벽에 붙은 벽난로에서 인공 잉걸불이 타오르기 시작했다. 희고 푸른 조명을 받은 종이를 지나 붉은 빛이 불꽃의 모양으로 일렁거렸다. 안쪽에 미니 숲의 모형이 들어 있어 만약 사람이 개미처럼 작아진다면 그걸 보면서 화산이 터지거나 화재가 일어나 숲 전체가 불타는 광경의 흥분을 느낄 수 있을 거였다. 누구나 붉게 타오르는 불을 한참 들여다보고 있으면 저도 모르게 몸이 빨려 들어갈 것 같은 뜨거움을 느끼지 않는가. 해선이 구석의 스위치를 올리자 간간이 위에서 재처럼, 혹은 눈송이처럼 뭔가 흐르는 느낌으로 손톱만 한 전구들이 반짝였다.

겨울의 따뜻한 재 속
사그라지며 노래하는
파묻힌 불을 닮은 저 심장에게
낮은 목소리로 주문을 거네.
—
툴레

벽난로 위에 적힌 문구였다. 그 옆으로는 자신의 날개를 태우러 벽난로로 막 달려들고 있는 수많은 나비들이 인테리어되어 있었다. 다크그레이 톤으로 어둡게 가라앉은 분위기의 몽상 안은 고딕 시대의 성들이 벽마다 그려져 있고 곳곳에 인공 촛불이 켜져 있었다.

다른 취향의 사람이 보면 오싹하다고 느낄 수도 있겠지만 바로 그런 독특한 분위기 때문에, 그리고 해선이 값비싼 유기농 재료들만을 사용해서 독특한 모양과 이름을 가진 쿠키들을 만든다는 점 때문에 오픈 초기에 약간 고전했던 것과 달리 몽상은 점차 마니아층을 갖게 되어 지금은 안정적으로 운영되고 있었다.

고리버들 의자에 앉아 해선은 오늘 일정을 정리해보았다. 그러면서 몽상 안을 죽 훑어보았다. 선반 위에 노랑, 검정, 짙은 초록 등등의 색깔로 줄줄이 늘어선 유기농 채소들, ―해선은 그 중에서도 특히 노란색의 단호박이 들어간 쿠키를 좋아했는데 단호박에는 아연이나 망간 같은 일반 식품에서는 얻기 어려운 영양소가 들어 있기 때문이었다.― 그것들을 넣어 만든 젤리와 피클, 쿠키들은 마치 해선이 지어낸 하나의 리듬처럼, 또는 제 안에 운율을 감추고 있는 완성된 시처럼 매대 위에 보기 좋게 진열되어 있었다.

몽상에는 아이들이 좋아할 만한 달콤한 맛의 쿠키도 있지만 엄마들의 취향에 맞춘 달지 않은 쿠키가 더 많았다. 아이들의 미숙한 욕망보다 엄마들의 세련되고 격에 맞는 건강한 취향이 더 훌륭하므로 점차 아이들은 순수한 올가닉의 맛을 알게 될 것이다.

몽상을 찾은 손님들에게 그런식으로 설명하면 깔끔하고 미니멀한 차림의 엄마들 중 열의 여덟아홉은 새로운 동지를 만나 기쁘다는 은근한 교감을 해선과 나누었다. 그러면서 이렇게 묻곤 했다.

"오픈한 지 얼마 안 되었나 봐요?"

순전히 자신이 처음 와 보았다는 이유로 그렇게 물은 뒤 몽상을 한 바퀴 휘 둘러보는데 자신의 새로운 아지트 중 하나로 삼을 만한 건지 체크하는 것이었다. '여긴 뭐랄까, 은밀해요. 정말 비밀스러운 꿈을 꿀 수 있을 것 같아요.' 그렇게 말하면서 누굴 떠올리는지 얼굴을 붉히는 손님도 있었다.

그럴 때 해선은 내내 진심이 담긴 미소를 지었다. 올가닉 수제 쿠키를 찾아 일부러 몽상 안으로 들어온 사람들이란 대개 오랜 시간을 들여 인간다운 삶의 방식을 몸 안에 차곡차곡 쌓아온 사람들이다. 그들은 세련되고 정돈된 여유를 내뿜으며 관계 맺기나 또는 어떤 다른 일을 할 때도 순서와 격을 아는 사람들이었다. 그러므로 해선의 미소는 자연스럽게 그렇게 되는 일 중의 하나였다. 말하자면 그것은 은밀하고도 견고한 동질감의 표현이자 서로에 대한 인정의 소리 없는 박수갈채였다.

몽상 안에서 손님들과 해선이 주고받는 대화와 미소에는 조금의 가식이나 계산이 없었다. 상당히 비싼 쿠키 값을 충분히 그럴 만하다고, 당연한 거 아니냐고 인정하는 손님들은 동시에 비싼 가격 때문에 더 해선을 믿을 수 있는 사람으로 여겼다. 그 비싼 가격은 손님들 자신에게도 스스로의 위치에 대한 소박한 증명으로 작용했다.

비싼 값을 지불하면서 해선이 신축 아파트 단지의 대규모 상가 1층에 몽상을 들인 까닭이 바로 그거였다. 세련되고 젊은 감각의 여자들을 내 편으로 만드는 것.

"이런 데가 있는 걸 왜 몰랐지? 그런데 어디 사세요?" 라고 물어오면 해선은 이런 식으로 모호하게 말했다.

"근처예요."

대답과 함께 미소 지으면 손님들은 아, 같은 아파트 주민이시구나, 라면서 반겼다. 고급 브랜드의 신축 아파트 분양금을 감당하지 못한 원주민들은 거의 다른 곳으로 가서 외지인들이 새로 들어온 데 대해 근처 재래시장에서 통닭을 튀겨 파는 문자는 '옛날이 좋았고 옛 동네 사람들이 정이 있었어.' 라고 평했다. 그리고 새로 이사 온 젊은 사람들은 시장에 와서 옛날 통닭을 먹는 맛을 모른다고 혀를 차곤 했다. 그때마다 해선은 문자의 촌스런 양배추 파마머리를 보면서 저 헤어스타일이나 좀 어떻게 할 일이지, 라는 말을 속으로 삼켰다.

해선은 모차르트를 틀었다. 피아노 협주곡 23번 1악장. 평소 모차르트가 면역력 강화나 질병을 개선하는데 아주 좋다고 믿었는데 태교음악으로 많이 듣는 데는 다 그만한 까닭이 있는 거라고 생각했다. 익숙한 피아노 리듬을 입으로 흥얼거리며 해선은 곧 있을 '마카롱 쿠키 클래스' 준비를 시작했다.

아몬드 분말과 슈가파우더, 계란 흰자를 섞어 꾸덕꾸덕한 페이스트 상태로 만들어놓고 산딸기 퓨레와 꿀을 함께 끓여준 뒤 초콜릿을 섞어 잘 녹여 만든 산딸기 가나슈를 짤주머니에 각각 부어놓았다. 벌써부터 달디 단 냄새가 몽상 안에 가득 퍼져나갔다. 지독한 단맛 때문에 맛을 보지는 않았다.

평소 마카롱 같은 과자는 먹는 사람의 몸을 학대하는 음식이라고 폄하해왔던 해선이 마카롱을 선택한 이유는 간단했다. 자신의 건강 따위는 별로 염두에 두지 않는 사람들을 대상으로 한 클래스이므로 그들의 입을 만족시키기에는 더없이 좋은 메뉴라고 생각해서였다.

"어머! 벌써부터 냄새가 근사한데요?"

마카롱 반죽에 넣을 이탈리아 머랭을 준비하는데 주민센터 사회복지사와 아파트 부녀회 소속의 여럿이 한꺼번에 몽상으로 들어왔다.

"어서 오세요. 이제 곧 준비가 끝나요."

마치 아이처럼, 또는 자신의 아이들을 먹일 생각에 행복해진 엄마처럼 해선은 순수하게 웃었다. 병원 앞에서 스스로에게 실망했던 기분은 어느새 잊었다. '이렇게 재능 기부를 해 주신다고 해서 얼마나 기쁜지 몰라요. 오늘 애들이 정말 즐거워할 거예요.' 라고 사회복지사가 호들갑을 떨자 해선과 친하게 지내던 부녀회장이 '그러니까 말야. 다 해선씨 덕분이야. 이렇게 좋은 일을 하고 나면 정말 뿌듯하고 행복하잖아.' 라며 거들었다.

오늘 쿠키클래스는 인근 저소득층 아이들을 불러다 쿠키 만드는 걸 경험하게 해 주면 아이들도 좋아할 테고 아파트 이미지나 몽상 홍보에도 좋지 않겠냐며 해선과 부녀회장이 낸 아이디어였다. 부녀회장을 비롯해 다른 여자들은 자기 아이들을 데려오지 않았다.

세 팀으로 나누어 클래스를 진행할 수 있도록 재료들을 삼등분 해놓고 기구들도 세 벌을 준비해 두었다. 짤주머니에 담아 둔 산딸기 가나슈는 흐르지 않도록 농도를 맞추기 위해 냉장고에 넣어두었다. 서둘지 않았으나 모든 준비는 빠르게 끝나갔고 해선은 작고 세련된 동작으로 모두를 지휘했다.

문자가 일하는 시장통에서라면 팔을 휘저어야 할 대목에서도 여기 몽상에서는 손가락만 하나 들어서 움직이면 그만이었다. 서로가 서로에게 충분히 주의를 기울이고 있기 때문이었다. 문자의 시장통에서는 행위에 집중하지만 여기 몽상에서는 관계에 집중하니까. 해선은 문자의 가게를 떠올리면서 더욱 몸가짐을 다스렸다.

그러면서 간간이 서로 웃었다. 티타임인 듯 나른한 기분까지 느껴졌는데 잠시 후 입성이 헐겁고 허기진 표정을 한 아이들이 우르르 들이닥치면서 몽상 안의 분위기는 전혀 다른 형국이 되었다.

"어서 오세요."

해선은 환한 웃음으로 아이들을 맞았다. 속으로만 '저런 애들은 대체 왜 하나같이 비슷하게 생긴 거지. 꼭 어디 길바닥에서 굴러먹다 몰려온 것 같은 꼴이라니.' 라면서 혀를 찼다. 주눅이 들고 어리둥절해서인지 일고여덟의 아이들은 쭈뼛거리며 서 있었다. 어른들이 아이들을 하나씩 이끌어 자리에 앉혀야 했다. 해선이 미리 준비해둔 쿠키 쟁반과 달콤한 초콜릿 차를 아이들 앞에 내왔다.

"잘 왔어요. 우선 이것부터 먹어요."

눈알을 이리저리 굴리는 아이들의 손에 일일이 쿠키를 쥐어 주었다. 요즘 아이들에게서는 보기 드문 표정이었다. 심지어 아이들은 눈치껏 얌전히 굴 줄도 알았다. 저희들끼리 눈치를 주고받으며 누가 먼저 쿠키를 입속으로 넣을 건지 재고 있었다.

그것을 알아차린 해선은 한숨을 쉬었다. 불쌍한 아이들이지 않은가. 해선은 밑바닥에서 뒹굴던 아이들을 세련되고 우아한 몽상 안으로 불러들인 스스로가 자랑스러웠다. 오늘 하루만이라도 저 아이들이 자신이 갖거나 갖지 못한 모든 걸 잊고 달콤한 쿠키 냄새를 맡으며 따뜻한 위로를 느낄 수 있기를 바라는 마음은 진심이었다.

언제 또 저 아이들이 이런 경험을 해보겠는가. 경험을 해봐야 원하게 되고 원해야 가지려고 애쓸 게 아닌가. 그래봐야 저 아이들 중 고작 한둘 정도라도 나중에 자라서 제대로 사는 사람이 되면 다행이겠지만.

"맛이 어때요? 그 쿠키의 이름은 우로보로스예요. 자기 꼬리를 물고 있는 뱀의 모양을 한 괴물이죠. 그리스 신화 알죠? 아, 그건 스핑크스예요. 여자의 머리에 사자의 몸통을 가진 날개 달린 괴물인데 지나가는 사람들에게 수수께끼를 내고 풀지 못하면 죽였어요. 자 지금부터 수수께끼를 낼 거예요. 아침엔 네 발이다가 점심땐 두 발이다가 저녁이 되면 세 발이 되는 건 뭘까요? 못 맞추면 어떻게 되는지 알죠?"

해선이 웃으면서 말을 마치자 아이들이 쿠키를 베어 먹으며 그제야 저희들끼리 의견이 분분했다. 쿠키 모양이 실제로 괴물의 모양을 하고 있어 그게 신기했는지 아이들은 점점 더 평범하고 시끄러운 조무래기들이 되어갔다.

"사람이에요."

그중 한 아이가 손을 높이 쳐들고 자신 있게 대답했다.

"오호. 정답. 어떻게 알았지?"

"그리스 신화를 읽었거든요."

"훌륭해요. 쿠키도 먹고 공부도 하니까 좋지요? 자, 여기 선물."

각종 괴물들이 모두 들어 있는 쿠키 상자를 정답을 말한 아이에게 건네자 나머지 아이들의 태도가 확연하게 달라졌다. 얼굴이 환해지고 테이블에 부스러기를 떨어트려가면서 열심히 쿠키를 먹어댔다. 점점 지저분해지는 테이블과 아이들의 허술한 차림새가 자꾸만 눈에 밟혀 해선은 남들 몰래 인상을 썼다. 저 아이들의 결정된 미래가 그 안에 갇혀 있을 것이었다.

"오늘은 마카롱을 만들어 볼 거예요. 친구들끼리 나눠 준 반죽을 잘 저어보아요."

해선은 아이들이 돌아가면서 차례로 반죽을 저을 수 있도록 했다.

"서로 돕는다는 건 이런 거예요. 반죽을 함께 젓는 것. 그런데 엄청 힘들죠? 마카롱 반죽이 원래 힘이 많이 들어요. 그러니까 여러분은 힘을 키워야 해요. 힘없이 할 수 있는 건 아무것도 없거든요."

무슨 동화책에선가 보았던 구절을 섞어가며 말했다. 해선은 자신이 누군가를 도울 수 있는 사람이란 게 뿌듯했다. 머랭을 만들 때는 날이 선 핸드믹서를 다뤄야 하는 일이라 어른들이 도왔다.

"핸드 믹서 날이 아주 위험해 보이죠? 주방에는 사실 위험한 도구들이 많아요. 액션 영화에 주방이 자주 나오는 이유가 바로 그거예요. 살인 도구가 가득하거든요."

머랭과 잘 섞어 묽어진 반죽을 짤주머니에 넣고 아이들 손에 쥐어주었다.

"철판에 백 원짜리 동전 크기로 짜 놓으면 돼요. 자, 이렇게. 기울이지 말고 똑바로 들고 끝에 가서 힘을 빼면 꼬리가 남지 않아요. 꼬리가 생기면 모양이 안 예쁘거든요."

짤주머니에 미리 섞어둔 색소를 타고 반죽이 흐르자 핑크와 초록색이 동그랗게 반죽을 휘감아 색깔들이 서로 교차해 회오리쳤다. 아이들이 신기하고 예쁘다며 호들갑 떨었다.

"자, 이제 반죽을 한 시간 정도 말릴 거예요. 그래야 마카롱이 바삭하고 쫀득해지거든요. 참는다는 건 그런 거예요. 쿠키가 다 만들어질 때까지 기다리고 또 기다리는 거예요."

반죽이 담긴 철판을 한쪽으로 치운 뒤 해선은 아이들과 대화를 계속하고 싶어 했다.

"그동안 이 티라미슈를 먹도록 해요. 그런데 여러분 중 티라미슈가 무슨 뜻인지 아는 사람?"

부드럽고 달콤한 티라미슈를 입으로 몰아넣으면서 아이들이 웅성거렸다. 혹여 올바른 답이 나올까 봐 해선이 금세 말을 이었다.

"나를 하늘로 끌어올려 주세요, 라는 뜻이에요. 그럼 마카롱은 무슨 뜻일까? 또 선물 줄 건데."

의기양양해진 해선이 또 물었다. 갖가지 대답이 나왔지만 당연히 정답은 없었다.

"땡. 모두 틀렸어요. 실은, 마카롱은 아무 뜻도 없어요."

해선이 웃자 아이들이 따라 웃었다. 해선은 쿠키 상자를 모든 아이들에게 나눠주었다. 아이들이 서로 떠들고 상자 안의 쿠키를 구경하는 동안 해선은 아이들을 바라보았다. 그러다 한 아이에게 나지막하게 물었다.

"할머니가… 돌봐주시니?"

"엄마, 아빠가요. 아빠는 대형마트에서 일하시는데 관리팀이라 별로 몸을 쓸 일도 없어요. 이거 보세요. 생일 선물로 아빠가 주신 거예요."

아이는 매뉴얼처럼 대답하고는 주머니에서 최신형 휴대폰을 꺼내 해선에게 보여주었다. 낭패감을 느낀 해선은 아이가 되바라지다고 생각했다.

백오십 도로 예열한 오븐에서 십 분쯤 구워낸 마카롱을 꺼내자 아이들이 환호성을 지르며 박수쳤다. 무턱대고 손으로 집으려 들었다. 해선이 반사적으로 그 손을 탁 쳐냈다.

"갓 구운 쿠키는 입술에 댈 때보다 손으로 집을 때 훨씬 더 뜨겁지요."

그때 먹는 것은 쿠키가 아니라 불이라고, 사치스런 즐거움을 주는 불의 냄새를 삼키는 거라는 말까지는 하지 않았다. 냉장고에서 생크림 가나슈를 꺼내와 중간에 발라 샌드 형태를 만들고 나자 비로소 마카롱이 완성되었다. 아이들은 정말 저희들이 다 만들기라도 한 것처럼 들떠 있었다.

"겸손하다는 건, 쿠키를 진짜 잘 구웠어도 동네방네 자랑하고 다니지 않는 거예요. 정말 그랬더라도 말예요."

다 구워진 마카롱을 아이들 숫자대로 나눠 담으며 해선이 말을 이었다.

"어른을 공경한다는 건, 갓 구운 쿠키를 맨 먼저 할머니께 드리는 거예요. 집에 가서 어른들께 먼저 드리도록 해요. 그리고 욕심이 많다는 건 쿠키를 혼자 다 먹어 치우는 거예요. 여러분은 욕심 사나운 아이들은 아니겠죠?"

협박성 경고까지 마친 뒤에야 포장하고 남은 마카롱을 아이들에게 먹도록 했다. 설탕 덩어리여서 단맛에 속까지 아린 그 과자를 아이들은 잘도 먹어댔다. 가장 단맛이 강한 쿠키에 비하더라도 마카롱은 최소 네 배는 더 단 과자였다. 마카롱 한 개가 쌀밥 한 공기의 칼로리에 육박하니까.

아이들의 몸속엔 질 좋은 단백질이나 성장에 꼭 필요한 필수 아미노산 대신 게으르고 창의력이 떨어지는 성격을 만드는 지방이 축적되고 있는 것이었다. 상관없었다. 어차피 저 아이들의 부모도 아닌데 그것까지 신경 쓸 까닭이 없지 않은가. 해선은 그저 오늘 하루 즐거웠다는 기억만 남겨주면 될 일이라고 생각했다.

마카롱을 들고 몽상 안을 이리저리 헤집던 아이들 중 하나가 벽과 테이블을 발로 차고 다녔다. 해선이 손등을 때렸던 그 아이였다.

"이런 데선 얌전하게 굴어야지."

사회복지사가 해선과 부녀회 여자들의 눈치를 보면서 아이를 붙잡았다. 벽에 선명하게 남은 더러운 발자국 때문에 해선은 기분이 나빠졌다. 누구도 눈치채지 못하는 사이 그 아이를 노려보았다. 나중에 자라서도 아무짝에도 쓸모없는 놈이 될 것이 뻔했다. 아이의 발모가지를 잘라버리고 싶었다. 사지 멀쩡해서 쓸모없는 것보다야 발모가지 하나쯤 없어져야 사람들의 동정이라도 받을 것 아닌가.

해선은 핸드 믹서의 날카로운 날을 쳐다보았다. 한쪽 발목이 잘려나간 아이를 상상하자 한쪽 발이 없는 비둘기가 떠올랐다. 평생을 절뚝거리며 음식물 쓰레기통이나 뒤지고 다니던 비둘기 말이다.

사회복지사가 인솔해서 아이들이 돌아가고 나자 그밖에도 소소하게 몽상 안에 흠집이 나 있는 걸 알 수 있었다. 해선은 속으로 아이들을 부른 걸 후회했다. 기분이 나빠진 탓인지 심장에 무리가 온 느낌이라 디기탈리스 차라도 한 잔 마시고 싶었다. 부녀회 여자들도 기분이 깔끔하지 않은 모양이었다.

"저 아이들, 유치원도 안 다닌 건 아닐까?"

부녀회장이 의심을 표하자 다른 여자가 믿을 수 없다는 표정을 지었다.

"설마…."

부녀회장이 한숨을 쉬었다.

"그러니까, 사람이 사는 데는 제대로 된 교육이 정말 중요한 건데."

"저 아이들 부모도 문제지만 정부도 문제야. 저런 애들 교육 문제에 신경 쓰지 않으면 우리 애들이 어른이 됐을 때 이 나라 꼴이 어떻게 되겠어? 무서워서 집 밖에나 나갈 수 있을까 몰라. 불안해 죽겠다니까."

"그나저나 저 애들 옷 입은 거 봤어? 나는 그런 옷은 어디서 구하는 건지도 모르겠던데."

부녀회장의 말에 해선이 거들었다.

"그래서 생각한 건데… 우리 집에도 그렇고 각자 집에 애들 안 입는 옷들 많잖아요. 그걸 모아서 그 아이들 주면 어때요? 훨씬 좋은 옷들이니까."

언제나 걱정거리 두세 개는 갖고 있어야 열심히 살고 있다고 안심하며, 자신이 고뇌하는 인간이라고 자부심을 느끼던 여자들이었다. 사회적 약자 편에 서서 생각할 줄 아는 교양녀라고 스스로 생각하는 그들이 '그래, 그게 좋겠다.' 며 반색을 했다. 그중 한 여자는 '그 아이들도 인간답게 살 권리가 있는데.' 라며 울먹이기도 했다.

얼룩

"에구머니, 넌 언제부터 거기 서 있었던 거냐?"

문자는 어찌나 놀랐는지 들고 있던 채반을 떨어트릴 정도였다. 막 튀겨져 채반 위에서 기름을 뚝뚝 흘리던 통닭이 도로 끓는 가마솥에 빠졌다. 가게 앞에 걸린 가마솥에서 닭을 튀기던 문자는 가슴을 쓸었다. 막 시작된 여름 더위에도 온몸에 닭살이 돋아 문자는 끓는 기름 솥 앞에서 오싹 몸을 떨었다.

"놀라셨어요?"

해선은 얼른 다가가 커다란 집게를 받아들고는 솥에서 통닭을 건져냈다.

"왔으면 왔다고 말을 해야지, 그렇게 소리 하나 없이 구석에 허여멀건 하게 서 있으면 어째? 사람 놀라게."

"바쁘신 거 같아서요. 죄송해요. 다치진 않으셨어요?"

눈으로 문자를 이리저리 살피는 해선이었다. 비닐 앞치마를 두르고 손에도 장갑을 끼고 있었기 때문에 몇 방울 튄 기름은 문자의 옷에만 묻는데 그쳤다. 해선은 또 한 번 죄송하다며 눈치 빠르게 튀김옷을 얇게 입힌 생닭을 한 마리 가마솥에 넣었다. 순간적으로 기름이 끓어올랐다. 보글보글 기름방울 터지는 소리가 경쾌하게 가마솥 가득 들어찼다.

목과 발이 잘리고 배가 열린 닭은 살과 뼈가 반질거리는 갈색으로 익어갔다. 사람들이 토막 낸 치킨 대신 통닭을 좋아하는 까닭은 스스로 닭의 몸을 찢어먹을 수 있어서일까. 그렇게 생각하니까 먹음직스러워 보였다. 사실 해선은 닭이나 오리처럼 날개 달린 것들을 좋아하지 않는데도 그랬다.

해선은 옆에 쌓인 생닭을 보았다. 아직 흰빛의 살결일 때, 비린내 풍기는 닭은 혐오스러웠다. 매일같이 저런 것들을 수도 없이 만져야 한다는 건 징벌의 한 가지로 시켜도 될 종류의 일이라고 생각했다. 그런 점에서 일에 귀천이 없다는 말은 진실이 아니라 주장이다. 그런 말을 할 때 사람들이 힘주어 길고 긴 설명을 덧붙이는 것만 봐도 그렇다. 사실 속으로는 사람들이 믿지 않을 걸 아니까.

"그렇게 뒤적거리면 안 된다고 몇 번이나 말했잖니."

문자가 해선이 들고 있던 집게를 빼앗았다. 혀를 차면서 손을 허공에다 대고 툭툭 쳐냈다.

"그럼 저는 홀에서 일을 도울게요."

문자의 타박을 내심 기다렸던 해선이 서둘러 가게 안으로 들어갔다. 문자가 해선의 등을 보며 중얼거렸다.

"쟤는 어떻게 점점 더 하얘져. 그리고 무슨 애가 얼굴에 표정이 없어. 어떤 땐 섬뜩하다니까."

삼십 년이 넘은 문자의 가마솥 통닭집은 프랜차이즈 치킨집이 부지기수로 생겨나면서 한때 주춤하기도 했었다. 그러나 무슨 열풍을 타고 다시 재래시장과 거기서 파는 음식들에 추억이나 향수, 새로움 같은 정서가 덧씌워지면서 전보다 훨씬 바빠졌다. 오늘 같은 주말 저녁이면 멀리서 일부러 찾아오는 손님들까지 더해져 실 평수 이십 평이 넘지 않는 가게 안에 빈 좌석이 없었다.

손님들은 가게 안팎에 찌든 기름내와 커다랗게 튀겨진 통닭을 직접 들고 뜯는 행위를 일상 속의 작은 이벤트쯤으로 여겼다. 제 할머니 뻘에 가까운 문자를 이모라고 부르면서 문자와 말을 섞는 걸 즐거워했다. 심지어 문자와 찍은 사진을 블로그나 페이스북 같은데 올리고 통째로 튀겨진 닭의 사진 밑에 맛있겠다는 댓글이 달리면 알아서 통닭집 홍보에 위치 알리미 역할도 자처하길 서슴지 않았다.

가게 안은 사람들이 내뿜는 열기와 뒤엉킨 호흡 때문에 커다란 에어컨이 두 대나 맹렬하게 돌아가고 있어도 더웠다. 게다가 문을 활짝 열어놓은 탓에 닭 튀기는 기름에서 피어오른 연기가 안으로 밀려들었다. 매캐하고 자욱하고 소란스럽고 지저분했다. 그런데도 사람들은 불평도 없이 기름기로 번들거리는 입을 벌려 닭의 살을 씹거나 상대방에게 소리치듯 크게 말했다.

저렇게까지 맹렬하게 먹고 떠들 일인가. 해선은 이해할 수 없었다.

"여기, 무 좀 더 주세요."

"네."

재빠르게 대답한 해선이 절임무를 한 접시 가득 내왔다.

"더 필요한 거 있으시면 언제든지 말씀하세요."

상냥하게 말한 뒤 해선은 테이블을 돌아다니면서 뭐가 더 필요한지 체크했다. 그러나 다수의 손님들은 알아서 부족한 음식과 그 외 필요한 것들을 셀프로 서빙했고, 심지어 옆 테이블에서 요구하는 뭔가를 자기가 가져다주는 손님까지 있었다.

"요즘은 이런 데나 와야 사람 사는 냄새가 난다니까."

소리 높여 떠들던 한 손님이 말했다. 해선은 '이런 데' 와 '사람 사는 냄새' 가 뭔지에 대해 생각해보았다. 아마 저들은 '이런 데' 에 살지 않을 것이며 하루 종일 '사람 사는 냄새' 가 풍기는 생활을 견디지 못할 것이다. 해선은 비웃음을 얼굴 표정에 드러내지 않았다. 계속해서 친절하고 기분 좋은 미소를 지었다.

뭔가를 가지러 주방 쪽으로 들어가는 동식의 어깨를 해선의 손이 살며시 잡아 쥐었을 때, 동식은 순간적으로 몸이 굳으면서 들고 있던 더러운 행주를 떨어트렸다. 조각난 닭 뼈 부스러기, 씹다 만 무절임이 행주에서 튀어나와 바닥에 뒹굴었다.

"나야. 뭘 그리 놀라?"

짐짓 환한 말투로 장난처럼 말했다. 그렇게 말은 했지만 오른쪽 눈이 완전히 보이지 않게 된 후부터 동식이 작은 일에도 숨이 멎을 듯 긴장한다는 걸 해선은 잘 알고 있었다. 실명 뒤 동식은 위협의 징조조차 없는 것들도 무서워했다. 예컨대 목줄에 매여 걸어가는 개라든지, 맞은편 차선에서 빠른 속도로 달려 지나가는 자동차라든지. 심지어 그냥 덩치가 큰 남자들을 볼 때도 몸을 움츠리고 해선의 뒤로 숨었다.

바닥을 치우면서 해선은 고작 한쪽 눈이 안 보인다는 결핍이 사람을 저리 무력하게 만들 수 있다는 데 대해 새삼 놀라워했다. 동식은 사냥기술을 잃어 누가 돌봐주지 않으면 목숨을 부지하지 못할 지경인 짐승 같았다. 그것은 멈춤이 아니라 퇴화였다. 안타까운 마음이었고 불쌍하기도 했다. 한없는 연민이 느껴져 한숨을 내쉬었다.

동식의 실명 이후 해선은 무던히 애를 썼다. 동식을 위로하고 힘을 주려고 둘이 함께 여행을 다녀오기도 했었다. 여행을 떠올리던 해선은 속으로 몸을 떨었다. 문득 여행에서 있었던 일이 생각난 까닭이었다. 때로 약해진 것이 자신에게 위협이 될 수도 있다는 생각에 다시금 불안해졌다. 여행을 떠날 때만 해도 좋았는데….

"길을 잘못 들었나 봐."

중앙고속도로였다. 살다보니 바빠서 그 도로가 생긴 뒤로 처음 가본 길이었다. 원래의 목적지로 가자면 제천 쪽으로 빠졌어야 했지만 어느새 해선과 동식이 탄 자동차는 영월로 향하고 있었다. 겁이 난다는 이유로 운전대를 해선에게 맡긴 동식은 끄덕거리며 졸다가 말고 밖을 내다보았다.

"그러네. 잘 좀 보지 않고."

세 시간 가까이 혼자서 운전 중이던 해선은 순간적으로 짜증이 일었다. 갓길에 차를 멈추고 동식에게 이렇게 말하고 싶었다.

'내려.'

동식은 그렇게 버려져야 마땅하다고 생각했다. 하지만 참았다. 참으니까 참아졌다. 참으니까 참아진다는 사실이 낯설었지만 묘하게 승리자의 기분이 들기도 했다. 여행길 아닌가. 결혼 후 몇 년 만에 둘이 떠난 참이었고 해선은 여행을 떠났다는 사실

만으로 얼마간 기분이 들떠 있었다.

"어차피 꼭 거길 가야 하는 것도 아니니까 이대로 쭉 가보는 거 어때? 그것도 재밌잖아. 계획에 없던 곳을 여행하는 거."

그렇게 말하고 나니까 오히려 무작정 떠나는 돌발 여행의 기분이 되어 해선은 더욱 기분이 좋아졌다. 참길 잘했다는 생각도 들었다.

"좋아. 나는 다 좋아."

동식이 순하게 대답했다. 해선은 운전하면서 입속으로 노래를 흥얼거렸다. 자주 동식을 보며 웃어주었고 가끔 동식의 손을 잡아주었다. 마침 봄이 무르익어 있었고 어딘지 모르겠는 지방도로로 들어서자마자 강물이 널따랗게 훅, 눈으로 들어왔다. 동강이었고 아름다웠다. 동식도 해선을 따라서 노래 불렀다.

"와. 여기 정말 끝내주네."

차를 멈추고 내려 그 앞에 섰을 때 동식은 탄성을 내질렀다. 물이 파랬다. 파랑의 원형 같았다. 맑게 흐르는 물소리는 마치 그런 것을 처음 듣는 것처럼 신선했다. 기암절벽은 아찔했다. 몇 개의 봉우리가 그 가운데 박히듯 들어앉아 있었다.

그 사이로 무성한 소나무들은 곧게 솟는 대신 곡선으로 하늘을 보고 뻗어나 있었다. 소나무가 보고 있는 봄의 하늘은 강물에 지지 않을 만큼 푸른빛이었다. 어라연漁羅淵. 물고기가 많아 강물 속에서 뛰노는 물고기들의 비늘이 비단처럼 빛난다 해서 붙여진 이름이라고 안내판에 쓰여 있었다.

해선도 그 앞에 한참 서 있었다. 사실 그만한 풍경이야 찾을라치면 여기저기 많겠지만 기분이 좋은 탓인지 문득 여행이나 아름다운 풍경이 각자가 지닌 무게를 조금은 덜어줄지 모른다고 생각했다. 아마도. 위로? 그러다 생각났다. 위로 따위는 잠깐의 방심에 불과하다는 사실. 맑은 공기나 자연의 초록 풍경은 호르몬에 영향을 주어 기분 전환은 할 수 있겠지. 그래서 뭐? 그런 기분이었다. 얄팍한 위로는 해선이 싫어하는 것들 중 하나였다.

동식은 어린아이처럼 헤헤 웃었다. 실명한 뒤 처음 보는 환한 웃음이었다. 어찌 됐든 동식을 위해 떠난 여행이었다. 역시 여행 오길 잘했어. 해선은 속으로 약한 자에게 베풀 줄 아는 스스로를 칭찬해주었다.

"사랑해."

동식이 해선을 안으며 말했다. 유치했지만 동식이 즐거워하는 모습이 싫지 않았다. 해선은 입가로 피, 하는 소리를 내면서 이렇게 되물었다.

"정말 나 사랑해?"

"죽을 때까지."

"응?"

계곡물이 세차게 휘돌아 나가는 소리에 해선은 잘 듣지 못했다.

"죽을 때까지 너만 사랑할 거야. 그러니까 애꾸여도 나 안 버릴 거지?"

"그럼. 내가 당신을 왜 버려."

동식의 품안에서 해선은 어떠한 전조도 느끼지 못한 채 말했다. 그런 말들을 주고받자니 행복한 기분이 들기도 했다. 해선의 목소리는 느슨하게 풀어져 마치 이불 속에서처럼 동식을 자극했다. 동시에 자신의 말속에 죄책감이 조금 묻어있었다는 사실을 해선은 알아채지 못했다.

다음 코스는 동굴이었다. 고씨동굴 안은 어둡고 춥고 습했다.

"여긴 왜 이렇게 어두워?"

동식의 말투는 불평이라기보다 두려움에 가까웠다. 해선은 동식에게 밝은 빛으로 인해 자연 상태와 다른 미생물이 번식할 우려가 있어 조명을 어둡게 했다는 안내문을 읽어주었다. 그리고 아이에게 하듯 손을 잡아주었다. 해선과 동식은 바닥에서 떠 있는 간이 계단을 밟아 들어갔다. 좁은 간이 철제 계단은 바닥에 구멍이 숭숭 뚫려 있어 더 위태롭게 느껴졌다. 거기다 난간은 간혹 짧은 부분들만 설치되어 있었다.

어디로 향한 건지 모르는 어두운 길들, 거꾸로 거대하게 자라나고 솟아난 종유석이나 석순들. 떨어지는 물소리는 동굴의 빈 공간을 커다랗게 울렸다. 똑. 똑. 똑. 규칙적으로 낙하하는 물방울은 나쁜 결말을 내장한 폭탄류처럼 불안함과 초조함을 부추겼다. 동식이 해선의 팔을 더욱 꽉 잡았다.

"왜?"

"계단이 너무 무서워."

눈이 한쪽 밖에 남지 않은 동식은 계단 위에서 중심 잡는 걸 힘겨워했다.

"뭐가 무섭다고 그래. 이 정도는 이겨내야지. 험한 세상 어떻게 살려고."

해선은 나무라듯 동식을 다독였다.

"그만 나가면 안 돼?"

불평하는 동식을 해선이 한숨과 함께 잡아끌었다. 작아져 겁쟁이가 된 동식을 아이처럼 다뤘다.

"앞으로도 그렇게 살 거야? 무서운 것들은 모조리 피하면서?"

동식이 한심스러웠지만 해선은 동식에게 최선을 다했다. 이렇게 자기가 동식을 끌어주면 된다고 생각했다. 동식은 해선에게 이끌려 간신히 후들거리는 걸음을 떼었다.

"아얏."

비명을 지른 건 동식이 아니라 해선이었다.

"지금 뭐 하는 거야?"

바닥에 넘어진 해선은 한쪽 다리가 계단 밖으로 떨어졌다. 그 밑의 동굴 바닥은 어른 키 정도의 거리가 떨어져 있는 곳이었다. 해선의 손을 잡고 걷던 동식은 좁은 계단에서 마주 오던 사람을 피하려다가 균형을 잃고 흔들렸다. 그러다 해선을 밀쳐내면서 막 시작된 계단의 난간을 붙잡은 거였다. 동식이 밀어낸 힘의 작용으로 넘어지면서 해선은 동굴 벽에 팔꿈치를 세게 부딪쳤다. 거기서 피가 흘렀다.

"미안해, 해선아. 나도 모르게 그만."

"날 죽일 셈이야?"

차갑게 동식을 야단치는 해선이었다.

"일부러 그런 건 아니야. 한쪽 눈이 안 보이니까 바닥까지 거리가 얼마나 되는지 잘 모르겠어서 갑자기 겁이 나더라고. 떨어질 것 같아서 난간을 붙잡으려다가…."

"됐어. 나 죽이고 잘 살아봐."

해선은 동식을 버리고 홀로 동굴에서 나왔다. 거칠고 빠른 해선의 발소리가 동굴 속에 쿵쿵 울렸다. 다친 팔이 쓰라렸다. 차에 타자마자 시동을 걸었다. 곧바로 가속 페달을 밟았다. 오 분 이상 차를 몰았다. 십 분이 넘었을지도 몰랐다. 동식은 버려져 마땅하다고 생각했다.

읍내로 들어가 시장통을 거치고 영화 라디오스타 촬영지라는 다방 앞을 막 지났을 때 출발한 뒤 처음으로 브레이크를 밟았다. 따라오던 차가 경적을 울렸다. 일 초. 이 초. 삼 초가 지나지 않아 해선은 차를 돌렸다.

"타."

동식은 얌전하게 서 있었다. 자세히 보면 좀 억울하다는 표정도 들어 있었다.

"…."

"아무 말도 하지 마."

동식이 뭔가 말을 하려고 하자 해선이 바로 잘랐다. 해선은 약한 것들의 강한 자기 보호 본능일 뿐이라고 스스로를 다독였다. 한 번만 봐주자. 불쌍한 사람 아닌가. 행여나 자기를 버리고 갔을까 저리 떨고 있지 않은가. 영월 읍내를 지나 소나기재를 넘으면서 해선은 어느 길로 가야 하는 지도 모르는 채 하나로 나 있는 길을 운전했다.

"배고프다. 밥 먹으러 가자. 이번 한 번만 봐주는 거야. 또 그러면 내가 당신 가만 안 둘 거야. 알겠지?"

분이 풀린 건 아니었다. 다만 차창을 열고 하늘로 날아오르고 있는 새 몇 마리를 보았다. 날면서 예쁜 소리로 지저귀는 것들을 보니까 기분이 좀 풀렸다. 동식은 금세 어린애처럼 헤헤거렸다.

'무지개송어' 라고 적힌 집을 향해 우회전했다. 직접 양식을 겸하는 송어 횟집이었다. 밝은 주황빛의 송어 살은 단단하고 부드럽고 달았다. 야채와 콩가루와 초장에 함께 비벼 한 그릇이나 해치웠다. 동식은 소주를 한 병 비웠다. 이른 저녁을 먹고 나오자 막 해가 횟집 뒤편 산속으로 들어가고 있었다. 식당 앞이 바로 양식장이었다. 술에 취한 동식이 구경 가자고 해선의 손을 잡아끌었다.

장관이었다. 동강 풍경보다 생생했고 동굴보다 인상 깊었다. 물고기들이 커다란 수조 가득 들어차 서로 몸을 뒤채느라 물방울이 수조 밖에 서 있는 사람에게까지 튀었다. 어떤 것들은 꼬리로 동료의 머리를 치고 눌러 일어났다. 엄청난 생명력에 해선은 감탄했다. 그런 수조가 무려 예닐곱 개가 연달아 이어져 있었다. 주인에게 물어보니 끝에 있는 수조에 가장 큰 물고기들이 있다고 했다.

"저쪽에도 가 보자."

이번에는 해선이 동식을 끌었다. 가장 큰 것들을 보고 싶었다. 꿈틀거리고 팔딱거리는 물고기들을, 머리와 꼬리가 잘리고 살이 발려져 횟감이 되기 전의 그것들을 꼭 보고 싶었다.

"그만 가자. 이제 어둡고, 길도 너무 좁아."

동식이 걸음을 멈췄다. 수조 사이를 연결하는 길이 간신히 여자 어깨 넓이 정도로 좁긴 했다. 그러나 식당 주인과 손님들 모두 잘만 걸어 다녔다.

"그럼 당신은 먼저 차에 가 있어."

동식은 넓이와 길이에 대한 자신의 감각을 믿지 못한지 한참이었다. 취해 붉어진 눈으로 어두워지고 있는 주변을 둘러보았다. 혼자 돌아가야 할 좁은 길과 둘이 걸어갈 좁은 길 사이에서 동식은 고민했다. 체념하듯 해선의 손을 잡고 뒤따랐다. 발에 힘을 주어도 자꾸만 흔들렸다. 동굴에서의 일이 생각나 해선에게 말하려고 급하게 앞으로 발을 떼었다. 그리고 다시 한 번 발을 삐끗했다.

"악."

해선의 비명은 아까와 달랐다. 전의 것은 상처에 대한 아픔 때문이었다면 지금 것은 목숨에 대한 절박함이었다. 마지막 수조를 몇 걸음 앞에 두고서였다. 동식과 해선 모두 수조에 빠졌다. 동식이 물속으로 빠지면서 미처 해선의 손을 놓지 못했다. 허우적거렸는데 발이 바닥에 닿지 않았다. 어른 팔뚝 길이만한 물고기들이 짐승처럼 몰려들었다. 동식은 폐에 물이 차오르고 물고기에게 살을 뜯어 먹히는 장면을 상상했다. 겁을 먹으니 곧 죽을 거 같았다. 공포로 눈앞이 흐려졌다. 뭐든 손에 걸리는 것들을 누르며 몸을 일으키려 애썼다.

"악."

세 번째 내지르는 해선의 비명이었다. 동식이 누르고 일어난 것은 바로 해선의 머리였다.

해선은 그때처럼 숨이 막혀 급하게 호흡했다. 갓 튀긴 닭 냄새가 갑자기 역하게 느껴졌다. 구토가 솟았다.

"언제 왔어?"

바닥을 닦은 더러운 걸레를 받아들려고 동식이 손을 내밀었다.

"됐어."

탁. 해선은 동식이 내민 손을 쳐냈다. 그리고 동식의 손을 보았다. 서로 말하지 않았지만 동식이 여행에서 얻은 건 이제 자신이 의지할 수 있는 건 해선뿐이라는 확인이었고 해선은 약한 것들이 자기에게 미칠 위협을 깨달았다.

"당신 많이 피곤해 보인다. 여기 좀 앉아. 내가 할게."

해선의 서슬에 풀이 죽은 동식의 뺨을 한 번 쓸어내린 뒤 해선은 주방으로 들어갔다. 주방 아줌마 둘이 알은체를 해왔다.

"어쩜 그렇게 남편한테 지극 정성이야? 아예 남편한텐 뭘 안 시키네?"

"아유, 뭘요. 제가 없을 때는 동식씨 혼자 홀 서빙을 다 해야 잖아요. 아주머니들이 좀 많이 도와주세요."

대답하는 해선의 말투는 겸손했고 음성은 상냥했다. 반면에 몸은 재게 놀렸다. 테이블을 치우고 주문을 받고 통닭을 내 가고 빈 술병들을 거두었다. 그러는 중간에 간간이 동식을 살폈다. 동식은 멍한 표정으로 그저 해선이 하는 양을 보고 있었다.

한쪽 시력을 잃은 뒤 동식은 극심한 피로감 때문에 민원인들을 대하는 게 어려워졌다는 이유로 주민센터를 그만두고 문자의 통닭집 일을 돕기 시작했다. 하지만 그건 문자 때문이었다. 동식의 실명에 대해 문자는 처음엔 땅이 꺼져라 한숨을 쉬었지만 얼마 지나지 않아 늙은 엄마 그만 고생시키라는 하늘의 계시라며 통닭집 출근을 종용했다. 동식은 그저 통닭집에서 일하면 글씨를 보지 않아도 된다는 이유로 문자의 제안을 수락했다.

어릴 적부터 몸에 익혀왔던 일인데도 통닭집에서 동식은 자주 실수를 했다. 컵을 깨고 셈을 틀려 손님에게 싫은 소리를 듣고 거래처에 주문을 잘못 넣어 재료가 모자라거나 넘쳐서 버리는 일도 간혹 생겨났다. 의사는 한쪽 눈 실명에 대한 기능 저하라기보다 '외상 후 스트레스 장애' 라고 판단했다.

최악인 건 동식이 눈에 띄게 더러워졌다는 것이었다. 해선은 수염이 덥수룩한 얼굴로 물을 마시다 흘리고 감지 않아 기름기로 쩍쩍 갈라진 머리칼을 아무데서고 긁고 앉아 있는 동식을 볼 때마다 속으로 혀를 찼다. 그때마다 반대로 깨끗한 물수건을 가져다 동식의 얼굴을 닦아주고 동식이 흘린 음식물 따위를 말끔하게 청소했다. 오줌 방울이 묻은 변기를 락스로 닦고 닭기름과 김치 국물에 찌든 옷가지를 일일이 손빨래하는 식으로 해선은 매일같이 자기희생에 정성을 쏟았다.

"괜찮아. 곧 좋아질 거야. 아무 걱정 하지마."

동식의 어깨를 다독이면서 다정하게 말했다. 동식은 염치도 없이 고개를 끄덕이면서 해선에게 매달렸다. 해선은 근성이 비열하고 비겁해서 반성의 기미 같은 건 전혀 보이지 않는 동식을 보면서 인내심을 발휘해 더욱 상냥하게 웃어주었다.

통닭집에서 해선은 계속해서 통닭을 날랐다. 날라야 할 통닭은 자꾸만 쌓여갔다. 간혹 해선은 가게 유리에 비친 자신을 보았다. 그럴 때 해선은 통닭 쟁반을 던져버리고 싶었다. 하지만 그랬다간 삽시간에 문자의 먹잇감 신세가 될 터였다. 이상한 쿠키네 뭐네 하면서 폼만 잡고 사치나 부리고 허영이나 떨 줄 알았지 아무짝에도 쓸모없다며 해선을 괴롭힐 것이다.

통닭집에 있을 때 해선이 즐거워하는 일이 한 가지 있긴 했다. 바로 문자를 보는 것이었다. 해선은 가게 밖에 서 있는 문자를 건너다보았다. 더운 여름날 끓는 기름 앞에서 얼굴이 벌게져서는 끝도 없이 닭을 튀기고 있었다. 지금이야 세상 좋아져서 손질이 끝난 생닭을 공장에서 공급받아 튀겨 팔지만 과거에 문자는 닭을 잡아 생닭을 파는 일도 겸했다고 했다. 해선은 그때의 문자를 상상했다.

닭의 목을 비틀어 죽이고 끓는 물에 담가 털을 뽑은 다음, 날이 선뜩한 칼로 목을 자르고 다리를 절단할 때. 그리하여 검붉은 핏방울이 문자에게 튀어 오를 때. 셀 수도 없을 만큼 많은 생명을 죽여대면서 눈에 핏발이 섰을 때. 그 짐승들의 더러운 피와 살해에 대한 기억이 문자의 몸 안에 덕지덕지 묻어갈 때.

"어이, 누님. 우리 왔어요."

서너 명의 사내들이 큰소리를 내며 가게 안으로 들어왔다. 밤 열 시가 넘어 웬만큼 손님들이 빠지고 좀 한가해졌다 싶을 때였다.

"왔는가. 어서들 앉아. 내가 금방 튀긴 놈으로다가 갖다 줄 테니까."

문자가 친동생 대하듯 친근하게 말했다.

사내들은 해선도 잘 알고 있는 사람들이었다. 시장통에 있는 세탁소 장씨, 그 옆 신발가게 박씨, 정육점 이씨로 모두 문자 소유의 가게에 세 들어 장사해 먹고사는 사람들이었다.

"동식이도 이리 와라. 마누라가 옆에 있어서 그런가, 오늘 동식이 기분이 좋아 보이네?"

박씨가 동식을 불러 앉히고 익숙하게 냉장고에서 소주와 맥주 몇 병을 꺼냈다. 술잔과 물병, 양배추 샐러드와 절임무에 콩나물 무침이며 겉절이까지 눈치껏 날라다 준 해선은 주방으로 가 일을 거들었다.

"그 반찬가게 여편네 어떻게들 할 거야?"

문자는 통닭을 쭉쭉 찢어 사내들 앞에 놓아주면서 입으로 쏘아붙였다. 그때 문자의 목소리를 정확히 설명하자면 '개 같은 년'이라는 뜻이 그 안에 들어 있었다고 말할 수 있겠다. 얼마 전에 시장통 반찬가게 주인 여자가 문자와 동식을 싸잡아 헐뜯고 문자의 성미가 고약해서 동식이 일을 당한 거라는 식으로 소문을 낸 일을 두고 그러는 거였다.

문자는 통닭을 찢던 손가락을 쭉쭉 빨고 기름 범벅인 붉은색 비닐 앞치마를 소리 나게 벗어 탁자 위에 내려놓았다. 문자에게는 순식간에 주위 모두를 천박한 싸구려로 오염시키는 탁월한 재주가 있었다.

시장 번영회 회장이기도 한 장씨가 엉거주춤 일어나 술을 좀 더 꺼내오면서 대꾸할 말을 궁리했다.

"누님, 그거야 그렇지만 우리가 뭔 힘으로다가 나가라 마라…."

"그런 거 하라고 번영회장 시켜준 거잖아. 나는 뭐 흙만 파먹어도 배부른 사람이라 임대료 올릴 줄도 모르고 사는 줄 알아?"

장씨의 말을 토막 낸 문자가 에둘러서 협박했다. 팔까지 들어올려 휘두르는 바람에 맥주잔이 넘어져 콩나물이며 겉절이 무침이며가 사방으로 흩어졌다. 박씨가 얼굴에 튄 고춧가루 국물을 닦아내고 반찬 접시들을 대충 밀쳐놓는 사이, 장씨와 이씨가 드르륵, 소리를 내면서 의자에서 일어나 한 사람은 문자의 팔을 잡고 나머지 사람은 술잔에 술을 따르고 하면서 난리를 피웠다.

"누님. 그렇게 말하면 우리가 섭하지. 우리 사이가 어디 그런가?"

문자가 크윽, 소리를 토해내며 술잔을 비우자 저마다 잔을 비운 사내들이 다시금 한 순배 돌렸다.

"알지. 우리가 다 누구 덕에 이만큼이라도 먹고사는 건데."

사내들의 공치사에 당연하다는 듯 문자가 고개를 주억거렸다. 결국 사내들은 다퉈가며 반찬가게 여자를 욕했다. 그러느라 목소리가 점점 커졌고 그 입들에서 닭의 살점이 우수수 튀어나왔다. 나중에는 가게 안에 있는 손님 모두가 반찬가게 여자의 화냥기와 이간질에 도가 튼 천박함을 믿게 되었다. 애당초 그렇게 될 일이었다.

그제야 직성이 풀린 문자가 취한 목소리로 동식에게 통닭 한 마리를 더 내오라고 시켰다. 오늘 돈은 안 받을 테니까 그런 줄 알라며 기세가 등등했다. 해선은 시장통에서 목소리가 커지고 행동이 거칠어지는 이유는 관계는 없고 행위만 있어서라고 생각했다. 그게 무슨 말인지 정확히 설명할 자신은 없었지만 어쨌든 느낌이 그랬다. 문자는 질 낮은 냄새가 풍기는 호기를 부렸다.

화장실에 다녀온 문자가 씻지도 않은 손으로 더럽게 반찬이며 절임무를 집어먹었다. 주방 일을 마치고 술자리가 끝나기를 기다리고 있던 해선은 인상을 찌푸렸다.

"아가, 물 좀 가져와라."

취하고 기분 좋아진 문자가 해선을 다정하게 불렀다. 다른 사람들이 보고 있어서였다. 컵에 물을 따라 내가다 말고 해선은 컵이 설거지가 안 되어 있는 걸 보았다. 고춧가루가 붙어 있고 립스틱 자국이 얼룩져 있었다. 새 컵을 꺼내려다 말고 해선은 그대로 내갔다. 문자는 해선이 내온 불결한 컵에 담긴 물을 잘도 마셨다.

"이 집 며느님은 어떻게 갈수록 예뻐지는 거 같아?"

장씨가 즐거운 목소리로 말했다.

"그럼. 우리 며느리만 한 애도 없지. 남편한테 하는 거 봐. 어찌나 살뜰하게 챙기는지 동식이가 내 아들놈이 아니라 우리 며느리 아들 같다니까."

"그러게. 시어머니랑 남편한테 어찌나 잘 하는지 아주 소문이 짜하게 났잖아."

이씨가 추임새를 넣으며 맞장구쳤다. 문자가 입꼬리를 비틀어 비웃는 건 해선만 알아챘다.

"우리 애가 구워 파는 과자 먹어봤어? 강 건너 비싼 동네서나 먹을 수 있는 거라잖아. 나한텐 또 얼마나 잘하는데. 철철이 새 옷에 보약에 어디 나가려면 꼭 우리 며느리가 곱게 화장도 해 주잖아. 그러면 내가 봐도 십 년은 젊어 보이더라니까. 딸보다 나아. 암, 친딸보다 더 딸 같고말고."

문자가 커다란 목소리로 우렁우렁 말했다. 사람들이 있을 때 문자는 이런 식으로 해선을 과장해서 칭찬했다. 이유는 뻔했다. 해선에게 모욕감을 주기 위해서였다. 그리고 자기 자신의 평판을 유지하고 자존심을 지키기 위해서였다. 시장통 사람들 중 자신이 가장 나은 삶을 살고 있다는 것을 쐐기 박으려는 거였다.

해선이야말로 속으로 문자를 비웃었다. 해선은 문자에게 다가가 과장된 몸짓으로, 그러니까 시장통에서나 통용될 법한 포즈로 있는 대로 팔을 벌려 문자를 끌어안았다. 아예 문자의 입을 틀어막아 버릴 작정이었다.

"아유, 어머니는 참. 제가 뭘요. 제가 친정엄마가 없어서 그런지 저는 꼭 시어머니가 제 친정 엄마 같아요. 매일 밥은 먹었냐, 힘들진 않냐, 쿠키 가게 일도 바쁜데 뭐 하러 여긴 와서 꼬박꼬박 일을 돕느냐, 나무라신다니까요. 생일 때면 동식씨는 잊어도 어머니가 꼭 미역국을 끓여주셔요. 그걸 떠먹으면서 혼자 울기도 여러 번 했는걸요."

사람들이 한층 더 큰소리로 웃어대며 떠들었다. 몽상에 드나드는 사람들 앞에서라면 고스란히 들통 났을 연극도 여기서는 만사 오케이였다.

마침 새로운 손님들이 들어왔다. 해선이 가장 먼저 일어나 상냥하게 맞이한 뒤 주문을 받고 테이블을 세팅하고 서빙하는 것 모두를 일사천리로 진행했다. 문자와 다른 사람들이 보고 있다는 걸 의식하면서 해선은 손님들에게 갖은 친절을 베풀었다. 그러면서 문자의 기분이 나빠지길 기대했다. 흠잡을 데라곤 없는 해선의 솜씨에 과연 똥 씹은 얼굴이 된 문자가 입을 다물고 더러운 컵에 담긴 물을 벌컥벌컥 마셨다.

"얼추 다 끝났네?"

통닭집으로 들어선 미주가 문자 옆에 들러붙어 앉았다. 사내들과 대충 인사를 한 뒤, 배고프다고 호들갑을 떨면서 닭을 뜯고 술을 받아마셨다. 주방 쪽에 서 있던 해선은 한 번 힐끗 쳐다볼 뿐이었다.

"올케가 고생이 많네. 미안. 내가 오늘 일이 좀 많았거든."

해선은 웃으면서 대답했다.

"자기 일을 먼저 챙겨야죠. 여긴 이제 다 끝나서 괜찮아요."

밤 열한 시가 넘어가고 있는 시각이었다. 영어 개인 교습 일을 하는 미주가 이 시간에 일을 하고 왔다는데도 누구 하나 그 거짓말을 나무라는 사람이 없었다. 어릴 적부터 보고 자란 사내들은 미주를 딸처럼 귀여워했다. 미주는 스스럼없이 사내들과 어울려 주거니 받거니 술을 마셨다. 무슨 이유에선지 미주는 간간이 동식을 노려보고 뒷정리를 하고 있는 해선을 건너다보았다.

이윽고 취해서 몸을 좌우로 흔들던 사내들이 돌아갔다. 열두 시가 넘은 시각이었다. 뒷정리를 대충 하고 가게 문을 닫는데 미주가 작정한 듯 말했다.

"난 이제 시작인데? 그러지 말고 우리 식구끼리 집에 가서 한 잔 더할까?"

그거야말로 해선이 바라던 일이었다.

"그래요. 맛있는 안주 만들어 줄 테니까 우리 집으로 가요."

해선이 냉큼 미주의 제안을 받아들였다.

"이건 또 뭐냐?"

술기운이 오른 문자가 해선이 내온 접시에 관심을 보였다.

"카나페에요. 이렇게 하나씩 들고 한 입에 쏙 넣어 먹으면 돼요, 어머니."

어린이집에 맡겨둔 교영을 데려다 재우고 술상을 차리고 안주를 만드느라 혼자 분주하게 움직이던 해선이 간신히 숨을 고르며 대답했다.

"오늘은 특별히 와인을 내왔어요. 이거 되게 비싼 거거든요."

"올케가 웬일이래? 비싼 거라고 아끼느라 잔에 담아 온 거야? 맛은 좋네."

음미하는 것처럼 찔끔거리는 미주와 달리 문자와 동식은 고급 프랑스 와인을 막걸리 잔 비우듯 단숨에 마셨다. 해선은 안보는 척하면서 문자와 동식의 잔이 비워진 걸 보고 있었다. 그 둘의 잔에만 미리 수면제를 타 놓았던 까닭이었다. 문자가 카나페를 씹으면서 또 시작했다. 먹던 거나 삼키고 말을 하던가. 해선은 속으로 중얼거리며 짜증 냈다.

"그 과자 가겐가 뭔가 때려치우고 너도 통닭집 와서 일해라. 이제 곧 동식이가 통닭집 맡아야지."

"요즘 가게 일도 잘 돼서 아까워요. 그리고 동식씨 몸도 아픈데 어떻게요. 어머니 건강하신데 어머니가 하셔야죠. 집안일도 그렇고 교영이도 돌봐야 하고. 저도 요즘 몸이 안 좋아요. 죄송해요, 어머니."

해선은 그렇게 말했다. '내가 무슨 빚쟁이야? 일수 찍는 것도 아니고 멀쩡한 내 가게 두고 거기 가서 허드렛일을 하라고?' 속으로는 그렇게 문자를 욕했다.

해선은 말하면서 문자의 눈을 응시한 채 깜박이지 않았다. 문자는 자기도 모르게 해선의 시선을 피했다. 시간을 재보지는 않았지만 해선이 종일이라도 자신을 뚫어져라 쳐다볼 것 같다는 인상을 받았다.

피하고 나서 생각해보니 화가 났다. 문자가 거의 자동적으로 해선을 향해 다시 입을 열었다. 막 말을 하려고 했는데 때마침 해선이 아예 와인을 병째 가져오겠다며 자리에서 일어나 재빨리 주방으로 갔다. 해선은 문자와 미주의 곱지 않은 시선이 등짝에 와 꽂히는 걸 느꼈다. 문자가 말을 하도록 내버려두었다면 끝내 진영이 얘기까지 가고야 말 터였다.

"올케가 저렇게 쳐다보면 난 오싹하더라. 엄마는 안 그래?"

미주는 목소리를 낮추지도 않았다. 아예 해선 보고 들으라는 투였다. 해선이 보기에 천성이 경박하고 수다스러운데다 남자관계도 복잡한 미주였다. '너나 잘하세요.' 해선은 속으로 한때 유행하던 영화 대사를 읊었다.

동식이 매일 몽상에 드나들 때부터 문자와 미주는 해선을 탐

탁지 않게 여겼다. 여자가 너무 해사하게 생기면 집안에 우화가 생긴다는 이유를 들어서도 둘의 결혼을 반대했다. 해선이 양친 없이 혼자 몸이라는 것에서도 노골적으로 싫은 티를 냈지만 동식이 자신의 아이를 배고 있는 여자라며 해선 없이는 자기도 못 산다고 길길이 뛰는 데는 문자나 미주도 어쩔 도리가 없었다.

결혼 후, 신접살림은 문자가 동식의 앞으로 사준 문자의 바로 옆집에 차렸다. 낡고 오래된 복도식 아파트에 해선은 실망했다. 좀 더 세련되고 산뜻한 신축 아파트에서 시작하고 싶었다. 동식에게 그 점에 대해 말해보기도 했었다.

"우선 결혼부터 하고 좀 지나서 이사하면 돼. 어차피 내 이름으로 된 아파트니까 그땐 엄마도 어쩌겠어."

동식은 그렇게 해선을 달랬다.

"그럼 일 년 내에 이사하는 거야. 알겠지?"

다짐을 받는 해선에게 동식은 손가락을 걸며 약속했지만 여태껏 눌러 살고 있는 것이다.

해선은 두 번의 임신 당시 의도적으로 통닭 냄새에 구역질을 심하게 하는 등의 방식으로 동식이 문자 가게에 드나들지 못하도록 하고 문자 또한 가까이 오지 못하게 해서 충분히 되갚아주었다. 또한 아기를 위해 유기농 채소와 목초를 먹여 방목한 고기와 동물복지 인증을 받은 달걀만을 먹어야 한다며 동식을 멀리까지 심부름 보내는 일을 서슴지 않아서 더욱 문자의 부아를 돋워주었다.

술과 수면제에 취해 몸을 흔들던 동식이 먼저 거실 바닥에 아무렇게나 누웠다. 문자는 졸린 눈을 부비면서 마지막 카나페를 입에 욱여넣고 있었다. 그 꼴을 보고 있자니 해선은 문득 상스럽고 추잡한 말들을 해보고 싶었다. 그런 말들을 했을 때 어떤 효과가 생겨날 것인지 궁금했다.

브라도 하지 않아 조롱박처럼 축 늘어진 젖퉁이에다 배는 또 돼지처럼 튀어나와 있는 문자에게 이렇게 말해주고 싶었다. '다리를 잘라버리면 오뚝이처럼 둥글게 굴러다닐 거야. 다리가 없어지면 똥구멍으로 바닥을 밀어서 벌레처럼 꾸물꾸물 기어 다니려나.'

기분이 좋았다면 진심 어린 걱정을 담아 문자에게 살 좀 빼라며 한마디 건넬 수도 있었을 것이다. 그러나 오늘은 해선의 기분이 굉장히 좋지 않았다.

"올케, 나랑 얘기 좀 해요."

졸린다며 에라 모르겠다, 고 동식 옆에 누워 금세 코를 골아대는 문자를 확인한 미주가 해선에게 말했다.

"그럴까요? 나도 마침 아가씨한테 할 말이 있었는데."

문자와 동식이 깰지도 모르니 옆집, 그러니까 미주와 문자가 사는 집으로 가자는 해선의 제안에 미주가 오케이 했다.

"새로 사온 커피가 있어요. 향이 얼마나 좋은지 몰라요."

해선은 같이 마시자며 주방에서 커피와 미주에게 먹일 수면제를 챙겨 함께 옆집으로 갔다. 깊은 밤이라 아파트 복도는 인기척 하나 없이 고요했다. 미주가 거실에 앉으려 하자 해선은 이렇게 말했다.

"아가씨, 좋은 영어 교재 있음 하나만 빌려줘요. 요즘 몽상에 가끔 외국인들이 찾아와서 영어를 배워야 할까 봐요."

그렇게 둘은 자연스럽게 미주의 방으로 옮겼다. 영어 교재를 고르는 시늉을 하던 해선은 커피를 만들어오겠다며 주방에 나갔다 들어왔다. 미주는 해선이 새로 내린 커피를 달게 마셨다.

"올케, 이 커피 나 줘요. 향이 너무 좋다."

"그러죠, 뭐. 내가 아가씨한테 이까짓 커피 아끼겠어요?"

향기로운 커피 향 덕분인지 마치 둘이 다정한 친구라도 된 기분이었다.

'미주와 친하게 지냈으면 좋았을걸.'

그렇게 생각했을 때 해선의 마음은 진심이었다.

"오빠랑 왜 결혼한 거예요?"

조용하고 편안한 분위기가 어색했는지 미주가 뜸도 들이지 않고 시작했다. 해선은 미주를 건너다보며 말없이 미소 지었다. 미주는 예닐곱 번이나 눈을 깜박이며 해선의 대답을 기다렸다. 분명히 웃으며 자신을 보고 있는데도 미주는 해선의 눈길이 문득 무서워졌다.

"아까 다 봤어요."

결국 미주가 두려움을 느끼며 침을 한 번 꼴깍 삼켰을 때 해선이 말했다.

"뭘요? 뭘 봤다는 거예요?"

반문하면서도 미주는 저도 모르게 다시 한 번 침을 삼켰다.

해선이 그들을 본 건 퇴근하는 주방 아주머니들이 하겠다는 걸 굳이 해선이 나서서 쓰레기봉투를 가게 뒤쪽 공터로 버리러 나갔을 때였다. 두 남녀가 진한 애무와 신음이 섞인 키스를 주고받는 중이었다. 해선은 말없이 지켜보았다. 간신히 입술이 떨어졌을 때 그러지 말고 어디 가서 하자, 고 매달리는 남자에게 여자가 여전히 흥분이 가라앉지 않은 투로 대답했다.

"우리 지금 막 이별 키스 한 거잖아요."

미주였다. 거절의 말과 달리 미주의 호흡은 거칠었다.

"그러지 말고…."

왠지 남자는 힘 있게 미주를 당기지 못하고 있었다. 멀리서 오토바이가 지나갔다. 그 불빛에 잠깐 남자의 얼굴이 드러났다가 사라졌다. 은수 아빠였다. '유부남 만난다는 게 사실이었구나.' 해선은 배도 좀 나오고 머리숱도 적어지기 시작한 은수 아빠를 보며 속으로 웃었다.

"그니까 어떻게 할 거냐고요."

미주의 태도로 보아 섹스에 대한 거절과 이별 통보는 결론이 아니라 협박용인 것 같았다.

"이혼이 애 이름도 아니고…."

미주가 은수 아빠의 품에서 앙탈을 부렸다.

"알았어. 금방 정리할게. 진짜야."

"믿어요?"

"그러니까 어디 좀 가자."

"이혼서류 들고 오면 그때 가지 뭐."

그러면서 미주가 까르르 웃었다. 오늘은 진짜 들어가 봐야 한다면서 미주가 올라간 옷자락을 내리고 있을 때 은수 아빠가 은근하게 말했다.

"그런데… 당신 올케 말야."

은수 아빠는 주위에 누가 없는지 두어 차례 더 확인했다. 해선은 본능적으로 몸을 더욱 움츠렸다.

"결혼이 처음이 아니라며."

"누가 그래요?"

"아니, 당신 올케가 좀 색기 있게 생겼잖아. 그래서 소문이 돌거든.”

“정말이에요? 어디서 들은 건데요?”

“좀 작게 말해. 누가 듣겠어.”

“그럴 줄 알았어. 어쩐지 내내 찜찜하더니만. 당장 오빠한테 말해야겠네.”

“동식이는 알고 있는지도 모르지. 괜히 시끄러워질까 봐 말을 안 했겠지.”

“오빠가 그럴 사람이나 되나? 다 올케가 시켰겠지.”

“그건 그렇고. 그건 뭐, 중요한 게 아닐 수도 있지. 그런데….”

“그런데 또 뭐요? 빨리 말해 봐요.”

“그 전남편이 죽었다네?”

성미 급한 미주가 재촉하다가 금세 심각한 표정을 지었다.

“올케가 전남편을 죽였다는 소문이 있어. 그 보험금으로 몽상을 차린 거라고.”

당장 뒤돌아 가게로 뛰어가려던 미주를 은수 아빠가 붙들었다.

“흥분하지 말고. 그래서 될 일이 아니잖아.”

“이 얘기 또 누가 알아요?”

“모르지. 워낙 수위가 세서 나도 은밀하게 들은 거라. 그런데 그 얘기 들으면서 생각한 게, 교영이 말야. 혹시 전남편 애가 아닐까 싶더라. 그렇잖아. 오빠랑 닮은 데도 없고 애가 영 기분 나쁜 데가 있는 게….”

더 들을 것도 없다는 듯 미주가 거칠게 은수 아빠를 뿌리치고 가게 안으로 들어갔다.

“흥분하지 말고. 내가 그랬다는 말도 말고.”

미주의 뒤통수에 대고 은수 아빠가 거듭 중얼거렸다. 그들은 어둠 속에 몸을 숨기고 있던 것이 자기들 뿐만은 아니란 걸 끝까지 알아차리지 못했다.

수면제가 돌기 시작하자 미주는 자주 눈을 깜박였다. '갑자기 왜 이렇게 졸리지? 그럴까 봐 일부러 와인도 거의 안 마셨는데.'라고 혼잣말을 중얼거렸다.

"다 사실이에요."

해선의 목소리는 미주가 딱하다는 투였다.

"뭐가요? 내가 무슨 말을 할 줄 알고?"

애써 눈을 부릅뜨고는 있었지만 미주는 빠르게 수면 상태로 빠져들고 있었다.

"아가씨가 들은 소문, 다 맞아요."

"아니, 그러니까 그 전남편…."

말을 채 맺지 못한 미주가 침대에 쓰러져 잠들었다. 해선은 처음으로 미주의 이마를 쓸어주었다. 그러자 뜻하지 않게 눈물이 흘러 조금 울었다.

집으로 돌아온 해선은 몸을 씻고 세탁기를 돌려 빨래를 하고 집안을 정리했다. 그러기에는 많이 늦은 시간이기는 했지만 그래도 해야 할 일을 다 처리하고 나자 개운한 기분이 들어 수면제도 없이 바로 잠자리에 들었다. 수면제를 탄 와인을 마시고 잠든 문자와 동식은 해선의 바람대로 잘 자고 있었다. 때로는 고마운 데가 있는 가족들이라고 생각했다.

해선은 꿈도 없이 잘 잤다. 아니다. 딱 한 번 꿈속에서 다급하게 옆집 문이 닫히는 소리를 들은 것 같아 깼다가 흡족한 기분으로 더욱 깊이 잠들 수 있었다. 문자가 귀청이 찢어지도록 험악하게 비명을 질러 잠에서 완전히 깨어났을 때 해선은 유난히 몸이 가볍고 상쾌한 기분을 느꼈다.

해선은 천천히 일어나 거울을 들여다보았다. 옷매무새를 점검하고 푹 자고 일어나 더욱 뽀얀 윤기가 도는 얼굴을 보며 미소 지었다. 동식은 여전히 거실에 뻗어 있었다. 문자가 또다시 악을 질러댔다. 겁에 잔뜩 질린 그 목소리에 비로소 해선도 몸을 떨었다. 문자가 느끼는 공포가 고스란히 해선에게 스며들었다.

"일어나봐. 무슨 일 있나 봐. 어머니가…."

겁먹어 울먹이는 해선의 목소리에 동식이 눈을 떴다. 잠깐 잠과 꿈 사이를 헤매더니 쉼 없이 들려오는 문자의 비명에 벌떡 몸을 일으켰다. 보이지 않는 동식의 오른쪽 눈에 핏발이 선연했다. 신발도 제대로 꿰신지 못하고 옆집으로 달려가는 동식의 뒤를 해선은 찬찬한 걸음으로 따랐다.

처참했다. 우선 냄새가 그랬다. 해선은 미주의 방문에 기대서서 구역질했다. 생닭 백 마리를 쌓아놓은 것보다 심한 비린내. 즉각적으로 구토를 유발하는 피비린내. 더 이상 세포가 작동하지 않는 단백질에서 풍겨 나오는 비린내는 몸 안의 모든 장기를 뒤틀어놓는 것 같았다. 더운 방 안에서 막 썩기 시작한 피 냄새는 냉장시설이 고장나버린 정육점에서 맡을 법한 것보다 더욱 심하게 악취를 풍겼다.

미주는 다리를 아래로 향한 채 앉은 자세 그대로 쓰러진 듯 침대에 옆으로 누워 있었다. 여러 차례 이어진 듯 보이는 자상. 칼에 찔린 미주의 몸은 끈끈하게 엉기기 시작한 핏덩이들로 차갑게 묶여 있었다. 이불 위에는 커다랗고 딱딱한 피의 꽃이 여러

군데 피어났다. 칼에 찔린 상처가 쩍 벌어져 하얗게 굳어 있었다. 잘 벼려진 칼날을 품었을 미주의 몸. 새로이 미주의 몸을 찌른다면 액체의 피가 다시 흐를 수 있을까.

해선은 미주의 왼쪽 가슴, 붉게 얼룩져 환하게 드러나 있는 미주의 심장 언저리를 오래 보았다. 미주의 눈은 감겨 있었고 제대로 저항한 흔적 또한 없었다. 거기엔 오로지 한 가지만 있었다. 누군가의 순수한 욕망. 죽이고 싶다는. 미주는 끝내 억누르지 못한 누군가의 끔찍한 욕망을 몸에 품고 그렇게 죽어 있었다.

문자는 제정신이 아니었다. 차마 미주를 만질 수 없어 제 머리칼을 잡아 뜯었다. 그러다 가슴팍도 주먹으로 내리쳤다. 몸에 힘이 빠진 해선이 문자 옆에 무너지듯 쓰러졌다. 동식은 보이는 눈과 보이지 않는 눈을 번갈아 깜박이며 손으로 벽을 짚었다. 피가 온 방안에 튀어 이해할 수 없는 무늬를 만들어놓고 있었다. 창으로 들어온 아침 햇살이 그 광경을 따뜻하게 지켜보고 있었다.

경찰차의 사이렌 소리가 가까워지면서 문밖에서 웅성거리는 소리가 들리기 시작했다. 호기심 많은 주민들은 등교와 출근을 미루고 이웃에게 과연 어떤 일이 벌어졌는지 알고 싶어 했다. 그 중 어떤 사람들은 문을 두드리면서 현관문을 열려고 시도했다.

"무슨 일이야? 미주 엄마, 문 좀 열어 봐. 걱정돼서 그래."

누군가에게 불행한 일이 닥쳤을 때 왜 사람들은 그토록 궁금해 하는 걸까. 해선은 알 수 없었다. 그들은 다만 보고 싶은 것일 게다. 끔찍한 장면을 구경하고 자신이 보고 들은 것들을 소문으로 만들고 싶어 하는 것이었다. 그렇게 몸을 얻은 소문은 불행의 크기에 비례한 강한 체력으로 지치지 않고 사방으로 달려 나가겠지. 한동안 사람들은 소문의 힘에 기대서 자신의 삶에 감사하게 될 것이다.

"열지 마."

화가 나 현관문을 열고 소리치려던 동식을 해선이 말렸다. 문자는 자신의 손을 꽉 잡고 있는 해선의 손길을 뿌리치기는커녕 아예 떨리는 몸을 해선에게 기댔다.

"경찰입니다."

안을 들여다보려는 이웃의 머리통이 우르르 들어오는 경찰들의 어깨너머로 솟아 나왔다. 샛노란 폴리스라인이 현관문에 둘러지고 경찰이 주민들을 막아섰다. 문자와 해선은 거실에서 울었다. 동식은 주먹 쥔 손을 떨며 벽을 때렸다. 형사가 몇 가지 질문을 하는 동안 해선은 귓바퀴를 바싹 세워 질문과 대답을 들었다.

"네. 그렇다니까요. 어젯밤 가게 문을 닫고 식구들끼리 오랜만에 술을 마시고 다 같이 잠들었어요. 그게 다예요."

동식은 문자를 돌아보았다.

"엄마는 언제 건너온 거야?"

형사의 눈이 꽤나 날카롭게 문자를 보았다. 피의자로 소환된 것처럼 문자는 한순간 형사의 눈치를 살피며 말했다.

"오늘은 오전에 생닭이랑 무랑 납품받고 돈 주는 날이라 돈 챙기러 왔지. 요전번 강씨네는 안 그랬는데 이번에 야채가게는 매번 현찰로 주기로 했잖아."

"현금이 그대로 있었습니까? 얼마나 있었죠?"

형사의 질문에 문자가 망설였다. 동식이 얼른 대답하라며 형사의 눈치를 봤다.

"한 삼 백쯤. 돈은 다 그대로 있다니까요."

형사가 표나지 않게 웃었다. 그리고 그저 의례적으로 물었다.

"원래 그렇게 집에 현금을 두십니까?"

"아니, 오늘은 대금 치르려고. 그런데 돈을 갖고 나오다가 보니까 미주 방문이 열려 있더라고. 요즘 뭔 비밀이 많은지 한 번 방에 들어가면 아주 딱 문을 닫아걸더니만."

"전엔 안 그랬다고요?"

전엔 안 그랬다, 그런데 요즘 들어 비밀이 많아졌다…. 형사는 뒤죽박죽 섞여 있는 문자의 말속에서 맞춤하게 그 구절을 끄집어내 되물었다. 눈빛을 빛내며 형사로서의 촉을 과시했다. 엉망으로 뒤엉킨 실타래에서 그 머리를 찾아 끄집어내는 일. 실마리라도 발견한 것처럼 허리를 곧추세워 좀 더 문자에게 다가가는 형사의 자세 때문에 분위기는 더욱 고조되었다.

형사가 그렇게 묻자 그제야 문자도 뭔가 낌새를 느낀 모양이었다.

"전엔 안 그랬지. 그런데 한 반 년쯤 됐나, 그런 지가. 그러고 보니까 얼마 전엔 전화로 누구랑 싸우는 것 같기도 했어."

형사가 그 부분을 자세하게 말해 달라고 문자에게 요청했다. 과거의 기억과 자신의 추리를 불러내느라 문자의 눈물이 멈췄다.

"요즘 뭔가 다르긴 했어요. 외박하고 들어오다 나에게 들킨 적도 있다니까. 엄마는 몰랐겠지만."

문자가 남은 눈물을 옷깃으로 쓱 훔쳐내는 사이 동식이 증언을 보탰다.

"어디서 뭐하다 외박한 건지는 안 물어보셨고요?"

당연히 그랬을 것 같다는 투로 형사가 동식을 보며 물었다.

"예, 뭐. 서른 넘은 여동생 사생활을 꼬치꼬치 묻는 것도 좀 그렇잖아요. 그냥 애인이 생겼는가 보다 했죠. 언제 집으로 데려오라고 말은 했는데….”

다들 그쪽이 아닐까, 라고 막 의심하기 시작한 참에 동식이 발음한 '애인' 이라는 단어는 형사를 비롯한 가족들 모두에게 거의 '범인' 이라고 들릴 지경이었다.

“그 애인이 누구인지는 모르시고요?”

“네. 말을 안 하더라고요. 누군지 그 새끼 잡히기만 해 봐. 내가 아주 죽여 버릴 테니까.”

형사의 질문에 동식이 눈에서 불을 뿜으며 토하듯 답했다. 그럴 때 동식은 참으로 남자답고 강해 보였으며 당장이라도 뛰쳐나가 그놈을 두 동강낼 것처럼 기세가 으리으리했다. '병신 주제에.' 동식의 허세가 기가 막혀 해선의 머릿속에서 자동적으로 욕이 튀어나왔다. 돌배기 애처럼 자신의 옷자락을 붙들고 '난 너밖에 없어.' 라며 늘어지던 모습이 떠올라서였다.

“뭐, 더 다른 특이점은 없었습니까?”

형사가 해선을 향해 물었다. 불시에 물어 온 형사를 향해 해선은 그제야 숙이고 있던 고개를 들어올렸다. 예기치 않은 험한 방식으로 가족을 잃은 사람답게 내내 울먹이던 해선은 한층 더 슬픔에 겨운 목소리로 말했다.

“모르겠어요. 저는 그냥 통닭집 일을 돕느라 피곤했던 탓에 가족들이랑 함께 와인 한 잔 하고 잠이 들었는데….”

말을 끝내지 못한 해선이 울었다. 그러자 문자가 더욱 서럽게 울기 시작했다.

“아비도 없이 자란 불쌍한 내 새끼.”

증거수집과 현장 보존의 업무를 마친 경찰들이 빠져나가고 뒤이어 미주의 시체가 실려 나갈 때 문자는 새로운 비명을 토해 냈다. 그 바람에 현관문 밖에 몰려 있던 이웃들은 방금 새로운 사건이 또 벌어진 건 아닌지 두려워 몸을 떨었다.

베란다에 앉아 있던 새 한 마리가 소스라쳐 퍼드득, 성급한 날갯짓으로 공중으로 도망갔다. 새는 놀란 나머지 날아가며 똥을 지렸다. 저 새는 언제부터 저기 앉아있었던 걸까. 혹시 밤새도록 저곳에서 모든 걸 지켜보고 있었던 건 아닐까. 해선은 바닥으로 추락하는 새의 똥을 보면서 생각했다. 그 사이 경찰들이 미주의 핸드폰과 두 개의 머그잔, 과육이 말라붙어 갈변한 사과가 담긴 접시 등을 챙겨 나갔다.

둘은 육 개월 전쯤 만났다. 미주가 영어 개인 교습을 한다는 광고를 온 동네에 붙여 놓았으므로 그건 전혀 이상한 일이 아니었다. 종사하고 있는 직종이 무엇이건 간에 '좀 더 나은 미래와 자아 발전' 이라는 이유를 갖다 대면 누구라도 뜬금없는 영어 학습에 대해 토를 달 수 없으니까. 둘은 주로 밤 시간에 만났다. 은수 아빠가 직장인이므로 그 또한 당연했다.

은수 엄마에 따르면 남편은 차츰 귀가 시간이 늦어졌고 간혹 외박하는 일도 생겨났다고 했다. 남편에게 여자가 생겼다고 확신했지만 그것이 미주일 줄은 꿈에도 몰랐다고 덧붙였다. 누구냐며 울고불고 애원해도 남편은 입을 열지 않았다. 우울증과 불면증이 동반해 발생하는 바람에 은수 엄마는 최근 두어 달 동안 수면제 없이 잠들지 못했다.

남편은 괴로워하면서 미안하다고, 이제 곧 정리할 테니 너무 걱정하지 말라고 은수 엄마에게 빌었다. 남편의 핸드폰을 몰래 훔쳐 보기도 했지만 누군지 꼬리를 잡을 수는 없었다. 은수 엄마는 심부름센터를 떠올렸지만 내내 망설였다. 뻔하고 지루한 스토리였다.

형사의 입에서 은수 아빠라는 말이 튀어나왔을 때 문자는 '아이고, 아버지.' 라며 자신의 머리칼을 움켜쥐었다. 동식과 해선은 문자가 앉아 있는 철제 의자의 뒤에 서 있었다. 동식은 입으로 '씨발, 내가 그 새끼 죽여 버리겠어.' 를 연발했다. 경찰서 안은 여러 가지 사건들과 온갖 종류의 인간들로 시끄러웠지만 이상하게 형사의 말에 집중할 수 있었다. 경찰은 문자에게 물을 한 잔 권했고 단숨에 들이켠 문자는 한숨을 내쉬었다. 문자에게서 술 냄새가 풍겼다.

형사의 설명은 이어졌다. 사건 발생 당일, 자신의 이혼 문제를 두고 미주와 다툰 은수 아빠는 집에 들어가 이혼과 이별 사이에서 고민에 빠져 있었다. 미주에게서 메시지가 온 건 결국 이별 쪽으로 가닥을 잡고 있던 찰나였다.

'집이 비었으니 지금 바로 와요. 아까 못한 거 실컷 하게 해 줄게.'

"그런 메시지를 받고 어떤 놈이 안 가겠습니까?"

은수 아빠는 분통을 터뜨렸다고 했다. 현관문 비밀번호를 찍어 보내면서 소리 나지 않게 초인종 누르지 말고 바로 들어오라고 적혀 있었다. 은수 아빠는 당시 각방을 쓰고 있던 은수 엄마가 눈치 채지 않도록 조용히 집에서 나와 바로 옆 동, 미주의 집으로 갔다. 혹여 누가 보기라도 할까 봐 모자를 깊숙이 눌러 쓴 은수 아빠는 아파트 일 층 현관과, 12층 복도에서 아무와도 마주치지 않았다고 진술했다. 그저 미주가 시킨 대로 최대한 조용하게 미주의 방으로 들어간 것뿐이라고 말이다.

"들어갔을 때 미주는 이미 죽어 있었습니다. 물론, 아내를 두고 바람을 피웠으니 내가 죽일 놈입니다. 미주가 자꾸 이혼하라고 보채서 화가 좀 났던 것도 사실이고요. 하지만 난 죽이지 않았습니다. 그런 이유로 사람을 죽인다면 적어도 지금보다 일곱 배는 더 살인자와 시체가 늘어날 겁니다. 안 그렇습니까?"

은수 아빠는 강한 어조로 억울함을 호소했다고 형사가 말했다. 그건 자신이 한 일을 스스로도 믿고 싶어 하지 않는 초범자가 흔히 보이는 반응이라고 덧붙여 설명해주었다.

동식은 이를 갈았다. 문자는 경찰서에서 곡을 하기 시작했다. 해선은 문자를 말리지 않았다. 형사가 다급하게 일어나 문자를 부축해 밖으로 데리고 나갔다. 동식은 나가다가 주먹으로 한 번 벽을 내리쳤다.

현장 검증이 있던 날. 더웠고 잔치라도 벌인 양 사람들로 북새통이었다. 신문이며 방송에서도 여럿이 취재차 나와 있었다. 내내 울먹이던 문자는 경찰차가 도착하고 마스크를 쓴 은수 아빠가 내리자 금세 흉한 짐승처럼 소리를 지르며 달려들었다. 취재진들이 한꺼번에 문자를 에워쌌다. 그들을 막는 동식과 해선 옆에서 기자는 아랑곳없이 멘트를 쳤다. 한 인터넷 방송국 기자의 멘트가 가장 사실적이었다.

"가해자는 여러 차례에 걸친 피해자의 이혼 요구에 격분한 나머지 사건 당일, 피해자가 보낸 휴대폰 문자를 보고 범행을 즉흥적으로 계획하여 몰래 피해자의 집으로 침입했습니다.

피해자가 사는 12층 복도에는 폐쇄 회로 티브이가 설치되어 있지 않으나, 아파트 일 층 현관 폐쇄 회로 티브이에 모자를 눌러 쓰고 주위를 살피며 들어가는 가해자의 모습이 포착되었고 얼마 뒤 당황한 기색으로 가해자가 나오는 영상이 고스란히 찍혔습니다. 가해자는 가지고 간 수면제를 탄 커피를 피해자가 마시도록 했고 이내 잠이 든 피해자를 과도로 수차례 찔렀습니다. 피해자의 사인은 수차례의 자상에 의한 다발성 장천공과 과다출혈이며 부검결과 피해자에게서 수면제 성분이 검출되었습니다. 피해자의 지문과 립스틱 자국이 남아 있던 잔에서 수면제 성분이 나왔고 이는 가해자의 부인이 평소 처방받았던 수면제 성분과 일치한 것으로 전해졌습니다. 범행 도구로 쓰였던 과도는 발견되지 않았으나 피 묻은 가해자의 옷가지가 인근 공원의 쓰레기통에서 발견되었습니다. 경찰은 계속해서 범행을 부인하고 있던 가해자를 압박해 범행 일체를 자백 받고…."

증거자료는 차고도 넘쳤으며 더할 나위 없이 완벽했다. 현장 검증 과정은 군더더기 없이 깔끔했다. 숨죽이고 있던 주민들은 한숨과 욕설과 공포를 내뱉었다.

"어디 무서워서 살 수가 있나. 오늘 밤에라도 옆집 사람이 나한테 칼을 들이댈지 누가 알겠어."

"그러게 말이야. 요즘은 꿈자리가 사나워서 잠도 못 자겠다니까. 이사를 갈래도 누가 이 아파트를 사겠어. 벌써부터 집값 떨어지고 거래가 뚝 끊겼다고 요 앞 부동산 주인은 아예 문을 닫았더라고."

주민들은 두려운 눈으로 이웃을 살폈다. 아이들은 집에서 나오지 못하게 했고 방범창과 도어록 시공 업체 사람이 부쩍 드나들었다. 어차피 앞을 알 수 없는, 일 초 뒤에 무슨 일이 일어날지 아무도 장담하지 못하는 잔혹한 세상이다.

더워지기 시작한 햇살이 사람들을 여백 없이 비추었다. 사람들은 그림자를 찾아 한층 더 몸을 움츠렸다. 오직 사람 아닌 것들만이, 개와 고양이와 쥐와 바퀴벌레와 그리고 새들만이 바람을 기다리며 햇살을 향해 고개 들었다.

모든 것을 끝낸 은수 아빠는 고개를 숙인 채 경찰차를 타고 아파트 단지를 빠져나갔다. 차 문이 막 닫히고 있을 때 은수 아빠는 힐끔 해선을 보았다. 아닐지도 몰랐지만 해선은 그렇다고 느꼈다. 그렇다고 느끼자 은수 아빠의 시선이 차갑고 날카로웠으며 원망하는 눈빛이었다고 생각되었다. 혹시 은수 아빠가 뭔가 눈치챈 건 아닐까. 하지만 그건 해선의 착각이었을 것이다. 아니라면 경찰차가 저리 뿌연 먼지를 일으키며 돌아가겠는가, 라고 생각한 순간.

경찰차가 멈춰 섰다. 담당 형사가 차에서 내렸다. 그리고 해선을 향해 똑바로 걸어왔다. 갑자기 거센 바람이 휘몰아쳤다. 실제로는 미풍이었을 것이나 그 바람결이 머리칼을 헤집고 있다고 해선은 생각했다.

"한 가지 더 확인할 게 있어서요."

별 건 아닌데, 하는 투로 형사가 물었다. 문자는 여전히 주저앉아 울고 있었다. 동식은 문자를 달래며 '개새끼, 씹새끼, 내가 죽여 버릴 거야.' 라며 욕하고 있는 중이었다. 해선이 눈물을 닦아 내며 형사 앞으로 한 걸음 나섰다. 문자와 동식이 해선의 뒤에 가려졌다.

"혹시 피해자가 평소 요리를 잘했나요?"

"네?"

무엇이 옳은 대답인지 몰라 해선은 우선 반문했다.

"접시에 남아 있던 사과 말인데요. 참 예쁘게 잘 깎았더라고요."

잠깐 동안 해선은 깊게, 여러 각도로 생각했다.

"음식은 잘 못했어요."

해선은 그렇게 입을 뗐다.

"그래도 칼질은 꽤 했죠. 아무래도요. 통닭집 딸이잖아요. 절임무 만드느라 어릴 적부터 무를 썰었으니까요."

형사가 역시 그랬다는 투로 고개를 끄덕였다. 그리고 뒤돌아 떠났다.

그렇게 해서 해선은 모든 물음에 대한 답을 완성했다. 완전히 빠져나가는 경찰차의 뒷모습을 확인하고 집을 향해 걸었다. 마치 산책이라도 하듯 느리게 걸으면서 해선은 무너지기엔 너무도 견고해진, 아직 아무런 사고도 일어나지 않은 자신의 모습을 만날 수 있었다. 그래서 웃었다. 웃으면서 떠올렸다. 껍질이 벗겨지고 예쁘고 하얗게 살을 드러낸 붉은 사과를.

해선이 막 깎아 낸 사과를 미주는 먹지 않았다. 대신 미주는 불빛에 반짝이는 칼날을 쳐다보았다. 커피에 타 넣었던 수면제가 작용하기 시작해 자꾸만 눈을 깜박거렸다. 미주는 잠시 뒤 자신에게 벌어질 일을 짐작이나 했을까. 해선은 미주가 애틋해졌다.

"그러게 왜 싸구려 스피커 노릇을 하려고 해. 할 수 없이 입을 닫아줘야 하잖아."

해선은 자리에서 일어났다. 잠들어 누운 미주를 내려다보았다. 벌써부터 짜릿했다. 또각또각. 두려움이 차가운 발로 해선을 통과했다. 그 순간, 해선은 어둠 속에 서 있었다. 공포가 날카로운 칼날의 움직임에 서려 있었다. 두려움을 먹은 칼은 힘차고 빠르게 제가 해야 할 일을 했다. 한 번. 두 번. 세 번. 네 번. 횟수가 거듭될수록 칼날은 반들거렸다.

잠시 뒤면 피가 더 이상 순환하지 않는 미주의 피부는 창백해질 테고 생기를 잃고 늘어진 몸은 어떤 남자도 더는 받아주지 못할 것이다. 그대로 내버려 두면 온갖 병원균의 숙주가 되어 가장 더러운 시궁창보다 더 지독한 악취를 풍기게 되겠지.

마지막으로 미주가 듣고 싶어 하던 이야기를 들려주었다. 어떻게 전 남편이 죽게 되었는지, 그리고 왜 자신이 동식과 결혼을 한 것인지에 대해 최대한 친절하게 말해주었다. 동식과 결혼하고 지금껏 평범한 행복을 꿈꾸며 살아왔다는 건 믿어줘야 한다는 말을 할 때는 특히 더 강조했다. 어느 때보다 강하게 뛰고 있는 심장의 박동을 느끼며 해선은 천천히 빠져나가는 두려움의 뒷모습을 목격했다.

이윽고, 해선은 방을 빠져나왔다. 침착해진 해선은 모든 세상사에 달관한 사람이라면 그럴 수 있을까 싶은 평온한 표정이었다. 비라도 오려는지 현관문을 나서자 아파트 복도에서 불어오는 밤바람이 상쾌하고 신선했다. 거기엔 물론 아무도, 초여름의 맑은 별빛을 제외하고는 어떤 인기척도 폐쇄 회로 티브이 따위도 없었다. 해선은 한숨을 두어 번 내뱉었다. 뭔가, 유혹하는 분위기의 밤이라고 생각했다.

마녀의 꽃

엄마가 죽었다.

해선에게 '이렇게는 못 산다.' 고 예고했던 것처럼 엄마는 결국, 죽었다. 이상했다. 웃음이 나왔다. 울음이 아니고. 진땀이 흘렀다. 눈물 대신. 해선은 웃었다. 그때 집안에는 자신과 죽은 엄마 외에 아무도 없었으므로 누가 볼까 봐 애써 참을 필요는 없었다. 엄마는 죽었으므로 해선이 웃는지 우는지 알 턱이 없었다.

처음에는 그저 맥 빠진 듯한 헛웃음이었다면 웃다 보니까 웃음은 점점 더 커지고 또 커졌다. 웃음도 울음처럼 스스로를 자극해 성장하는 탄성이 있지 않은가. 마치 바닥에 튀겨진 공처럼, 웃음은 한 번 바닥을 차고 공중으로 솟기 시작하자 한이 없었다. 나중에는 배를 움켜쥐고 웃었다. 그러자, 문득 살의가 느껴졌다. 햇살이 강하게 내리꽂히는 것도 아니었는데 그랬다. 붉게 달궈진 긴 칼을 누군가의 살 속 깊숙이 찔러 넣고 싶었다. 그럴 때 어떤 기분일지 몹시 궁금했다.

말캉한 젤리를 자르는 느낌일까. 질긴 생고기를 써는 느낌? 칼이 뼈에 부딪치지는 않을까. 그러면 뼈가 부서질까, 아니면 칼이 부러질까. 아, 피도 흐르겠구나. 줄줄 흐를 것인지 벌컥벌컥 쏟아질 건지 알고 싶었다. 색깔은 선홍색에 가까울지 검붉어 채도 낮은 탁한 색일지 살펴보고 싶었다.

그런 질문들이 스스로에게 쏟아졌다. 답을 모르는 그 질문들이 해선을 즐겁게 했다. 그러므로 엄밀히 말해 그건 살의라기보다는 놀이의 한 가지요, 엄마의 죽음이라는 극한 상황에 대처하기 위한 해선의 본능적 위로 능력이었다.

아무튼, 살의를 느껴보긴 그때가 처음이었다. 처음이라는 생각이 들자 폭발하듯, 더 큰 웃음이 쏟아져 나왔다. 그때 웃음은 엄마 때문이 아니었다. 그저 웃음 그 자체였다. 삼십 분쯤 지났을까. 아니면 한 시간은 넘었을까. 웃음의 최고 정점을 찍었겠다, 싶었을 즈음 비로소 눈물이 났다. 너무 웃겨 찔끔 흐르기 시작한 눈물은 한 번 흐르기 시작하자 이 또한 멈춰지지 않고 계속해서 흘렀다. 마치 관성이나 오래된 낡은 습관처럼 흐르던 눈물은 드디어 울음이 되었다. 웃기 시작했을 때 해선에게는 엄마가 죽었다는 생각뿐이었는데 울기 시작하니까 엄마가 죽어있는 모습이 보이고 느껴졌다.

죽은 사람을 본 것 또한 그때가 처음이었다.

계속 울면서 해선은 어쩐지 의아한 기분이 되었다. 방금 새로 뭔가를 깨달았지만 그것이 무엇인지에 대한 자각은 아직 없는 사람 같았다. 다만 뭔가 적절하지 않은 기분이어서 해선은 잘못이라도 한 것처럼 자기도 모르게 두리번거리며 주변을 살폈다.

엄마가 죽었잖은가.

반듯하게 누워 있던 엄마는 입가로 피와 거품을 흘리고 죽었다. 해선이 울다가 말고 코를 감싸 쥔 건 엄마의 발치에 무릎 꿇어 무너졌을 때 엄마에게서 나는 심한 비린내와 지린내를 맡고서였다.

"이게 무슨 냄새야."

자동으로 그 말이 나왔다. 그러고 보니 죽은 엄마에게 건넨 첫 말이었다. 웃음과 울음도 말일 수 있었지만 정식으로 나온 말이 고작 그런 거였다는 사실을 깨닫고 해선은 황급히 입을 다물었다.

설마, 하고 다시 맡아보니 평소 엄마에게서 나던 장미향의 오데코롱 냄새도 섞여서 풍겨 나왔다. 그렇지만 비린내와 지린내를 가리기엔 어림도 없었다. 비린내가 피 때문이라면 지린내는? 엄마의 아랫도리 쪽을 내려다보고서야 사람이 죽을 때 소변과 대변이 동시에 흘러나온다는 사실을 알 수 있었다.

엄마는 자기가 죽자마자 똥오줌을 방출할 거란 걸 알았을까. 알았다면 죽기 위해 용기를 낼 수 있었을까. 죽으려는 마당에 고작 똥오줌 때문에 못 죽는다는 것도 우습지만 죽고 난 뒤 자기 상태가 우스워질 걸 생각해보면 그것도 작은 문제는 아니라고 생각했다.

죽은 엄마 옆에 스텐레스 밥공기가 놓여 있었다. 발사믹 드레싱이 바닥에 남아 있는 밥공기를 보며 해선은 아직 남아 있는 한두 이파리의 샐러드를 손으로 집어 들었다.

디기탈리스였다. 엄마는 디기탈리스 이파리를 한 줌 뜯어다 세련된 발사믹 소스에 버무려 한 공기나 먹은 것이었다. 해선은 발사믹 소스로 버무린 샐러드와 스텐레스 밥공기의 부조화에 대해 한동안 생각에 잠겼다.

엄마는 심장이 약한 탓에 평소 디기탈리스 잎으로 만든 차를 마시곤 했었다. 엄마는 숨이 차고 피가 몰려서 얼굴이나 손과 발이 붓는 증상을 가끔 겪었다. 심장이 제대로 기능하지 못해 혈액 순환장애를 겪고 있었기 때문이었다. 심장초라고도 불리는 디기탈리스는 느리거나 빠르거나 혹은 약한 심장박동을 정상적이고 규칙적으로 뛰게 도와주는 성분을 가지고 있어 지금도 흔히 강심제로 사용하는 약초다.

해선도 유전적으로 심장이 약해 디기탈리스 차라면 익숙했다. 쓰디쓴 차를 마실 때면 엄마는 언제나 해선에게 주의와 당부를 잊지 않았다.

"디기탈리스는 심장을 강하게 해주는 고마운 약초지만 동시에 독초이기도 해. 알지? 너무 많이 먹으면 강한 독성 때문에 심장이 너무 빠르게 뛰게 돼. 그러면서 경련이 오고 결국 죽게 되지. 그러니까 복용량을 지키도록 늘 명심해야 해."

사람이 살아 있다는 것은 곧 심장이 힘차게 뛰고 있다는 것 아닌가. 그 심장이 너무 빨리 뛰어 죽음에 이르게 되는 것은 어떤 것일까. 엄마의 심장에서는 과연 무슨 일이 벌어졌을까. 엄마의 심장은 조증에라도 걸린 듯 울컥 울컥, 피를 토해내다 그 압력을 견디지 못해 끝내 펑, 터져버렸을 것이다.

해선은 엄마를 돌아보았다. 그런 것치곤 편안하게 죽은 것 같았다. 나중에 안 사실인데 엄마는 샐러드에다 가루로 빻은 수면제를 잔뜩 넣어 함께 버무려 먹었다고 했다. 당시는 의약분업 시행 전이라 약국을 돌며 수면제를 사 모으는 일은 어렵지 않은 때였다.

고통이 오기 전 엄마는 먼저 깊이 잠들었을까. 해선은 방구석에 놓여 있는 디기탈리스 화분을 보았다. 졸망졸망 방울 모양의 예쁜 꽃을 매달고 있는 디기탈리스는 자신이 누군가의 죽음에 키 역할을 했다는 사실에 아랑곳없이 여전히 당당하고 싱싱했다.

"자 이제 준비 다 됐어요. 가실까요?"

정상현이라고 자신을 소개한 에디터가 먼저 자리를 잡고 앉아 해선에게 물었다.

몽상의 한쪽에 놓인 디기탈리스 화분을 보면서 준비가 끝나기를 기다리던 해선은 왜 문득 죽은 엄마 생각이 떠오른 건지 스스로도 알 수 없었다. 몽상의 내부 곳곳을 찍어대던 포토그래퍼는 조명과 반사판을 설치하고 이내 해선의 앞에 와 서 있었다.

"그냥 저와 이런저런 이야기를 나눈다고 생각하시면 돼요. 그러면 사진은 알아서 찍으실 겁니다. 됐죠?"

상현이 미소 지으며 허브티를 마시고 해선이 구운 쿠키를 베어 먹었다.

"맛있네요. 건강한 맛이에요. 달지도 않고. 특히 신화 속 괴물들의 이름이 붙은 쿠키 모양이 아주 독특한데요?"

잘 나가는 여성지의 에디터답게 상현은 자연스럽게 분위기를 잡아나갔다. 상현의 밝은 목소리와 미소 덕분인지 해선은 차츰 기분이 나아진다고 느꼈다.

"평범한 건 싫어요. 흔하디흔한 쿠키들과는 뭔가 다르길 원했어요. 제 쿠키를 먹는 분들이 특별한 경험을 한다는 자부심을 갖길 원했죠."

해선은 담담하게 말했다. 긴장하거나 으스대는 표정 따위는 없었다.

"특별한 소수가 된 느낌은 바로 요즘 사람들이 원하는 핵심이죠. 좀 더 나은 삶을 살고 싶다는 욕구를 제대로 저격했다고 할까? 몽상의 분위기도 그렇고요. 마치 고딕풍 성의 어느 밀실에 들어와 있는 기분이네요."

새삼스레 실내를 휘둘러본 상현의 시선이 붉은색 능라 커튼에 잠깐 멈췄다가 해선에게 돌아와 길게 머물렀다. 뭔가 해선을 당황스럽게 만드는 데가 있는 깊은 눈빛이었다. 언뜻 더운 기운이 느껴져 손으로 머리칼을 쓸어 넘겼다. 조도 높은 조명에 해선의 얼굴이 더욱 환하게 드러났다. 포토그래퍼가 연신 해선을 찍었다.

"정말 은밀한 꿈을 꿀 수도 있을 것 같은 분위기예요. 그런 까닭에 강남에서도 일부러 몽상을 찾아오는 거겠지요."

뭐라 할 말을 찾고 있는 해선에게 상현은 마치 기사를 쓰는 것 같은 억양과 말투로 해선의 말을 대신해주었다. 해선은 감사의 뜻으로 고개를 끄덕였다. 이후에도 이런저런 질문과 대답이 삼십 분쯤 이어졌다. 해선이 조리복을 입고 쿠키를 만드는 과정을 한동안 지켜보던 상현이 해선의 기분을 부추겼다.

"몸놀림이나 손놀림이 몹시 섬세하고 정교하시네요. 무슨 예술작업을 보는 기분인데요?"

"기자님은 립서비스도 훌륭하시네요. 상류층 사람들을 많이 대해봐서 그런가?"

해선의 말에 상현이 크게 웃었다. 한참이나 기분 좋게 웃었다.

"제가 다루는 '모어 라이프' 꼭지가 그런 거죠. 올 신년 특집호에 나간 지중해 크루즈 여행 편은 보셨어요? 그런 크루즈 여행을 즐기면서 몽상의 쿠키를 먹으면 정말 잘 어울리는 장면이 나오겠어요."

진영이 죽었을 때쯤이구나, 그때쯤 저 사람은 값비싼 크루즈 여행을 하고 있었겠구나, 누구는 죽고 또 누군가는 그 죽음으로 인해 지옥에서 살고 있을 때라도 또 다른 누군가는 어딘가에서 행복한 순간을 누리고 있겠구나, 하는 생각이 들었는데 왠지 슬펐다. 해선은 상현에게서 아득한 거리와 손을 뻗어 닿고 싶은 욕구를 동시에 느꼈다.

촬영과 인터뷰는 원활하게 진행되었다. 그것이 자부심과 특별함을 교양 있게 드러내는 가장 좋은 방법이란 걸 알았으므로 해선은 인터뷰 내내 겸손하고 낮은 자세를 유지했으며 모든 대답과 설명에 인간미가 느껴지도록 신경 썼다. 상현은 해선의 미모 또한 독자를 끄는 데 단단히 한몫할 거라며 클로즈업 사진을 몇 장 싣겠다고 허락을 구했다.

사진 촬영을 끝낸 포토그래퍼가 먼저 장비를 거두어 철수했다. 상현은 인터뷰가 좀 미진하다면서 자리를 뜨지 않았다. 몽상 안에 해선과 둘이 남게 되자 상현이 다시 한 번 몽상 안을 둘러보았다.

"저건 고흐의 그림이군요."

상현의 말에 해선은 그쪽을 돌아보지도 않고 대답해주었다.

"네. 〈닥터 가셰의 초상화〉예요. 모사본이지만요. 생전에 엄마 방에 걸려 있던 걸 가져다 놓았어요."

"그림 속 가셰가 들고 있는 화초가 디기탈리스죠? 중세에는 디기탈리스가 마녀의 꽃으로 불렸다죠. 마녀 사냥 당시 그 즙을 마시게 해서 아무 일이 없으면 죄가 없는 것이고 마신 후 목숨을 잃으면 마녀라는 증거라고 여기게 하는데 사용되었거든요.”

상현의 말이 해선은 진심으로 놀라웠다.

“고흐는 자신을 괴롭히던 간질, 우울증 증상을 치료하기 위해 안정제로 디기탈리스를 복용했죠. 그 처방을 한 게 바로 닥터 가셰였고요.”

상현의 설명에 해선이 미소를 지으며 덧붙였다.

“네. 그런데 고흐는 그만 디기탈리스에 중독되고 말았어요. 그 부작용이 모든 사물이 노랗게 보이는 황색시증이라는 증상이죠. 그래서 풍경이나 해바라기를 그린 당시의 그림을 보면 거의 노란색을 바탕으로 하고 있는 거죠.”

“아무래도 요령 있게 살아가기에는 내가 너무 현실적이지 못한 것 같다, 라고 동생 테오에게 마지막으로 편지를 보낸 고흐는 결국 이듬해 자살했고요.”

상현이 말하는 동안 해선은 상현을 물끄러미 바라보았다. 사람과 사람 사이에 서로 맞닿는 끈 같은 게 있다면 이 남자와는 왠지 질감이 거칠고 순간적으로 끌어당기는 힘이 강하며 그 팽팽함을 이기지 못한 나머지 끝내 툭, 끊어져 뒤로 나자빠지게 만드는 그런 끈을 나눠 쥐게 될 것 같은 느낌이 들었다.

“엄마도 심장병이 있어 디기탈리스 차를 마시곤 했어요. 그리고 결국 자살했죠.”

말을 뱉자마자 해선은 깜짝 놀라 입을 다물었다. 어째서 오늘 처음 만난 상현에게 엄마 얘기를 하고 있는 건지 알 수 없었다.

“무슨 촬영하시나 보다.”

무안한 기분이 들어 어쩌나 싶던 참이었는데 때마침 쿠키를 사러 온 손님이 해선에게 알은체를 했다. '어서 오세요. 뭘로 드릴까요?' 라며 자리에서 일어난 해선에게 손님은 무슨 촬영이냐, 꼭 챙겨 봐야겠다, 지난번에 사간 생강 쿠키가 너무 맛있다, 며 수선을 떨었다.

'아무래도 요령 있게 살아가기에는 내가 너무 현실적이지 못한 것 같다.' 는 말이 새로 구운 쿠키를 포장하고 손님에게 친절하게 대답하는 사이에도 해선의 마음에 달라붙어 있었다. 만약 엄마가 자신에게 마지막으로 뭔가를 말하고 싶어 했다면 그런 뜻의 말이었을 거라는 생각이 들어서였다. 디기탈리스 급성 중독 증상 중의 하나는 헛것이 보인다는 것이다. 엄마는 죽어가면서 뭔가를 보았을 것이다. 그건 무엇이었을까.

"제가 괜한 얘기를 꺼냈나 보군요."

계산까지 마친 손님이 서너 마디 말을 더 하고 나서 돌아간 뒤 상현은 해선에게 사과했다.

"기자님 잘못이 아니에요. 실은 오늘이 엄마 기일이라 그런지 유독 엄마 생각이 나네요."

"아, 그렇군요. 사실 잡지에 쓸 기사 내용 인터뷰는 아까 다 끝났어요. 그저 다른 얘기들을 좀 나누고 싶어서 남아있었어요."

상현은 다정해 보이지만 예의 바른 눈빛으로 해선을 보았다.

"시어머니와 남편이 근처 재래시장에서 통닭집을 운영하신다고요?"

뜬금없는 상현의 질문에 기분이 언짢아져 해선은 찻잔을 들어 차를 한 모금 마셨다.

"병숙씨한테 들었어요. 아시죠? 보험하시는. 잘 아는 분이거든요. 몽상 얘기도 병숙씨한테 처음 들어서 알게 되었고요."

상현의 입에서 병숙의 이름이 나올 거라곤 예상 못했다. 해선은 이제까지와는 다른 기분으로 상현을 건너다보았다. 병숙의 이름을 들어서 그런가, 어쩐지 비밀을 공유하고 있는 공범자들이 느낄 법한 은밀한 유대 같은 게 느껴지기도 했다.

"아, 네. 병숙 언니와 잘 아시는구나."

"사실 해선씨와 시댁 식구들은 잘 안 어울리잖아요?"

처음부터 몽상 안에 흐르고 있던 모차르트의 피아노 소나타가 갑자기 해선의 귀에 들렸다. 정신이 번쩍 든 기분이어서였다. 해선은 의심스러운 눈으로 상현을 보았다.

"솔직히, 그런 사람들은 나와 아무런 상관이 없을 때라야 연민과 동정의 마음으로 친절을 베풀 수 있잖아요."

상현은 자세와 목소리를 동시에 낮춰 해선 가까이 다가와 말했다. 그것은 둘 사이의 관계를 단번에 바꿀 수도 있는 일종의 줄타기였다. 아슬아슬했고 그만큼 집중되었다. 인터뷰 내내 밝고 인간미가 철철 넘치는 겸손을 보여주었던 해선은 어둡지만 익숙한 어떤 곳을 떠올렸다. 그곳이 어딘지 잘 생각나지는 않았다. 그런데 그곳에 상현도 함께 있는 것 같았다. 그건 확실했다.

그런 느낌 때문인지 해선은 어느 순간 자기도 모르게 스스로에 대해 상현에게 말하고 있었다. 문자와 동식에 대해 어떻게 생각하는지, 그들을 볼 때마다 무엇을 느끼는지, 시장통의 통닭집에 갈 때마다 어떤 심정이 되는지에 대해. 대체 무슨 수로 매일을 살아갈 수 있는 거냐, 는 상현의 추임새에 해선은 자신이 어떤 방법으로 하루를 참아내는지도 자세하게 일러주었다.

"해선씨나 나처럼 삶의 격을 중요하게 생각하는 사람들에게 그런 생활은 죽은 거나 마찬가지 아닌가요?"

다소 과격한 상현의 표현이 해선의 가슴을 찔렀다. 명치쯤에서 공명하며 흔들리던 '죽은 거나 마찬가지' 라는 말은 온몸 구석구석을 찔러 순간 몸이 떨리게 만들었다. 왈칵, 눈물이 고이는 기분이었다.

왈칵. 예기치 않았던 감정에 해선은 당황스러웠다. 화가 나서가 아니었다. 급작스러운 그 왈칵의 느낌은, 마치 꽁꽁 묶여 어두운 지하실에 갇혀 있는데 누군가 때마침 그 사실을 알고 지하실 문을 활짝 열어 순식간에 눈부신 햇살이 쏟아져 들어왔을 때, 햇살과 그 누군가를 동시에 바라보았을 때, 갑자기 솟구치는 눈물의 느낌이었다.

그것은 공감의 힘이었다. 세상과의 틈이 상현을 통해 밀착되는 기분이었다. 이해받는다는 건 그런 거였다. 무언가에 의해 묶여 옴짝달싹 못하다가 마침내 탁, 놓여나는 느낌.

"해선씨는 꿈이 뭐예요?"

상현은 해선을 살폈다. 촉촉해진 눈가와 긴장이 풀린 듯 약간 구부정해진 어깨와 어느새 자신 쪽을 돌아보고 있는 해선의 앉은 자세를 주의 깊게 바라보았다. 무엇보다 해선이 자신에게 똑바로 눈을 맞추고 있다는 사실에 주목했다. 일부러 의식하지 않더라도 그것이 마음이 열린 상태의 증거라는 것쯤 누구라도 알 터였다.

"인간답게 사는 거요."

생각할 것도 없이 해선은 상현에게 바로 대답해주었다. 인간답게 사는 것. 그게 얼마나 어려운 건지 상현은 다 안다는 표정으로 깊게 고개를 끄덕였다.

"곧 그렇게 될 겁니다. 너무 걱정 마세요."

상현이 마지막으로 남긴 이 말을 해선은 오래 생각했다. 근거도 없는 덕담의 느낌이 아니어서였다. 자꾸만 어떤 확신을 품고 있는 예고나 약속은 아닐까, 하는 생각이 들어서 뒤꿈치로 돌아나가는 상현을 붙잡고 물어보고 싶은 심정이었다. 상현이 돌아가고 나자 어쩐지 아쉬워 해선은 한동안 멍하게 앉아만 있었다.

"뭘 그렇게 생각하니?"

며칠 뒤 병숙이 몽상을 찾았을 때도 해선은 멍한 표정으로 생각에 빠져 있었다.

"언니 왔어? 차 마실래?"

해선은 병숙을 반갑게 맞아들였다. 그때 해선의 얼굴에 떠오른 미소는 아무런 꾸밈 없이 반짝였다. 해선의 결혼 후 둘은 줄곧 친밀한 관계를 유지해 온 터였다. 차를 만들고 쿠키를 내와 함께 먹고 마시며 해선과 병숙은 마치 자매처럼 서로 다정했다.

"시누이 사망 보험금은 별 탈 없이 잘 들어갔지?"

해선은 갑자기 보험 얘기를 꺼내는 병숙이 불편했지만 내색하지 않았다.

"응. 남편 통장으로. 언니 덕분이야. 고마워."

"별 소릴 다 한다. 그동안 보험금 넣느라 고생 많았네. 보장금액이 삼 억이라 보험료가 꽤 셌잖니. 남편은 뭐라니?"

"언니."

"응?"

"그 얘긴 그만하면 안될까? 가족이 죽어서 받은 돈인데…."

해선은 문득 죽은 미주가 떠올라 몸을 떨었다. 그때 느꼈던 두려움과 공포가 순간적으로 고스란히 되살아나는 기분이었다.

"응, 그래. 미안."

병숙은 뭔가 더 얘기를 하려다 말고 입을 닫았다. 그리고는 분위기를 바꾸려는지 눈을 돌려 디기탈리스 화분을 보았다.

"어머, 꽃이 피었네? 조롱조롱 매달린 게 정말 예쁘다."

다가가 자세히 살피기까지 했다.

"올해는 유난히 예쁘고 탐스럽게 피었어."

해선이 말하자 병숙이 동감을 표했다.

"그러네. 어쩜 이렇게 화사하고 색이 곱지? 자세히 보니까 너랑 닮은 것 같은데?"

병숙의 말에 해선이 까르르, 웃었다.

"정말 나랑 닮은 거 같아? 언니 그거 모르지? 중세 시대에는 그 꽃을 마녀의 꽃이라고 불렀어."

"마녀의 꽃?"

반문하며 병숙은 해선과 함께 깔깔댔다. 간간이 고개도 끄덕였다.

"차 한 잔 마셔볼래? 심장에 좋아. 죽은 엄마가 즐겨 마시던 차야."

"그래. 네 덕분에 나도 강심장 되어 보자."

해선은 디기탈리스 차를 만들어 병숙과 함께 마셨다. 뜨거운 차를 한 모금 마시자 익숙한 쓴맛이 혀와 목구멍을 자극했다. 문득 심장에서 통증이 느껴졌다. 누군가 힘을 주어 꼭 쥐고 있는 듯 심장이 죄어왔다.

하지만 격심한 통증은 아니었다. 죽음이나, 삶에 대한 포기 같은 걸 연상하게 만들 만큼 무거운 천벌 따위는 아니라는 말이다. 그럼에도 그것은 해선에게 경고에 가까웠다. 항상 좀 더 나은 삶을 살아야 한다는 자세에 대한 채찍이었다.

해선보다 증상이 깊었던 엄마는 사는 내내 모든 시간을 위기라고 느꼈을지도 모르겠다. 늘상 심장이 아팠으니 말이다. 엄마에 대한 기억은 대체로 인간다운 삶을 제대로 영유하던 모습들이었다.

아기 스포츠단에서 수영을 배웠던 해선을 매번 고급 승용차로 데리고 다녔던 엄마는 해선과 함께 자주 값비싼 레스토랑에서 식사했다. 가격이 높고 향기로운 음식을 주문해서 조용하고 느긋하게 즐긴 뒤 다 먹지 않고 접시에 조금 남겨두었다. 엄마는 해선 또한 접시를 싹싹 비우지 않도록 주의를 주었다. 어린아이였던 해선은 나중에 자라서야 그 까닭을 알게 되었으며 고급 레스토랑에서 음식을 먹는 경우 가능한 작은 몸짓으로 움직였고 마지막 한두 스푼은 반드시 남겼다.

그건, 품격이 실린 우아함이었다. 엄마는 이렇게 말하곤 했다. 음식은 허기짐을 채우기 위해 집어넣는 연료여서는 안 된다. 무언가를 먹는다는 건 삶의 여유와 격을 유지하는 일상적인 체크포인트다. 특히 좋은 음식을 먹을 때면 게걸스러운 티가 나지 않아야 하고 또한 배가 고프기 때문에 먹는 것이 아니라는 표가 나야 한다. 그러니 천천히 먹고 꼭 남겨라.

'살아가는 모든 자들은 예외 없이 굴욕적일 수밖에 없다.'

그것이 엄마의 생각이었다. 나중에 보니 어느 책에서인가 따온 구절인 것 같긴 했으나 어찌 되었든 맞는 말이다. 살아가기 위해서는 계속해서 무언가가 필요하니까. 단 며칠도 아무것도 없이는 살 수 없으니까. 그러니 엄마의 이런 생각은 당연했다.

"계속해서 뭔가를 채워 넣는 게 삶이라고 생각하는 건 잘못된 습관 같은 거야. 하루하루 죽어가는 게 사는 거고 보면, 산다는 건 실은 소비하는 것이고 얼마나 잘 사는가는 소비의 질로 따져볼 수 있는 문제야."

먹고, 입고, 자는 것. 그것이 엄마가 그중 으뜸으로 치던 거였다. 엄마는 계절이 바뀔 때마다 새로운 디자인의 침구가 가득 들어있는 팸플릿을 받아보고는 매장으로 가서 신중하게 하나하나 품평한 다음, 그중 가장 화려하지 않으면서도 우아하고 가장 비싸지는 않으면서도 세련된 침구를 골라 집으로 배달시켰다. 엄마가 골라 준 침구는 언제나 깨끗한 새것이었고 그 안에서 해선은 밤마다 꿈도 없이 깊이 잠들 수 있었다.

꽤나 탄탄한 중견급 회사를 경영한 아빠 덕이라고 할 수도 있었지만 엄마의 삶에 대한 자세는 엄마 자신의 의지와 소신이었다. 엄마는 항상 해선에게 사람은 사람답게 살아야 한다고 말함으로써 저절로 해선을 교육시켰다. 그것이 엄마가 봉사활동에 해선을 데리고 다닌 이유였다. 수백 마디 말보다 한 번 직접 경험하는 게 훨씬 더 교육적이라고 말했다. 그렇게 말할 때 엄마는 우아하고 아름다웠다. 엄마는 아빠 회사의 직원들 몇몇과 함께 봉사회를 조직해 일부러 시간을 내서는 보육원에 가서 자원봉사를 했다.

엄마가 유일하게 직접 설거지를 하고 빨래를 개키며 마당을 빗자루로 쓸어내는 시간이기도 했다. 끝도 없이 밀려드는 이불 빨래를 하면서 엄마는 직원들과 싱거운 농담을 주고받으며 웃었다. 몸이 불편한 아이들의 식사를 돌봐준 엄마는 식판에 담긴 싸구려 음식을 불평 없이, 남김없이 씹어 삼켰다. 여러 사람들이 사모님이 직접 이런 걸 다 하시다니 정말 대단하세요, 라며 감탄할 때 엄마는 뿌듯한 표정을 지었다.

해가 뉘엿해져 봉사활동이 끝날 즈음, 엄마는 직원을 시켜 미리 차 트렁크에 실어놓았던 여러 개의 박스를 가져오도록 했다. 여느 때처럼 아이들은 있지도 않은 제 엄마, 아빠의 깜짝 선물을 기다리는 표정으로 박스 앞에 모여들었다.

박스는 해선과 해선의 친구들이 입던 옷으로 가득 차 있었다. 직원들이 요령껏 나누어주려고 애썼지만 거의 새것이나 마찬가지인 고급 옷들을 향해 달려드는 아이들은 쉽사리 질서가 잡히지 않았다. 모두의 눈이 거기로 몰려들었다. 엄마는 해선과 함께 뒤로 물러나 소파에 앉아 그 광경을 남 일 보듯 구경했다. 엄마가 해선의 귀에 대고 소리를 낮춰 말했다.

"잘 봐둬라. 누굴 도와주고 연민을 느끼며 살아야 해. 도움을 받으면서 살면 안 돼. 저 애들 표정을 봐. 생기라곤 없이 주눅 들어서는 눈치 보면서 누가 가장 비싸고 좋은 옷을 차지할지 속으로 경쟁하고 시기하고 질투하는 거. 저 애들은 결국 낮은 인간성을 갖게 되는 거야."

엄마는 그 애들을 보면서 짜증을 냈다. 아무리 도와줘도 도무지 나아질 줄을 모른다며 인상 썼다.

"넌 인간답게 살아야 해. 저렇게 혐오스러운 표정을 가지면 안 돼. 정말 역겹지 않니? 고작 헌 옷 한 벌로 싸우면서 피를 흘리다니."

아이들 두엇이 옷가지 한 벌을 사이에 두고 실랑이를 벌이다 멱살을 잡고 싸우기 시작했다. 아이들의 험한 표정과 허술한 차림이 주먹질에 흘린 코피로 더욱 더러워졌다. 어른들이 가까스로 아이들을 뜯어놓은 뒤에도 둘은 서로를 노려보며 콧김을 뿜어댔다. 바닥에 떨어진 코피자국을 밟고 다시금 서로에게 달려들려고 으르렁거렸다. 그 결에 가장 비싼 고급 옷은 누구의 차지도 되지 못한 채 피가 튀고 구겨져 못쓰게 되어가고 있었다.

"저 애들은 자라서도 저 꼴일 거야. 쥐꼬리만 한 돈 몇 푼에 칼부림을 하고 욕을 먹으면서 죽지도 못하고 살겠지. 그건 누가 봐도 알 수 있는 일이지."

엄마는 그렇게 해선에게 인간다운 삶이 뭔지 교육했다. 그렇지 못한 것들에 대한 역겨움과 혐오감도 함께 말이다. 안락한 승용차의 뒷좌석에 단정하게 앉아 집으로 돌아오는 내내 엄마는 그 점을 강조했다. 산다고 해서 다 똑같이 사는 건 아니라는걸. 다르게, 제대로 살아야 한다는 걸. 엄마는 착하게 살라고 가르치지 않았다. 그게 거짓이란 걸 아니까. 그건 이제 죽어버린 과거의 유산 같은 교과서 안에나 있는 말이다.

봉사활동이 있던 날이면 엄마는 집으로 돌아오자마자 먼저 구토했다. 그리고 심장이 아프다며 서둘러 디기탈리스 차를 만들어 마셨다.

"안 좋은 걸 보고 기분이 불쾌하면 꼭 이런다니까. 우리가 그 꼴로 살았어야 한다면 어쩔 뻔했니."

차를 마시면서 엄마는 해선에게 다시 한 번 주의를 주었다. 해선이 보기에 엄마도 고상한 걸 좋아하는 사람이었는데 엄마는 고상 떠는 사람들에 대해 욕했다.

"남들이 누리고 사는 걸 나는 못하고 살면서 그 남들에 대해 물질주의에 빠져 있다, 저렇게 살면 인간의 영혼이 메마른다,

라며 욕만 늘어놓고 앉아 있는 건 뭐라니. 그건 전혀 낭만적 이지도 않고 그 사람들이 기대하는 것처럼 쿨한 것도 아니야. 그게 낭만적이고 교양 있는 취향을 드러내는 인격이 되려면 우선 그들보다 훨씬 더 많은 것을 할 수 있는 능력과 돈을 갖추고 있어야 하는 거지. 그렇지 않고 찢어지게 가난해서 하고 싶어도 못하는 주제에 잘 사는 사람들을 욕하는 건 그저 그 사람들이 부러워서 배 아파 죽겠다는 말을 감추려는 지저분한 거짓말이야. 차라리 속물이 낫지. 보육원 그 애들 봐라. 나중에 커서 불평하고 남들 욕만 하면서 살 게 뻔하잖니."

가까스로 심장을 쓸어내리면서 엄마는 보육원에서 느꼈던 혐오감을 되새겼다. 엄마는 두려움에 몸을 떨며 해선의 손을 꼭 잡고는 머리칼을 쓸어주었다. 아직 어렸지만 그때마다 해선은 막연하게 안도의 긴 숨을 내쉬곤 했다.

"그건 그렇고, 네 시누이가 그렇게 험하게 죽을 줄 누가 알았다니?"

"그러게 말야. 너무 끔찍했어. 한동안 잠을 못 자겠더라고. 자꾸만 꿈속에 미주가 피를 흘리며 나타나 울어서. 동네 사람들은 불륜을 저지르더니 결국 벌받은 꼴이 됐다고 수군거리고. 미주는 죽고 은수 아빠는 감옥 갔으니까."

"어디 무서워 살겠니? 그러니까 아무나 만나면 안 된다니까. 동네가 후지니까 별 사람 다 있는 거야."

병숙의 말에 해선은 자신이 살고 있고 미주가 처참하게 죽어나간 아파트 단지를 떠올렸다. 지난 세기에 지어진 아파트는 어쩐지 매일 볼 때마다 일 년치는 더 낡아가는 것 같았다.

"계속 거기 살 거야?"

한숨을 내쉬며 병숙이 물었다.

"별 수 없잖아."

"남편하고 시어머니는 어때? 여전하니?"

"그렇지, 뭐."

"아니, 어떻게 사람들이 변할 줄을 모른다니? 여기 몽상에 드나드는 사람들하곤 완전 딴판이잖아. 특히 네 시어머니 말야. 거칠고 우악스럽고 드센 게, 우리끼리니까 말이지만 누구든 물려고 덤비는 꼴이 미친개 같잖아."

병숙은 걱정스러운 표정으로 해선에게 바싹 다가앉아 목소리를 낮췄다.

"네 남편은 애꾸가 되고 나서는 쪼그라들어서 아예 엄마 엉덩이에 찰싹 달라붙었잖니. 너는 고급 잡지 인터뷰도 하고 점점 더 괜찮은 사람들하고 어울리고 있는데 말야."

문득 싸구려 기름 냄새가 몸에 절어 있는 문자와 동식이 동시에 떠올라 해선은 미간을 찌푸렸다. 문자가 풍기는 늙은이 냄새에 동식이 내뿜는 비루함의 악취가 보태져 해선은 매일같이 두통에 시달렸다.

해선이 이렇게 살고 있는 걸 엄마가 보았다면 뭐라고 했을까. 해선은 저도 모르게 한숨을 내쉬었다.

해선은 불안했다. 문자와 동식을 볼 때마다 스스로가 하찮게 여겨졌다. 사람들에게 인정받고 칭찬을 들을수록 그들과의 격차가 선명하게 느껴졌다. 좀 더 가치 있게, 더 나은 사람들하고 어울려 살고 싶었다. 이렇게 살다가 삶이 끝나버리는 건 아닐까 싶었다.

그럴 때 해선은 문자와 동식이 자신의 삶을 파먹어 들어가는 좀벌레로 변하는 꿈을 꿨다. 그 악몽은 끝에 가서는 해선 스스로 좀벌레로 변하는 정해진 스토리를 반복해 보여주었다. 스스로에 대한 혐오감은 세상 가장 커다란 공포여서 해선은 매번 소리를 지르며 꿈을 쫓아내야만 했다. 그 서슬에 수면제를 먹고 어렵게 든 잠도 함께 달아났다.

어둠 속에서 눈을 떴을 때 가장 먼저 달려드는 건 소리였다. 문밖, 복도를 지나는 발걸음 소리. 새벽녘 늦은 귀가? 아니라면 때 이른 출근? 해선은 낡은 복도의 열린 창밖으로 그 발소리를 밀어버리고 싶었다. 그렇게 발소리를 지워내고 싶었다. 잠에, 해선의 시간에, 삶에 끼어든 폭력.

발소리로 인해 해선은 더욱 불안해졌다. 저 발소리는 누구의 것일까. 어떤 목적을 갖고 저리 요란하게 걷고 있는 것일까. 저 발소리가 언젠가 나를 덮치는 건 아닐까. 내 목을 조르거나, 적어도 나의 방에 침입해 모든 것을 빼앗아가는 건 아닐까. 죄가 없어도 벌은 받지 않는가. 해선은 두려움에 떨었다.

이제 막 틀기 시작한 에어컨의 실외기 소음이 들릴 때면 딱, 누군가를 죽이고 싶어졌다. 십이 층의 복도형 아파트. 그 복도에 열린 창문. 뭐라도 손에 들려 있던 것을 던지면 어떻게 될까. 그러기 위해서는 해선이 던질 수 있을 만한 무언가여야 한다. 지나치게 무거워선 곤란하다. 아이. 조그마한. 또는 커다란 걸 조그맣게 만들기. 던지기에 적당하도록. 그럴 때 해선은 무심코 코를 골고 있는 동식을 돌아보았다. 쪼그라들어서는 시장통 안에서만 살고 있는 동식. 해선은 동식을 살짝 안아보았다. 설핏 잠에서 깬 동식이 환한 미소를 지으며 해선의 품으로 안겨들었다.

순간 붉게 충혈된 해선의 눈. 침착해지는 손놀림. 착 가라앉은 호흡. 해선은 동식의 무게를 가늠해보았다. 서늘한 기운이 해선의 몸에서 흘러나왔다. 한기를 느꼈는지 동식이 더욱 해선을 파고들었다. 쓸모없이 무겁다. 해선은 속으로 중얼거렸다. 한 덩어리가 아니고 조각이라면? 그러나 과정이 몹시 복잡해질 것이다.

해선은 눈을 감았다. 상상이라도 하기 위해서였다. 그러자 품안의 동식이 작아졌다. 점점 작아지더니 어린아이가 되었다. 그제야 해선은 미소 지었다. 가볍게, 번쩍 아이를 안아 들고 복도로 나갔다. 열린 창문으로 막 던지려다 말고 아이를 보았다.

교영이었다. 너무 놀란 나머지 하마터면 아이를 붙들고 있던 마지막 손을 놓을 뻔했다. 해선은 교영을 끌어안았다. 교영은 천진한 눈으로 해선을 바라보았다. 그러더니 옆으로 눈을 돌렸다. 해선은 교영만 안고 있지 않았다.

다른 쪽 팔에 진영이 안겨 있었다. 그러느라 무거워 팔이 점점 처지기 시작했다. 열린 창문으로 바람이 들어와 몸이 흔들렸다. 안간힘을 써 아이들을 안고 있었다. 교영이 비좁다며 짜증냈다. 진영을 노려보았다.

너 때문이야. 이윽고 교영이 발로 진영을 툭, 찼다. 진영이 맥없이 해선의 품에서 빠져나가 창밖으로 떨어져내렸다. 해선은 팔을 뻗어 허공을 쥐었다. 아무것도 잡히지 않았다. 그저, 바닥으로 추락하고 있는 진영의 눈을 보았다. 맑고, 순하고, 힘이 약했다. 진영은 그래서 죽었다.

"너도 이제 좀 제대로 살 때가 됐잖니. 어릴 때 엄마 돌아가시고 홀아버지랑 살 때도 힘들었잖니."

병숙이 한숨 쉬며 말했다. 해선은 병숙의 진심을 알 수 있었다. 결혼 전부터 지금까지 오 년이 넘는 시간 동안 병숙은 거의 유일하게 해선의 대화 상대이기도 했다. 게다 병숙은 발이 넓었다. 사실 잡지 인터뷰도 반은 병숙 덕분이었다.

병숙의 말은 문득 해선에게 엄마가 죽기 전날 밤, 엄마와 아빠가 나눴던 마지막 대화에 대한 기억을 불러왔다. 부모는 해선이 자는 줄 알았겠지만 그때 해선은 둘의 대화를 모두 들었다. 어떻게 그렇지 않을 수 있었겠는가. 반지하 단칸방에 셋이 머리를 조아리고 웅크려 있던 시절이었다. 그곳으로 옮긴 지 채 한 달이 되지 않았을 때였다.

살던 집에서 몇 가지 챙겨 나온 가구들은 이상하게 반지하 방으로 옮기면서 제 기능을 잃었다. 거위털 침구는 좁은 방을 너무 차지해 거추장스러운 짐이 되어가고 있었다. 뭐하나 단칸방에 맞는 것들이 아니었다. 구석에 쌓아두었던 것들은 결국 바깥으로 내몰렸다. 대신 그 자리에 가난하고 작고 구차한 생활의 냄새가 나는 세간들이 들어왔다.

엄마는 한동안 그것들을 보며 울었다. 좁아터진 맨 시멘트 바닥의 부엌에서 직접 밥을 끓이면서도 울었다. 다리를 접었다 폈다 할 수 있는 플라스틱 밥상에 콩나물국 따위를 얹으면서도 울었다. 스텐레스 밥그릇을 씻으면서 울었고 하루 종일 방구석에 누워만 있는 아빠를 보면서는 더 울었다.

아직 어렸지만 해선도 주위 상황에 눈치 빠르게 구는 방법을 배워가던 중이었다. 이제 고급 자가용 승용차를 타고 백화점에 갈 수 없고 몸이 약해 심하게 추위를 탐에도 불구하고 더는 겨울에 따뜻한 남국으로 여행을 떠날 수 없다는 사실을 깨달아가고 있었다.

질 좋은 고기와 생선이 빠진 식단은 먹고 나도 늘 허기졌다. 집 밖으로 나설 때마다 전에 알던 친구들과 마주치지 않으려고 고개 숙였다. 불행이란 그렇게 매일, 아주 구체적으로 몸에 새겨지는 것이란 걸 알아차리게 되었다. 그러니까 자연히 어디에서건 얌전해졌고 주눅 들었다.

'씨발.'

생전 처음으로 욕을 하기 시작했다. 버스정류장에서 아기 스포츠단 동료였던 친구를 만났을 때였다. 그 친구는 추락한 해선의 처지를 걱정해주었다. 굳이 손까지 꼭 잡아주었다.

'죽여 버리고 싶다.'

그런 생각이 들었다. 복수심과 증오 때문에 일그러진 눈을 내리깔았다. 때마침 들어오고 있던 버스.

해선은 친구를 밀어버리고 싶었다. '내 잘못이 아니야. 주제 넘은 그 년 때문이야.' 해선은 버스와 친구를 번갈아보았다. 버스에 부딪쳐 솟구쳤다 떨어지며 부서지는 친구를 상상했다. 기분이 좋아졌다. 심지어 유쾌했다. 상상만 했는데도 말이다.

버스가 정차했을 때 결국 해선은 그 친구에게 예의를 갖춰 작별 인사를 건네고 버스에 올라탔다. 해선이 친구를 밀치지 않은 이유는 단 하나였다. 그 친구가 해선보다 키도 크고 덩치도 좋았다. 그러니까, 해선보다 힘이 센 친구였다.

부모의 대화는 사업이 망할 것 같으면 남들은 미리 뒤로 돈을 빼돌리기도 한다는데 당신은 뭐했냐는 엄마의 말로 시작되었다. 그런데 왠지 엄마의 말투는 타박이 아니라 마지막 체념처럼 맥없이 들렸다.

"누가 이리 될 줄 알았나. 아이엠에프가 들어오고 순식간에 대기업이 망했는데 우리 같은 하청업체가 어떻게 대비를 하나. 하루에 백 개씩 중소기업들이 쓰러졌는데. 대비할 만한 시간이 있었어야지."

"지금 나한테 변명하는 거야?"

아마 아빠가 무릎을 꿇고 빌었어도 엄마는 똑같이 말했을 거였다.

"미안해, 여보. 그렇지만 내가 돈을 빼돌렸다면 나 때문에 또 수많은 하청업체들이 망했을 거야. 그나마 막느라고 막아서…."

엄마는 길고 깊은 한숨으로 아빠의 말을 끊었다.

"산다는 건 옳고 그름의 문제가 아니야, 여보. 잘 사느냐 못 사느냐의 문제지."

해선과 아빠가 알아채지 못하는 사이, 엄마의 목소리는 진기가 빠져나가 모래처럼 산산이 흩어지고 있었다. 돌이켜보면 엄마는 그때 자신의 삶을 결정한 게 분명했다. 아빠에게가 아니라 차라리 허공을 향한 것처럼 엄마의 말은 길을 잃고 있었다. 풀 길 없는 회한이라고 하면 적당할까. 생각해보니 엄마는 이미 일주일 전부터 아빠에게 화를 내지 않고 있었다. 아빠는 엄마 앞에서 머리를 조아렸다. 아빠는 분명 죄인이었다.

"이따위로 사느니 죽는 게 낫지."

"그렇게 말하지 마, 여보. 금방 다시 일어날 거야. 암, 그렇고 말고."

아빠의 말에 엄마가 희미하게 웃었다. 집이 망하고 난 뒤 처음 보는 엄마의 웃음이었다.

"언제? 이미 사는 게 다 엉망이 되고 난 뒤에? 늦었어, 여보. 미안해."

엄마는 미안하다고 말했다. 그건 분명 이상한 일이었다. 그러나 아빠도 해선도 그 뜻을 알지 못했다. 그때는 그럴 때였으니까. 서로가 서로를 돌아볼만한 여유 따위 남아 있지 않았으니까.

아빠는 늦도록 소주를 마셨다. 바닥에 신문지를 깔고 시어빠진 김치가 담긴 플라스틱 반찬통을 앞에 두고서였다. 해선은 그때를 떠올릴 때면 왜 가난하고 절망적인 사람들은 꼭 밥상도 펴지 않고 바닥에 늘어놓은 채 술을 마시는 건지 지금도 알 수 없었다. 아빠는 빠르게 잔을 비우는 간간이 엄마에게 우울증이 온 것 같다며 내일 함께 병원에 가보자고 말했다. 엄마는 그 말에 대답하지 않았다. 그저 자꾸만 미안하다고 했다.

울음도 헛웃음도 빠져나간 엄마의 얼굴은 아무것도 보여주지 않고 있었다. 어둡지도 않았고 슬퍼 보이지도 않았다. 그림으로 치자면 아직 그리기 전의 그림 같았다. 바로 그 얼굴이 지금까지도 엄마를 기억할 때면 떠오르는 이미지가 될 줄은 그때의 해선은 미처 몰랐다.

엄마는 돌아누웠다. 해선도 엄마와 아빠를 등지고 누웠다. 엄마가 해선을 뒤에서 안고 속삭였다.

"넌 아무 잘못이 없어."

그리고 숨을 한 번 길게 내쉬었다. 엄마는 해선을 안은 채 몸을 더욱 웅크렸다.

"꼭 사람답게 살아야 해." 라고 마지막 당부를 남겼다.

다음날, 엄마는 죽었다. 해선은 죽지도, 지금처럼 살지도 않겠다고 엄마의 시체 앞에 맹세했다.

더 이상 인간답게 살지 못하리라는 엄마의 확신. 그리고 이어진 엄마의 빠른 판단과 포기. 엄마의 결정은 옳았다. 그것들은 이후 해선과 아빠가 살아온 삶의 모습을 통해, 오랜 시간을 들여 증명되었다.

엄마에게 했던 말과 달리 아빠는 다시 일어나지 못했다. 당시 그렇게 한꺼번에 쓰러진 사람들 치고 재기에 성공한 사람은 거의 없었다. 사회 구조가 바뀌고 트렌드가 변하고 삶의 가치관들이 재편되는 상황을 해선은 다 알지 못했다. 다만 사람들에게 대접받으면서 살아남으려면 돈이 있어야 한다는 것 하나는 자연히 머릿속에 들어박혔다. 그것은 마치 생명체처럼 해선의 생각과 시간들 안에서 뿌리를 내리고 점점 더 커져 갔다. 엄마가 죽고 해선은 그런 나날들을 살았다.

중소기업의 사장이었던 아빠는 룸펜이 되었다. 하는 거라곤 시간을 죽이는 게 다였는데 그러느라 배에는 지방이, 얼굴엔 개기름이 늘어가고 있었다. 각종 성인병에 시달리다 심근경색으로 죽기까지 아빠는 매일 조금씩 더 뒤룩뒤룩 걷는 지방덩어리 돼지로 변해갔다.

해선은 그런 아빠에게 단 한 번도 화를 내지 않았다. 한사코 방 안에서 나오려 들지 않는 아빠의 뜻을 거스르는 일도 없었다. 아빠가 좋아하는 맵고 짠 찌개가 떨어지지 않도록 신경 썼고, 아르바이트와 각종 일로 번 돈으로 소주를 짝으로, 싸구려 담배를 보루로 사들였다. 일과 피곤에 절어 고름처럼 몸이 늘어져도 해선은 밤마다 아빠의 술상을 차렸다.

"내가 너를 볼 면목이 없다. 그런데 나도 어쩔 수가 없어. 아무 희망도 없으니까. 너에게 미안하다."

술 취한 아빠는 매번 해선에게 머리를 조아렸다.

"나는 괜찮아요. 사는 게 다 그런 거죠. 누구나 다 이렇게 살아요."

해선은 그런 말로 아빠를 위로했다. 안심시켰다. 그리고 새 소주병을 까 아빠의 잔을 넘치도록 채웠다.

병증이 심해져 찾은 병원에서 의사는 각종 사실과 소문까지 보태 아빠와 보호자인 해선에게 엄중한 경고와 협박을 되풀이했다. 한 마디로 '그렇게 살면 죽습니다.' 였다. 그 말을 들을 때 해선은 옆 눈으로 아빠를 살폈다. 해선이 보기에도 과연 아빠는 살 날이 얼마 안 남은 사람이 되어 있었다.

"거 봐요. 담배도 끊고 술도 줄이고 운동 하시라잖아요."

그런 타박은 꼭 병원 문을 나설 때 했다.

"그러게 말이다. 나까지 가면 너 혼자 어떻게 살겠니. 오늘부터라도 운동을 해봐야겠다. 근데 뒷산 운동장엔 순 노인들 뿐이라 영 안 가고 싶더라고."

해선은 대꾸 없이 나이보다 빨리 센 아빠의 흰 머리칼과 까맣게 죽은 얼굴과 주름이 겹겹이 늘어진 몸을 눈으로 훑었다. 아빠에게 타박을 주는 일은 머지않아 끝나겠구나, 라는 생각이 들었다. 의사의 경고는 또한 미래에 대한 보장된 예고이기도 했다. 빗나가지 않는 화살 같은 거랄까.

진료를 받은 날이 지나면 해선과 아빠 둘 다 병원에서 주의하라 당부했던 말들을 까맣게 잊었다. 아빠는 뒷산에 가지 않았고 방구석에 쭈그리고 앉아 해선이 들이는 술상을 받았다. 챙겨 먹어야 할 약이 든 봉투는 날이 가도 홀쭉해지지 않았다. 해선은 반대로 날마다 소금과 삼겹살의 양을 늘려갔다. 아빠는 밤마다 술과 삼겹살에 기분 좋게 취했다.

아빠가 죽었을 때 해선은 슬펐다. 온 밤을 들여 울었다. 그러고도 모자라 다음날에도 울었다. 깊고 진실된 소리가 나는 울음이었다. 주위에 있던 사람들이 쭈그리고 앉아 울음을 토해내는 해선으로 인해 눈물을 찍어냈다. 엄마가 죽었을 때보다 훨씬 더 서러웠다. 고아가 되었으니까. 이제 정말 세상 천지에 자신을 염려해주고 도와줄 수 있는 사람이 아무도 없는 거니까. 해선은 두려웠다. 가까운 사람이 죽었을 때 대부분의 사람들은 바로 남겨진 스스로를 걱정하는 거 아닌가.

홀로 남겨졌다 생각할 때 세상은 더 무서운 맹수처럼 달려드니까. 그 맹수는 긴 불면의 밤을 헤집고 이십사 시간 뒷덜미를 노리며 절박한 애원에도 아랑곳없이 극도의 긴장감과 악에 받친 듯한 의지와 그리고 돈을 요구하니까. 그 맹수는 야박한 빚쟁이처럼 매 순간 삶에 끼어들어 조금도 참아주지 않으니까.

그때부터 세상은 맹수의 이름으로 시시각각 해선의 숨통을 노리기 시작했다. 해선이 사소한 실수라도 할라치면 맹수는 그 틈을 비집고 들어와 세 끼 먹던 걸 두 끼로 줄이도록 만들거나 버스를 타야 하는 거리를 걷도록 만들고 혹은 겨울날 냉방에 웅크리고 눕게 만드는 방식으로 공격했다.

긴 시간에 걸쳐 점점 해선을 육박해오던 맹수는 어느 순간부터 공포심, 그 자체로 몸을 바꿨다. 언젠가부터 해선은 무엇 때문에 두려움에 떨고 있는 건지 따져볼 생각도 못하고 공포에 대적해 살아남아야 한다는 의지만 단단하게 다지고 있었다.

"얼마 전엔 너희 아파트 뒤에 있는 공원에서 누가 나무에 목

매달아 자살했다며?"

병숙이 다 마신 찻잔을 내려놓으면서 말했다.

"응? 응. 자식한테 맞고 살던 노인네였대. 죽기 전에 이미 죽을 만큼 맞은 상태였다네."

해선은 순간 뒷덜미에 오싹한 냉기를 느껴 몸을 움츠렸다.

"아휴, 세상에 믿을 사람 하나 없다. 그치?"

"누굴 믿겠어? 내가 나를 지켜야지."

"그러니까 말이다. 자고 나면 사건, 사고가 빵빵 터지는 세상이니까."

무슨 얘기를 하려는 건지 병숙이 해선에게 더 다가앉으며 소리를 낮췄다.

"그래서 말인데…."

이 언니가 보험 얘기를 꺼내려나, 싶었다. 하지만 해선이 들 만한 보험은 이미 결혼 무렵에 다 들지 않았나. 혹시, 교영을 말하려고? 해선은 순간적으로 방어와 경계의 표정으로 병숙을 보았다.

"언제 무슨 일이 생길지 누가 알겠니. 사고를 당할 수도 있고, 배신을 당할 수도 있고. 누가 작정하고 나를 해칠 수도 있고. 불안하잖아. 누구도, 아무것도 확신할 수 없는 게 사는 거니까. 네가 남편 생명보험 든 것도 불안해서잖니."

"그래서?"

해선은 시계를 보며 대충 대답했다. 병숙이 또 보험얘기를 꺼내들면 어떤 구실로 일어날까 궁리했다.

"더 확실한 안전장치가 필요하지 않겠니?"

"어떤 안전장치?"

"불안을 느끼지 않고 완전하게 보호받으면서도 자유로울 수 있는 방법."

"그게 뭔데? 얼른 말해봐."

불안과 보호와 자유라는 낱말이 금세 해선의 귀에 커다랗게 들어찼다.

"너한테만 하는 말인데…. 그런 사람들이 모여 해결책을 찾아보자는 모임이 있어."

"비밀스러운 뭔가가 있구나?"

은밀하게 건네는 해선의 말에 병숙이 웃었다.

"정말로 꼭꼭 숨겨야 할 비밀은 언제나 따로 있는 법이야. 이건 비밀인데, 하면서 말하는 얘기가 비밀이 있든? 그런 건 절대 비밀이 될 수 없는 흔해 빠진 소문일 뿐이고."

"그럼 뭔데?"

"여긴 비밀이라고 말할 필요도 없는 곳이야. 여기 속해 있는 사람들 모두 다른 사람들이 알길 원치 않거든. 그래야 자기가 안전하니까."

"알겠어. 그러니까 뭔지 어서 말해봐."

해선은 자기도 모르게 조바심을 느끼고 있단 사실을 알아차리지 못했다. 또한 그것이 공포와 같은 태생의 다른 이름이란 것도 알 리 없었다.

"동반자 클럽이야. 너도 충분히 자격 있어. 가볼래? 상현씨 있잖아. 사실은 일부러 너 보러 온 거야. 나도 그도 거기 멤버야. 멤버 중 두 사람의 추천이 있어야 가입되거든."

"동반자 클럽? 종교 단체 같은 거야?"

해선의 순진한 의심에 병숙은 딱하다는 표정을 지어 보였다.

이제 막 삶의 비밀을 알려주려는 위대한 영도자의 눈빛으로 해선을 보았다.

"거기가 종교라면 내가 하는 보험도 종교야. 그렇지 않니? 종교란 게 원래 미래에 대한 불안 때문에 생겨난 거니까. 무슨 일이 일어날지 알 수 없으니까 대비해두려고 종교를 믿는 거잖아. 마음이나 편해보려고. 보험도 마찬가지지. 불확실한 미래에 약간의 안전장치를 걸어두는 거니까. 너도 그렇지만, 요즘 사람들은 보험 몇 개쯤 없으면 불안해하잖니. 답을 찾는답시고 교회나 절에 다니는 거고. 그것이 무엇이든 유일한 해답이 되면 그게 바로 종교지."

"보험은 결국 보험금을 받자는 거잖아. 그러니까, 돈 말야…."

해선은 '종교'와 '돈'을 생각해보았다. 어느 쪽을 가지고 있을 때 더 마음이 놓일까.

"그렇지. 돈 없이 되는 건 아무것도 없으니까. 동반자 클럽도 그래. 그래서 아무한테나 가입하라고 안 해."

"거기 들어가려면 많은 돈이 필요한 거야?"

"세상에 공짜가 어디 있니? 더구나 안전과 자유를 얻을 수 있는 건데. 아주 완벽하게. 일단 상현씨 한 번 만나봐."

병숙은 해선의 채근에도 더 이상 자세한 말은 아꼈다. 해선은 상현이라는, 말끔하고 세련되게 생긴 젊은 남자를 떠올렸다. 안 그래도 요 며칠 내내 상현이 했던 은밀한 말들과 해선을 대하던 태도에 마음이 쓰이던 참이었다.

호텔 엑시트

그것은 개싸움이었다.

개처럼 물고 뜯으며 죽여 버리겠다고 서로 덤비는 사람의 싸움을 말하는 게 아니다. 그것은, 진짜 개싸움이었다. 해선은 기분이 이상했다. 화를 내야 할 만한 상황이었음에도 화가 나지 않았다. 어이가 없다거나 혹은 당황스러운 기분이어야 자연스러울 텐데 그 또한 아니었다.

아니. 다시 말하자. 당황스러웠다. 충분히. 그러나 그것은 이런 곳에 자신을 데려왔기 때문이 아니었다. 지금 해선이 느끼고 있는 기분이 예상치 못한 것이기 때문이었다. 바꿔 말하자면 지금껏 알고 믿어왔던 스스로에 대해 의심이 생겨났기 때문이었다.

'나 맞아? 이런 기분을 느끼고 있는 게 딴 사람 누구도 아닌 바로 나 맞는 거야?' 말하자면 그런 의아함이었다.

상현을 돌아보았다. 그에게서 또한 전혀 다른 분위기가 감지

되었다. 상현의 눈빛은 지금까지와는 전혀 달랐다. 몽상에서 처음 만났을 때 상현은 세련되고 예의 바른 사람이었다. 적당한 친밀감과 거리감 그 중간 어디쯤에서 잘 잡은 균형 감각을 가지고 있는 사람이라고 느꼈다. 중산층 이상이 구독하는 잡지의 에디터라는 그의 직업에 비춰볼 때 오랜 시간을 공들여 몸에 새긴 성품이란 게 티가 났다.

두 번째로 만났을 때도 그랬다. 병숙의 권유가 있기도 했지만 어쩐지 한 번쯤은 상현을 다시 만나보고 싶은 마음이었다. 다시 만났을 때도 상현은 만족스러운 삶을 살고 있는 듯 자신감과 여유가 넘쳐 보였다. 겉으로 보기에 상현의 모습은 인간답게 제대로 살고 있는 삶의 기준점이 될 수도 있을 법했다.

해선은 '동반자 클럽' 에서 상현을 두 번째로 만났다. 그곳으로 찾아가면서 해선은 본능적으로 어떤 비밀 종교의 분위기를 상상했다. 동반자 클럽이 종교단체냐고 물었을 때 병숙은 해선더러 순진하다며 웃었지만 해선으로서는 여전히 그런 의심을 버릴 수 없었다.

짙은 색깔의 스테인드글라스로 장식된 창문, 벌거벗거나 흘러내리는 옷을 반쯤만 걸치고 있는 조각상들, 작은 바람에도 흔들리는 많은 개수의 촛불, 묘하게 마음을 자극하거나 혹은 가라앉히는 낯선 종류의 음악.

거기서 만나게 될 사람은 백색의 옷을 입은 남자일 거라고 생각했다. 그 남자는 흔히 말하는 아우라 비슷한 것을 풍겨 사람을 사로잡는 신통한 재주가 있겠지. 해선은 그 남자의 완벽한 미소에 마음을 뺏겨 무조건 그의 말에 동의하게 될 것이다. 결국 사랑과도 비슷한 감정에 빠져서는 애타는 마음으로 자신의 모든 것을 다 갖다 바치고도 더 드릴만한 게 없는 스스로를 탓하며 눈물 흘리겠지.

아니라면.

붉거나 푸르거나 혹은 검은, 형형색색의 깃발들이 바람이 불지 않음에도 나부끼고 있을지 모른다. 벽에는 이제껏 악몽에서 보았던 것들보다 더 흉악한 형상들이 붙어있을 테고. 안으로 들어서자마자 흡, 하고 숨을 멈추고 그대로 다시 돌아나가고 싶게 만드는 무엇이 그 안에 있을 것이다. 아마 그 분위기에도 촛불은 필요할 것이다. 촛불이란 게 원래 그런 거니까. 흔들리는 불꽃은 작고 온화하지만 반면에 속절없는 불안에 떨며 무엇에라도 의지하고 싶어 하는 사람의 마음을 닮지 않았는가.

두려운 마음에 돌아서려고 할 때 누군가 탁하고 거칠고 차가운 목소리로 해선의 약점을 끄집어낼 것이다. 가령 이런 식으로 말이다.

"살려고 발버둥쳐봐야 아무 소용없어. 죽은 영혼들이 네 심장을 쪼개서 나눠 쥐고 있거든."

그런 말을 듣고 발뒤꿈치로 바닥을 탁, 차고 돌아설 수 있는 사람이 몇이나 될까. 다른 이들은 어떨지 몰라도 해선은 아마 당장에라도 그 '죽은 영혼' 들이 자신을 밟아 뭉개는 상상을 하게 될지도 모른다.

멈칫하는 해선에게 목소리는 더 다가들겠지. 그 사람은 발목까지 늘어져 걸을 때마다 사락거리는 소리가 나는 옷을 입고 있을 것이다. 과장되고 짙은 화장은 원래의 표정이 어떤 것인지 알 수 없을 만큼 교묘하게 그 사람을 가리고 있겠지. 그리고는 생전 처음 들어본 낯설고 무서운 말들로 해선을 야단치겠지.

해선은 머리를 조아리고 눈물 흘리며 죄를 고백하게 될지도 모를 일이다. 끝에 가선 죽은 영혼을 위로하고 산 자의 안녕을 기원하기 위한 의식을 성대하게 치르게 되겠지. 이상하게도 그 죽은 영혼들은 한 번의 의식으로 만족한 채 제가 있어야 할 곳으로 돌아가는 대신, 지속적으로 찾아와 정기적인 의식을 요구하게 될 것이다. 당연히 의식이 성대한 만큼 들어가는 비용은 어마어마할 테고.

아니었다.

전혀, 해선의 상상과 비슷한 구석이 없었다. 그곳은 세련되고 고급스러운 누군가의 거실 같은 분위기였다. 안락하고 부드러운 면피가죽 소파는 신진 디자이너의 작품이었고 실내 인테리어 또한 막 오픈한 육성급 호텔의 스위트룸을 연상시켰다.

"앉으세요."

거기에는 백색 옷을 입은 남자도 거칠고 탁한 목소리를 가진 사람도 없었다. 상현뿐이었다. 상현은 해선에게 앉으라고 권한 뒤 허브티를 내왔다. 깊은 허브 향이 공기에 스며들어 있었고, 무엇보다 사면 통유리창 바깥으로 삼백육십 도 가득 완벽한 스카이라인이 일렁이고 있었다.

"멋지죠?"

상현이 해선의 시선을 따라 창밖을 보며 웃었다.

"굉장해요. 이런 풍경은 영화에서나 봤지, 실제로 보기는 처음이에요."

해선은 부끄러운 줄도 모르고 솔직하게 말했다.

"해선씨는 지금 마천루의 거의 꼭대기 층에 있는 거니까요."

"이런 고층 빌딩에, 이런 분위기의 곳일 거라고는 생각 못했어요."

그곳에서 해선은 앞뒤 계산도 할 줄 모르는 어린아이처럼 굴면서 마냥 감탄했다.

"병숙씨가 일하는 보험회사 빌딩이예요. 우리는 그저 여기 한 층만 사용하고 있지요."

상현이 발음한 '우리' 라는 단어에 해선은 비로소 자신이 호텔이나 고급 거실이 아니라 동반자 클럽에 와 있다는 사실을 상기했다.

"그거 알아요?"

입을 벌린 채 스카이라인에 계속해서 눈을 두고 있는 해선에게 상현이 물었다.

"뭐요?"

"세계 각지의 마천루들은 대부분 보험회사가 소유하고 있다는 사실. 시카고의 윌리스 타워나 런던 금융가의 로이즈 빌딩, 그리고 말레이시아의 페트로나스 쌍둥이 빌딩 등 셀 수 없이 많은 마천루가 보험회사 거예요."

"왜죠?"

상현의 이야기에 해선은 흥미를 느꼈다.

"마케팅이예요. 보험이란 게 적어도 십 년 이상 계속해서 자기 돈을 넣으면서 되돌려 받지도 못하는 거잖아요. 그런데 중간에 갑자기 회사가 망하기라도 하면 어쩌나, 하는 의심이 당연히 있지 않겠어요?"

해선은 자연스럽게 병숙에게 들어 놓은 보험들을 떠올렸다.

"우리는 이만큼 크고 높은 빌딩을 가지고 있는 부자다. 경제가 웬만큼 흔들려도 우리는 앞으로 쭉 건재할 거다. 그러니 너희는 믿고 돈을 맡겨도 된다. 그러면 우리가 다 알아서 너희가 겪을 사고와 질병과 불안을 케어해 줄 것이다. 대충 그런 뜻이죠."

"그럼 이 빌딩 소유 회사도 믿을 만하겠죠?"

상현이 웃는 걸 보고 민망해진 해선은 황급히 다른 질문을 했다.

"그런데 여기 다른 사람들은 없나요? 동반자 클럽 사무실이라면서요."

"없어요. 말이 사무실이지 여긴 그냥 이야기를 나누는 공간이에요. 뭘 상상하셨어요? 무슨 종교 집회 같은 거요? 아니면 터무니없이 값비싼 뭘 사라고 부추기는 사기꾼들이라도 있을 줄 알았어요?"

소리 내어 웃던 상현이 소리만 거두어 미소 지었다.

"그럼 동반자 클럽이란 뭐하는 곳이죠?"

'생각이 비슷한 사람들이 모여서 함께 방법을 찾아보자는 곳이다.' 라고 했던 병숙의 말이 생각났다. 병숙에 따르면 동반자 클럽이 존재해온 건 상당히 오래전부터였다. 얼마나 오래전부터냐는 해선의 질문에 병숙은 이렇게 대답했다.

"네가 지금 생각하고 있는 것보다 훨씬 더 오래전."

초창기 동반자 클럽은 꽤 공개적인 편이었다고 했다. 다수의 사람들과 구별되는 질 높은 삶을 원하는 계층이 뚜렷했고 그들의 그러한 소망은 존중받아 당연하다고 받아들여졌기 때문이다. 그러므로 그들은 자신들의 삶의 질을 높일 방법을 찾는 것에서 그치지 않고 다수의 불행한 삶을 구제해줄 수 있는 온정까지 함께 베풀었다고 했다.

"양반이니 귀족이니 그런 신분이 있던 때를 말하는 거야?"

그런 건 아무래도 좋다고 병숙은 말을 이었다. 예전과 달리 동반자 클럽이 '동반자' 를 찾는 방법은 좀 더 은밀해졌다고 했다. 말하자면 자격심사랄까, 그런 과정이 생겼는데 내부적으로 논의를 거쳐 소수에게만 입회 허가를 내준다. 이때 가장 중요한 심사 기준은 서로 얼마나 비슷한 생각과 가치관을 갖고 있는가이다. 물론 그럴만한 능력을 갖추고 있어야 한다고 덧붙였다. 해선은 '능력' 이란 단어를 생각해보았다.

"우리는 해선이 너를 두고 의논했고 내부적으로 승인받았어. 말하자면, 너는 선택된 거야."

"무슨 비밀 결사라도 되는 것처럼 말하네?"

내부적 의논에 승인이라니. 그 말을 들었을 때 해선은 우스운 기분이 들었다. 이제 선택받았으니 뭔가 대단한 무기를 장착하거나 특수한 기술 같은 걸 배워 비밀스러운 임무라도 완수해야 하는 건가. 그때까지만 해도 해선은 여전히 유사종교나 다단계 업체 같은 걸 떠올리고 있었다.

"인간다운 삶을 사는 게 꿈이라고 했죠? 그렇게 될 수 있도록 도와주는 게 동반자 클럽이 하는 일이에요."

상현은 해선의 맞은편에 반듯한 자세로 앉아 말했다. 낮고 안정되고 편안한 목소리였다.

"어떻게요? 어떻게 하면 그럴 수 있죠?"

해선은 상현의 대답을 기다렸다.

"해선씨가 생각하는 인간다운 삶이 뭐죠?"

"그건…."

"그것이 무엇이든 해선씨가 원하는 대로 될 수 있도록 만들어 주는 게 동반자 클럽이 하는 일이에요."

그때 해선은 죽은 엄마를 떠올리고 있었다. 해선에게 인간다운 삶이란 엄마가 살아있을 때 엄마가 살아가던 모습이었다.

"간단하게 말하면 이런 거예요. 필요하다고 생각하고 원하는 건 무엇이든 서비스해 준다. 그것이 무엇이든."

원하는 모든 것을 '서비스' 해 준다. 서비스라는 낱말이 뜬금없다고 생각했다.

"신이 필요해요? 용서와 자비를 구하고 마음의 죄를 구원받을 수 있도록? 그럼 우리는 신을 만들어 줄 수 있어요. 그것도 원하는 모습으로."

"아니오. 아니, 그런 건 원하지 않아요."

"농담이에요. 하지만 신실한 마음으로 뭔가를 섬기고 진심을 다해 기도할 때 비로소 행복을 느끼고 자유로워지는 사람들이 있잖아요. 그럴 경우, 그럴 수 있도록 만들어주는 게 동반자 클럽이 하는 일이에요."

해선은 생각에 잠겼다. 그러느라 자연스럽게 창밖을 보았다. 정말이지 끝내주는 스카이라인이었다. 선택받은 자들만이 소유할 수 있는. 이런 곳에서라면 어떠한 위험도 느껴지지 않겠지. 해선은 병숙이 건넸던 팸플릿이 생각나 몸을 떨었다.

'홀연히 재앙이 내려 도륙될 때에 무죄한 자의 고난을 그가 비웃으시리라. 내가 평안할 때 그는 나를 꺾어 내 목을 잡아 던져 나를 부숴뜨리시며 나를 세워 과녁으로 삼으시고 그 살로 나를 사방으로 쏘아 인정 없이 내 허리를 뚫고 내 쓸개를

땅에 흘러나오게 하시는구나. 내 얼굴은 울음으로 붉었고 내 눈꺼풀에는 죽음의 그늘이 드리워졌도다. 나는 깨끗하여 죄가 없고 허물이 없으며 불의도 없거늘 그는 나를 칠 틈을 찾으며 나를 적으로 여겨 내 발에 차꼬를 채우고….'

팸플릿의 헤드 카피였다.

하긴. 신이 언제고 만인의 신이었던 적이 있었던가. 신은 본래 잔인하다. 선택받은 자들 안에서만 신은 자비롭지 않았나. 해선은 그런 생각에 고개를 끄덕였다. 헤드카피 밑으로는 사진들이 빼곡했다.

한 개인을 무력하게 만드는 공포. 쓰나미. 일본의 원자력 폭발. 중국과 아이티의 대지진. 우리나라의 사진도 있었다. 삼풍백화점, 성수대교, 태안의 검은 바닷가와 남쪽 바닷속에 수장된 거대한 규모의 배의 모습까지. 그 외에도 팸플릿은 이슈가 되었던 폭발과 사고들의 사진을 싣고 있었다.

그리고 사람들의 모습. 다리가 잘리고 팔이 떨어져 나가 울부짖는 사람, 철근이 내장을 뚫어 피눈물을 흘리고 물에 빠져 죽어가면서 고통에 찬 신음을 내뱉는 사람. 다음 장에도 사진들이 가득했다.

피곤한 듯 버스에 앉아 졸고 있는 사람, 추위에 몸을 웅크리고 오지 않는 손님을 기다리는 노점상, 일과 생활에 찌들어 고개 숙인 평범한 이웃, 어딘지 모르겠는 쇠창살 너머로 외로움과 불안과 억울함 때문에 크게 뜬 눈으로 눈물 흘리고 있는 사람, 그리고 가난하고 추레한 모습으로 늙어버린 불운한 노년의 사람들.

"그 사진들 속에 있는 사람들의 공통점이 뭔지 알겠어?"

병숙의 물음에 해선은 답하지 못했다.

"간단해. 능력 없는 사람들. 그 사람들은 스스로를 구하고 안전하게 보호할 수 있는 능력이 없어서 당한 거야. 능력 있는 사람들은 애초에 원자력이 폭발하거나 대지진이 일어나는 곳에 살지 않거든. 그리고 불운한 청춘은 낭만적일지 몰라도 불운한 노년은 그냥 추한 거지."

병숙은 돈이라고 하지 않고 능력이라고 말했다. 맞는 말이지 않은가. 가난한 사람들은 살아남기 힘든 세상이니까. 그 모습들 위로 서브 카피가 새겨져 있었다.

'인간이라면 마땅히 그래야 한다. 두려움에 숨죽이고 항상 커다랗게 뜬 눈으로 매 순간을 지켜보아야 한다. 스스로를 지키기 위해서라면 뭐라도 해야만 한다. 모든 것은 살아남기 위해서다.'

"이런 풍경을 보면서 살 수 있는 사람들이 많지는 않죠. 그걸 원한다면 도와줄게요."

상현의 말에 해선은 대답할 말을 아직 찾지 못했다. '스스로를 지키기 위해서라면 뭐라도 해야만 한다.' 고 했던 팸플릿의 글귀를 생각하고 있었다. 미래에 대한 불안을 자극하는 말이었다. 그러나 막상 생각해보니까 뭘 해야 좋을지 더 모르겠는 심정이었다.

"잘 모르겠어요? 그럼, 먼저 해선씨가 원하는 게 뭔지 알아봐야겠네요. 동반자 클럽이 도움이 될 거예요."

몽상에서 처음 만났을 때처럼 해선은 상현의 말에 이끌려갔다. '어떻게 내 나이 또래에 저런 여유를 갖출 수 있는 걸까. 어두운 구석이 없는 사람은 믿으면 안 되는데.' 그렇게 생각하면서도 상현의 분위기에 압도되는 느낌이었다.

단정한 자세로 앉아 세련된 미소를 짓고 있는 상현은, 삶의 철학 같은 거라도 깨달아 어떠한 상황이 닥쳐도 지혜롭게 대처할 수 있을 법한 사람처럼 보였다. 해선은 상현이 전적으로 자신의 편에 서 있다는 막연한 믿음과 그랬으면 좋겠다는 바람이 섞인 기분으로 상현을 마주보았다.

상현과의 여행은 그 믿음과 바람에서 비롯되었다. 상현에 따르면 그곳은 일종의 '지부' 이고 동반자 클럽의 '본부' 는 따로 있다고 했다. 많은 동반자들이 마지막엔 그곳으로 모여든다고도 했다. 언제가 병숙도 '그곳' 으로 갈 거라고 했던 말이 기억났다.

더웠다. 습했다. 사람들은 피부 빛이 까맸다. 열대에 가까운 남국인 줄은 알겠는데 해선으로서는 처음 들어본 곳이었다. 동반자 클럽의 '본부' 라고 했을 때 해선이 떠올린 건 파라다이스였다. 마지막으로 모여드는 곳이라지 않았는가.

그러니까 투명한 바다, 높이 솟은 야자수들, 뜨겁지만 쾌적한 공기, 지천에 물고기들이 널렸으나 가난한 어부들은 보이지 않는 곳, 먹을거리가 흐드러지게 매달려 있는 상쾌한 숲 속, 맨발로 뾰족한 돌을 밟아도 피가 흐르기는커녕 아픔조차 느껴지지 않는 곳, 아니 아예 위험한 요소들이라곤 찾아볼 수 없는 곳, 그리고 도끼자루 썩는 일 따위 알아차리지 못할 만큼 느리게 흐르거나 혹은 정지된 듯한 시간 감각. 그것이 해선이 알고 있는 파라다이스였다.

해선의 말을 들은 상현은 크게 웃었다. 그때까지만 해도 해선은 밀월여행이라도 떠나온 기분이었다. 잘 알지도 못하는 남자와 낯선 곳으로의 여행이 아닌가. 병숙이 동행하지 않는다는 사실을 알았을 때 해선은 실망보다 불온한 긴장을 느꼈었다. 상현이 계속 웃으며 물었다.

"굴뚝 있는 집을 구해줄까요?"

"네?"

"크리스마스엔 굴뚝 타고 들어올 산타클로스를 기다릴 것 같은데?"

상현은 어린아이를 다루듯 해선을 놀렸다. 그런 취급을 받으면서 기분 나쁘지 않은 스스로가 이상했다. 경계심이 허물어지고 무장해제 당하는 기분이랄까. '나는 모르고 이 남자는 알고 있는 무언가가 있다.' 는 생각이 들었다. 그게 뭘까. 여기 있는 것이 파라다이스가 아니라는 뜻일까, 아니면 내가 파라다이스에 대해 오해하고 있다는 뜻일까.

작고 궁상스러운 공항을 빠져나오자마자 해선이 알아차린 건 적어도 열대 휴양지의 이미지를 가진 파라다이스는 거기 없을 거란 사실이었다.

더러웠다. 녹슨 뼈대가 드러나 있는 가건물들. 엉성한 페인트칠이 벗겨지고 있는 광고판. 거지꼴을 하고 있는 사람들. 그들이 끌고 다니는 슬리퍼 소리. 지저분한 바닥에서 일어나는 모래 먼지.

그 가운데 자동차가 한 대 기다리고 있었다. 유니폼을 갖춰 입었지만 가난하고 헐거운 삶의 모습을 가리지 못한 사내가 그 옆에 서 있었다. 자세히 보니 사내는 소년에 가까웠다. 그 편이 더 맞는 것 같았다. 소년이 재빠르게 뛰어와 공손한 태도로 인사했다. 눈은 내리깐 자세였다. 소년은 해선과 상현의 가방을 받아 들고 자동차 문을 열어주었다.

"거기로."

어느 사이 운전석에 앉아 기다리고 있던 소년에게 상현이 짧게 말했다. 고개를 깊이 숙여 보인 소년은 곧 자동차를 출발시켰다. 더러운 사람들이 자동차를 지켜보며 뒤로 멀어졌다. 새로 일어난 모래먼지가 사람들을 가려주었다. 상현은 겉옷을 벗고 셔츠의 단추를 두어 개 풀었다. 차 안에는 차가운 물수건과 와인잔이 각각 두 개씩 놓여 있었다. 손을 닦은 물수건에서는 천연 아로마 향이 났고 차가운 물방울이 맺힌 잔의 내용물은 초록색으로 향기롭고 독했다.

"독한 술이지만 기분을 돋워줄 거예요."

셔츠 소매를 걷어 올린 뒤 상현이 단숨에 잔을 비웠다. 어느새 상현은 뭔가 분위기가 바뀌어 있었다.

"본부로 가는 건가요?"

"그 전에 들를 곳이 있어요."

"어딘데요?"

해선의 물음에 상현은 알 듯 모를 듯한 말로 대답했다.

"뭔가를 새로 알려면 전에 알던 걸 의심해야 하니까. 여기 오면 내가 항상 가는 곳인데 재밌을 거예요."

그렇게 말하면서 상현이 해선을 보았다. 해선은 처음 알았다. 상현이 그런 눈빛으로 그러한 표정으로 자신을 쳐다볼 수 있는 사람이란 걸. 해선은 그때까지만 해도 그 눈빛과 표정을 모두 해독할 수 없었다. 뭔지 잘 몰랐고 다만 낯설었고 귓불이 뜨거워졌다.

그곳의 포장도로는 자동차가 출발한 지 채 삼십 분이 지나지 않아 끊겼다. 그리고는 모래 길이었다. 모래는 거칠었고 먼지는 황사만큼이나 심했다. 구르는 바퀴에서 툭, 툭, 툭 모래 알갱이가 튀어 올랐다.

안개가 몰려오기 시작했다. 자동차는 안개를 향해 달리고 있었다. 그러니까 더 빨리 안개가 덮쳐왔다.

"뭐죠? 이 안개는?"

모든 안개는 그 불투명함으로 인해 불안함을 야기한다. 그것이 안개의 속성이다. 뭔가를 가리는 것. 그 속에 감추어서는 탐색할 수 없도록 만드는 것.

"강이 가까워서 그래요."

상현은 별 거 아니라고 말했다. 소년도 익숙한 듯 거침없이 자동차를 몰았다. 안개는 짙었다. 자동차가 그 속을 지나자 쉭쉭 소리가 났다. 마치 안개가 뭔가를 뿜어내고 있는 것 같았다. 꿰뚫어 볼 수 없고 불확실하며 서서히 공포를 느끼게 하는 무엇.

해선으로선 알 수 없던 곳으로 빨려 들어가고 있는 기분이었다. 안개의 입구를 지나자 과연 처음 보는 광경들이 드러났다. 더러워 보이는 음식들이 놓여있는 길거리 좌판들, 먼지투성이 잡동사니를 파는 허름한 가게들, 아무렇게나 돌아다니고 있는 수많은 닭들, 갈고리에 걸려 있거나 지저분한 나무 테이블에 늘어져 있는 고기들. 늘어지고 헤진 티셔츠를 대충 걸친 상인이 무쇠 칼로 갈고리에 걸려 있는 고깃덩어리를 썩썩 썰어 종이에 대충 말아 팔고 있었다. 썩은 듯 거무튀튀한 고깃덩이에서 떨어진 핏방울이 바닥으로 떨어졌다.

"저게 무슨 고긴지 궁금하지 않아요?"

상현이 해선 쪽으로 바싹 다가오면서 물었다.

"돼지고기겠죠. 소는 여기서도 비쌀 테니까."

"곧 알게 될 거예요."

"아니예요?"

"저래 보여도 맛있어요. 이따 먹어보게 될 테니까 조금만 기다려요."

조금 더 지나자 야트막한 고갯길이었다. 자동차는 양쪽으로 활엽수들이 울창한 비포장길을 속도를 줄여 달렸다. 어느새 인적은 끊겼고 오르막길 너머로 핏빛의 해가 기울고 있었다. 파랬던 남국의 하늘이 마치 열렸던 문을 닫아걸 듯 붉게 낮아지고 있었다. 이윽고 자동차가 멈춰 섰다.

철조망이었다. 상현을 따라 차에서 내린 해선은 붉게 녹이 슨 철조망 앞에 서서 몸을 떨었다. 무서움을 느낀 까닭이었다. 상현을 쳐다보자 상현이 덥석 해선의 손을 잡고 앞장섰다. 소년이 철조망을 밀자 삐걱, 문 같지 않은 틈이 생겨났다. 무성한 바나나 나무숲이었다. 제대로 된 길도 나 있지 않았다. 오 분쯤? 걸어 들어가자 비로소 건물이 드러났다. 버려진 창고처럼 보였다. 그 옆으로 돼지나 소 같은 동물을 가둬두는 것 같은 커다란 우리가 서너 개 있었다. 좁고 긴 나무판을 철사로 엮어 세운 우리 안에 뭐가 들어 있는지는 알 수 없었다.

소년이 창고 문을 두드렸다. 녹이 슬어 군데군데 떨어져 나가 비어 있는 함석문이 열리자 소년은 상현과 해선에게 고개 숙여 인사한 뒤 돌아갔다. 문을 열어 준 사내는 상현과 해선의 등 뒤로 주위를 살폈다. 안에서 금지된 어떤 일이 벌어지고 있는 게 분명했다.

"어딜 가는 거예요?"

불안해진 해선이 소년의 행방을 물었다.

"차에서 우릴 기다리고 있을 거예요. 자, 들어갑시다."

피 냄새.

오래 묵은 짙은 피 냄새. 거기 엉겨 있는 사람들이 내뿜는 땀 냄새. 수없이 짓밟혀 썩어가는 바닥의 흙냄새. 낯설고 원시적인 날 것들의 냄새. 해선은 구토를 느꼈다. 도살장? 아니면 시체 처리장? 해선은 상상할 수 있는 가장 험악한 장소들을 차례로 떠올렸다.

소리들. 낯선 언어로 말하는 사람들 말소리. 함성 소리. 그보다 더 큰 싸움의 소리. 그리고 짐승의 울부짖음.

개였다. 송아지만 했다. 둥근 철조망 링 안에서 개 두 마리가 싸우고 있었다. 많은 사람들이 거기 모여 개싸움을 구경하고 있었다. 술을 마시고 담배처럼 생긴 뭔가를 피우고 소리치고 웃었다.

번들거렸다. 거기 있는 사람들의 눈빛과 표정은 하나같이 번뜩거리며 기세가 살아 있었다. 흥분한 사람들이 주먹을 쥐고 개들을 보며 화를 냈다. 지독한 열기에 금세 땀이 흘렀다.

상현이 지나는 누군가를 붙잡고 지폐 한 장을 건네자 금세 술이 담긴 잔 두 개를 내왔다. 차 안에서 마신 초록색 술이었다. 해선은 저도 모르게 상현을 따라 단숨에 마셨다. 심장이 두근댔다. 아파서가 아니었다. 해선은 점점 분위기에 취하고 흥분해가고 있었다.

"저길 봐요. 링네임이 더스트라는 놈이에요. 가장 센 놈이죠."

더스트는 까맸다. 짧은 털이 반질거렸고 움직일 때마다 크고 강한 근육이 불거졌다. 헐떡일 때마다 벌어진 입가로 침이 흘렀다. 오로지 상대 개를 죽여야 한다는 살기로 더스트는 살아있음을 보여주고 있었다. 그것은 또한 살고 싶다는 순수한 의지였다. 그 강렬한 의지와 힘 앞에서 상대 개는 벌써부터 주눅이 들어 더스트의 눈치를 보고 있었다.

죽이든지, 죽든지. 다른 모든 것이 다 빠져나가고 남은 한 가지. 상대 개를 노려보며 천천히 발을 뗄 때 더스트는 힘과 승리를 향해 으르렁거렸다. 짐작과 달리 상대 개가 먼저 덤벼들었다. 조급함과 절망감.

사람들이 고함쳤다. 더스트를 연호했다. 상현도 소리쳤다. 낯선 목소리. 거칠고 흥분된 욕망의 억양.

"물어. 그래. 그렇지. 목덜미를 물어뜯으란 말야."

상현은 해선을 잡아끌어 철조망 앞으로 다가들었다. 링 바로 앞에서 해선은 더스트의 살의와 상대 개의 공포를 느꼈다.

드디어 더스트가 일어났다. 뒷발에 힘을 주어 한 번 웅크렸다가 소리를 지르며 앞발을 세웠다. 크게 벌어진 입. 억세고 날카로운 누런 이빨을 드러내더니 곧바로 상대 개의 목덜미에 송곳니를 박아 넣었다. 이어지는 공방. 상대 개의 저항. 더스트도 상처 입었다. 예상과 달리 싸움은 길었다. 피가 흘렀고 살이 찢어졌다. 개 두 마리는 지쳐갔다. 살아남으려고 몸부림쳤다. 사람들은 핏발 선 눈으로 소리치고 술병과 불이 꺼지지 않은 담배를 링 안으로 던졌다. 술병 하나가 깨졌다. 개 두 마리는 깨진 유리 조각을 밟고 피를 흘리며 고통스러워 울었다.

두 마리 개가 움직일 때마다 피의 발자국이 찍혔다. 고통에 일그러진 표정으로 더스트가 짖었다. 분노와 아픔으로 입을 벌려 상대 개를 물었다. 그리고 힘껏 흔들었다. 상대 개의 살이 찢어지고 뼈가 드러났다.

드디어. 목덜미에서 피가 쭉, 뿜어져 나왔다. 개가 죽었다. 상대 개가 죽었는데도 더스트는 여전히 물고 으르렁댔다. 그 피가 튀어 해선의 얼굴에 와 묻었다.

"아."

저도 모르게 해선은 신음했다. 개가 죽어나가는 순간, 피가 튀는 순간, 찢어지는 순간, 목덜미에서 피가 뿜어 나오는 순간, 바로 그때 해선은 오르가즘을 느꼈다. 죽은 핏덩어리 개가 불러일으키는 공포감과 절망감에서 오는 흥분이었다. 결국 살아남은 더스트의 승리를 축하하는 흥분이었다.

더스트의 모습은 섬뜩하고 황홀했다. 온몸에 피 칠갑을 하고 헐떡대는 그 검은 개는 경건했고 혐오스러웠다. 어쩌면 그때 해선은 피투성이가 되어 헐떡이는 더스트와의 수간을 떠올리고 있었는지도 모른다. 상현이 손으로 피를 닦아주다가, 이내 혀로 해선의 뺨을 핥았다. 그 혀를 해선이 입속으로 잡아끌었다. 혀 두 개가 두 입속을 급하게 드나들었다.

상현이 해선의 손을 잡고 개 싸움장을 빠져나왔다. 빠른 걸음으로 뒤편으로 향했다. 뭔가 하얀 물체가 번뜩였다. 별빛과 달빛을 받아 빛을 뿜어내는 그것은 뼈였다. 이곳에서 매일같이 죽어나갔을 개들의 뼈. 상대를 죽이지 못했다는 단 하나의 이유로 죽은 개들의 뼈는 허리춤 높이까지 쌓여 있었다. 그리고 갓 죽은 듯 보이는 개의 시체들. 제 몸에서 뿜어진 피로 번들거리는 그 살덩어리들. 그곳은 살아남지 못한 개들의 묘지였다.

흥분한 숨을 내뿜던 상현이 해선을 덮쳤다. 한 마디 말이나 주저함이나 동의를 구하는 제스처 따위, 없었다. 달려들어 물어뜯듯, 해선의 목덜미를 핥고 숨통을 죄듯 해선의 옷자락을 찢어 열었다.

짝.

해선이 상현의 뺨을 올려붙였다. 비로소 상현의 손길이 멈칫했다. 그리고 해선을 바라보았다. 해선이 나무라는 눈으로 상현을 보자 상현의 기세가 한풀 꺾였다. 그것은 이미 동식을 통해 증명되었던 일이었다. 달빛이 해선의 열린 앞가슴을 하얗게 내리비추었다. 해선은 손을 올려 가슴께로 가져갔다.

열린 속살을 가리는 대신, 해선은 마저 열었다. 이어 상현을 밀어 넘어트렸다. 두 남녀는 거기서 뒹굴었다. 달빛에 두 남녀의 알몸이 드러났다 감춰졌다. 해선과 상현은 개 싸움장의 개들처럼 헐떡였다. 서로를 물고 핥으며 음란하게 움직였다.

사랑이 아니라 정복이었으며 섹스라기보다 싸움이었다. 상현이 해선을 바닥에 눕힐라치면 해선이 상현의 몸을 타고 위로 올라갔다. 흘레붙는 개들처럼 으르렁거리며 서로를 탐했다. 버려진 숲 속 개들의 무덤 위였다. 더러운 흙과 죽은 개들의 피와 살점이 두 사람의 몸에 함부로 들러붙었다.

해선은 놀라웠다. 가장 천박하고 가장 더럽고 가장 원시적으로 움직이고 있는 자신에게서 이때껏 경험해보지 못한 생명력과 삶에의 의지를 느끼고 있었다. 살고 싶다. 그리고 나는 살아 있다. 아주 생생하게. 단순한 문제였다.

"이제 저것이 무슨 고긴지 알겠죠?"

돌아가는 자동차 안에서 상현이 밖을 가리켰다. 카바이드 불이 갈고리에 걸린 검붉은 살덩이를 비추고 있었다. 해선의 시선이 거기 멎었다. 처음 느끼는 맹렬한 허기가 내장을 쥐어짰다. 잠시 뒤, 두 사람은 간이 테이블에 앉아 그 고기를 먹었다. 고기는 신선했고 씹는 맛이 좋았으며 누린내가 심했다. 어디론가 다녀온 소년이 접시를 테이블에 놓아주었다.

"진짜는 바로 이거예요."

상현이 흡사 작은 공 모양으로 생긴 그것을 해선에게 보여주었다. 접시 바닥에 붉은 피가 고여 있었다.

"그게 뭔데요?"

"더스트가 죽인 놈. 그놈의 생식기예요."

"하."

해선이 한숨을 뱉었다.

"일종이 주술이죠. 이걸 먹으면 강한 생명을 가질 수 있다고 믿거든요."

나이프로 잘게 썰어 그걸 씹는 상현을 보며 해선은 더스트를 떠올렸다. 또 한 번 살아남은 오늘 밤, 더스트는 길고 깊은 잠에 빠질 것이다. 다시금 세상이 마련해놓은 교묘한 함정의 그물에 걸려 목숨을 걸고 싸우겠지만 오늘은 아니다. 해선은 수면제 없이 깊이 잠들었던 몇 번의 밤을 떠올렸다. 그것이 어떤 기분일지 알 것 같았다.

다음 날, 해선은 상현과 함께 크루즈 투어를 했다. 말이 크루즈지 거대하고 조용한 진흙탕 강물 위에 배가 떠 있을 뿐이었다. 해선이 본 중 가장 큰 진흙탕 물이었다. 진흙을 품은 물은 제 속을 감추고 여전히 흐른다는 사실에 대해 시치미를 떼고 있었다. 물 표면은 고여 있는 것처럼 느껴졌다.

사공은 동력을 멈추고 자신도 노를 놓았다. 사람과 기계의 힘을 받지 않은 배는 한참의 시간과 함께 흐르거나 혹은 휘돌았다. 그러나 그것은 어디까지나 결과로 보아 그랬을 뿐 배는 멈춰 있는 듯 느껴졌다. 배가 처음 출발했을 때보다 한참이나 먼 거리의 아래쪽으로 떠내려 와 있는 걸 보고야 물이 흐르는 걸 알 수 있었다. 물 대신 해선이 느림에서 오는 동요로 커다랗게 출렁였다. 시간도, 물도, 사공의 행동도 당황스러웠다. 방치하듯 내버려두어도 모든 것이 정상적으로 보인다는 사실이 놀라웠다.

"파라다이스가 없는 이유를 알아요?"

비스듬히 누워 졸고 있던 상현이 생각난 듯 물었다. 당연히 해선은 몰랐다. 이곳에 그런 게 없다는 데 대해 실망하고 있는 참이었다.

"아무리 완전하게 만족스러워도 시간이 지나면 결국 불만거리를 생각해내고 만들어 내는 게 사람이잖아요. 만족하지 못하는 습성을 지닌 게 인간이니까. 지속되는 상태가 아니라 어떤 한순간이라면 가능할지도 모르죠."

그때 들린 상현의 목소리조차 해선은 뭔가 퍼즈 모드 같다고 느꼈다. 뭐랄까. 그저 나오는 대로 지껄이는 말이랄까. 천천히 눈을 감는 상현을 보면서 단지 어떤 순간이 파라다이스라면 상현은 지금 그 순간을 지나고 있는 게 아닐까 짐작할 뿐이었다. 서울에서 보았던 상현의 모습, 격식을 차리고 예의를 갖춘 단정한 모습의 상현은 거기 없었다.

해가 이울고 크루즈가 끝날 무렵 스콜이 쏟아졌다. 조용하고 어두운 물은 소리 없이 빗방울을 삼켰다. 해선과 상현은 강변에 있는 노천식당을 찾아 들어갔다. 몸에 묻은 비를 털어내고 앉아

비 내리는 흙탕물을 바라보았다. 곧 어두워져 아무것도 보이지 않게 되었다.

저녁 식사를 주문하고 먹었다. 그곳의 사람들은 착하고 순하고 서비스하는 데 익숙했다. 뭔가 원하면 부르기 전에 미소 지으며 다가왔다. 해선은 어딜 가나 친절한 미소를 만날 수 있었다.

"오랜 식민 상태와 종교에 길들여져서 그래요."

상현에 따르면 이곳 사람들은 유독 순종적이라 했다. 그들은 순종에 반항하지 않으며 돈 몇 푼이면 자신의 노동을 정당하다고 생각한다고. 그것이 동반자 클럽이 이곳을 택한 이유 중 하나라고. 과연 해선이 건네는 돈 몇 푼에 그들은 굽실거렸고 환하게 웃었다. 상현이 비밀을 전달하듯 소리를 죽여 말했다.

"힘의 정렬이에요. 사람들은 여기서 무슨 힐링이니 평화니 하는 걸 말하지만 사실은 돈의 힘이죠. 적은 돈으로 최대의 효과를 누릴 수 있어 효율적이니까요. 여기서의 모습은 간단해요. 서비스하거나, 혹은 받거나."

밤 아홉 시 무렵이 되자 오직 비만 깨어 바닥과 듣는 사람의 심장을 두드렸다. 해선은 이곳의 선인장으로 만들었다는 예의 그 초록색깔 술에 차츰 취기를 느끼고 있었다. 사람들이 돌아간 거리에 개들이 어슬렁거렸다.

개들은 순했다. 손님들이 돌아간 빈 테이블 위에 개가 한 마리 올라가더니 익숙한 자세로 늘어져 엎드렸다. 해선이 다가가 쓰다듬자 개는 순순히 그 손길을 받아들였다. 거리의 순한 개. 그리고 개 싸움장의 개들. 식당 종업원이 다가와 뭐 더 필요한 건 없는지 물었다. 해선의 눈높이에 맞추려 무릎을 꿇은 자세였다.

순종적인 이곳의 사람들. 그리고 개 싸움장에서 보았던 분노

하는 사람들. 개 싸움장에서 사람들은 숨겨왔던 증오를 드러내 더욱 부풀어 오르도록 서로를 부추겼다. 해선은 헷갈렸다.

하늘이 별들로 빛나고 있었다. 그러나 여전히 어두운 물의 표면은 활짝 열린 하늘 밑에 제 모습을 감추고 있었다. 상현은 호텔에 전화를 걸어 정확한 도착 시간을 알렸다.

호텔 엑시트.

그곳은 산 중턱에 위치해 있어 사람들이 많이 모여드는 곳에서 상당한 거리가 있었다. 주변에는 울창한 숲. 그 너머는 거대한 진흙탕 강물. 중세 시대의 해자처럼 넓고 깊은 물이 호텔을 둘러싸고 있었다.

호텔 엑시트는 거리 쪽으로 열려 있지 않았다. 사람들이 있는 곳으로 가자면 해자를 지나 긴 다리를 건너야 했다. 건물 외관은 아무런 특징이 드러나 있지 않은 노출 콘크리트 기법으로 마감하고 있었다. 숙박객을 유치하려는 호텔이라기보다 근대적 벙커형 구조물 같은 느낌이었다.

그리고 높았다. 상현이 서울에서 '지부' 라고 일컬었던 마천루에 못지않을 만큼 우뚝 솟아 있었다. 그 기념비 같은 위용은 마치 저 아래 있는 다른 사람들을 굽어보는 것 같았다. 방안의 창 또한 중심 쪽과는 다른 방향으로 나 있었는데 특이한 점은 하늘이나 산, 전원 풍경을 반사하는 검은색 유리로 감싸여 있다는 것이었다. 그러니까, 외부에서 내부를 볼 수 없다는 것.

해선은 비밀스럽게 나 있는 현관을 지나 호텔 엑시트로 들어갔다. 외관과 달리 내부는 칠성급 호텔에 지지 않을 만큼 고급스럽고 세련되고 정갈했다. 그리고 고요했다. 로비엔 직원들 두엇을 제외하고는 아무도 없었다. 해선이 무심코 물었다.

"여긴 왜 이렇게 사람이 없어요?"

"아까 전화해서 우리가 들어가는 시간을 미리 알려주었으니까요."

"그게 무슨 말이죠?"

"여긴 동반자 클럽 전용 호텔이에요. 말하자면 본부?"

"그런데요?"

"모든 동반자들은 자신을 드러내고 싶어 하지 않거든요. 그래서 마주치지 않도록 조율하는 거죠."

동반자 클럽이 택한 곳. 해선은 '파라다이스' 라는 낱말을 상기했다. 오직 인간에게 맞춰진 인공 건축물. 짐작하기 어려울 만큼 많은 돈을 들여 건축했을 화려한 고층 건물. 호텔 엑시트는 그 이름을 '호텔 파라다이스' 라고 해도 좋을 만큼 완벽했다.

방으로 들어온 해선은 상현과 함께 발코니에 놓인 응접세트에 앉아 아래를 내려다보았다. 어둠이 가득한 곳 어디쯤 공중에 떠 있는 기분이었다.

"동반자 클럽은 회원들끼리 서로 교류하거나 하지 않는다는 말이죠?"

'비슷한 생각을 가진 사람들이 모여 함께 방법을 찾는 곳.' 이라고 설명했던 병숙의 말이 생각났다.

"원하는 사람들이 있다면 그럴 수도 있지만 대부분의 동반자들은 개인성을 원해요."

개인성이라니까 어쩐지 비밀스러운 냄새가 풍겼다. 상현은 개인성이란 많은 이의 부러움을 사면서 엄중한 보호와 경호를 받는 소수만의 특권이라고 말했다.

"개인이란 대중에서 벗어나 특별한 존재가 된다는 뜻이잖아요. 원칙적으로 다른 이들이 범접할 수 없는 영역에 서 있는 사람들이죠. 인간다운 삶을 살고 싶다고 했죠? 그게 그 말이죠. 남들 눈치나 보면서 몰개성하게 사는 어중이떠중이가 되고 싶지 않다는 것. 아닌가요?"

듣고 보니 그랬다. 남들과 다르게 사는 것. 남들보다 훨씬 더 잘 사는 것. 대접받으면서 말이다. 인간다운 삶이란 결국 그런 것 아니겠는가.

상현이 어딘가로 전화를 걸자 잠시 뒤 초인종이 울렸다. 소녀에 가까운 어린 여직원이 쟁반을 받쳐 들고 들어왔다. 그 뒤를 순하게 생긴 소년이 과일 쟁반을 들고 따랐다. 소녀는 테이블에 샴페인을 놓을 때 무릎을 꿇고 앉아 소리가 나지 않도록 조심스럽게 움직였다. 까만 얼굴빛에 윤기가 흐르는 예쁜 아이였다. 소녀는 해선과 상현의 눈을 마주 보지 않도록 내내 눈을 내리깔고 있었다. 상현이 해선을 아랑곳하지 않고 소녀를 천천히 뜯어보았다.

"남들 눈치 안 보고 하고 싶은 것 하면서 살 수 있는 자유. 여기엔 그게 있어요."

상현은 소녀가 함께 가져온 팸플릿을 해선에게 건넸다. 그리고 소녀 대신 해선이 그 방에서 나가주길 원했다.

"천천히 읽어보고 아침에 마저 얘기해요. 당장이라도 원하는 게 있으면 뭐든 할 수 있고요."

상현은 힐끔 소녀의 뒤에 서 있는 소년을 보았다. 방을 나서는 해선의 뒤를 조용히 따르는 소년. 해선은 자신의 방문을 열고 뒤를 돌아 거기 멈춰 서 있는 소년을 보았다. 잠시 생각에 잠겼다가 이렇게 말했다.

"굿 나잇."

소년은 해선이 방문을 완전히 닫을 때까지 그렇게 문밖에 서 있었다.

상현이 건넨 팸플릿은 처음 것과 다른 내용을 담고 있었다. 이번 것은 동반자 클럽이 제공하는 일종의 솔루션이랄까.

'구원이란 일종의 서비스다.'

이번 팸플릿의 헤드카피는 한층 더 강하게 해선을 사로잡았다. '서비스' 라는 낱말로 인해 해선은 상현이 했던 말을 떠올렸다. 힘의 정렬이라고 했던가. 해선은 방안에 딸린 자쿠지에서 스파를 즐기며 팸플릿을 읽었다.

'선택받은 이들은 애초에 안전하며 그 어떤 불안이나 공포로부터도 보호받는다. 그리고 그 선택은 과거에 신에 의해 집단적으로 행해진 것과 달리 지금은 순전히 개인의 능력에 따라 개별적으로 이루어진다. 그리고 그 선택은 모든 시스템에 의해 존중받는다. 동반자 클럽은 스스로를 선택할 수 있는 능력을 갖춘 사람들에게만 모든 것을 제공한다. 그러므로 구원이란 일종의 서비스다. 선택받을 수 있는 사람인가를 구분하는 방법은 간단하다. 이러한 구원을 탐욕이라 말하는 사람들, 그들이 바로 선택받지 못한 사람들이다.

이것은 정당하고 마땅한 구원이다. 그러니 자, 말해보라. 쓸모없는 대중들과 함께 시궁창에 빠진 채 허우적거리다 냄새

나는 시체로 썩어가겠는가. 아니면 우리의 동반자가 되어 구원의 삶을 서비스 받겠는가. 그 서비스 안에서 우리는 영원히 평등하며 끝까지 함께하는 동반자다.'

일종의 투자 마케팅? 모르긴 해도 그러자면 해선의 상상을 웃도는 비용을 지불해야 할 터였다. 갈증을 느낀 해선이 인터폰을 하자 금세 아까의 소년이 향기로운 음료를 가지고 왔다. 윤기 나는 짙은 피부를 가진 소년은 시키지 않았는데도 자쿠지 욕조 위에 잔을 놓아두고 해선의 벗은 어깨를 주물렀다. 따뜻하고 섬세하면서 아직 미숙한 손길이었다. 해선은 느긋하게 즐겼다. 눈이 맑은 소년은 물러가지 않고 대기하고 서 있었다. 해선은 잠깐 유혹을 느꼈지만 이내 소년에게 이렇게 말해주었다.

"땡큐 앤 굿나잇."

방을 나가는 소년에게 지폐를 한 장 건넸다. 고마운 마음은 말로 전하는 게 아니니까.

화려하고 고급스러운 방 안. 모든 것이 갖춰져 있고 말 한 마디면 뭐든 할 수 있는 곳. 인공 낙원. 안전하고 완전하며 확실한 미래. 해선은 호텔 엑시트에서 오랜만에 행복을 느끼고 있었다. 누군가 인간답게 사는 게 어떤 거냐고 묻는다면 바로 이런 거 아니겠느냐 말할 수 있을 것 같았다.

내가 대접받으며 살고 싶다면 반대편에서 누군가 나를 대접해주는 사람이 존재해야 하는 건 당연한 거 아니겠는가. 그리고 나는 정당하게 대가를 지불했다.

해선은 지폐를 손에 쥐고 미소 지으며 돌아간 소년을 떠올렸다. 소년의 목덜미를 덮고 있던 보송한 솜털이 눈에 밟혔다. 해선은 자신이 원하는 것을 들어주고 서비스하기 위해 소년이 존재하는 거라고 생각했다. 그러자 소년에게는 한없이 너그러워질 수 있을 것 같았다. 기회가 되면 소년이 처해 있는 어려움을 제거해주고 싶다는 마음. 약간의 돈과 친절한 마음이면 풀어주지 못할 게 없을 터였다.

"좋은 아침."

상현이 갓 내린 커피 두 잔을 직접 들고 해선을 찾았다. 그 뒤로 어제와는 다른 소녀가 아침상을 들고 따라 들어왔다. 소녀는 조신하게 발코니에 놓인 테이블에 음식을 놓아두고 예의 바르게 인사한 뒤 나갔다. 해선과 상현은 발코니에 앉아 아침 식사를 즐겼다. 고층 호텔 방에서 굽어 내려다보는 아래의 풍경은 이국적이고 싱그러웠다. 새가 한 마리 발코니 난간에 와 앉는 걸 보고 상현이 쿠키 부스러기를 던져주었다. 그러자 더 많은 새들이 날아와 쿠키를 쪼아 먹고 예쁜 목소리로 지저귀며 날아갔다.

"여기 직원들은 정말 친절하네요."

해선은 커피가 최고급품이라고 생각하며 말했다.

"착하죠. 그게…."

상현의 말을 해선이 끊었다.

"내가 말해 볼까요? 저 사람들은 착한 게 아니라 능력이 없는 거예요. 힘이 있다면 저들도 서비스를 하는 게 하느라 받으며 살 수 있을 텐데. 그렇죠?"

이제 그 정도는 깨달았다는 듯 단호한 해선의 말투에 상현이 웃었다.

"돈과 힘이 있으면 다른 사람 얼굴에 침을 뱉을 수도 있다니까요."

상현의 농담에 해선도 따라 웃었다. 이상하게 웃겼다. 해선과 상현은 한참이나 큰 소리로 웃었다. 마치 그들 사이에만 통하는 비밀스러운 유머 코드를 찾아낸 기분이었다. 두 사람은 착하게 사는 사람들의 친절함을 비웃으며 침을 뱉는 시늉까지 해대면서 웃었다. 그걸 목격했을 때 해선은 아직도 웃고 있던 참이었다.

퍽.

그 소리는 뭔가 떨어지는 걸 보았나 싶은 바로 다음 들렸다. 해선과 상현은 반사적으로 튕기듯 일어나 아래를 내려다보았다. 몸이 박살 나 쓰러져 누운 한 남자. 하지만 자세하게 살피기엔 바닥까지 거리가 너무 멀었다. 다만 붉은 피가 바닥에 퍼지고 있는 것은 알 수 있었다. 그러므로 그때 느낀 해선의 공포는 직접 보고 있는 것에서 비롯된 시각적인 것이라기보다 누군가 고층 건물에서 떨어졌고 머리와 몸이 으깨져 죽음으로 이어졌다는 사실로 인한 경험적인 두려움이었다.

"악."

해선은 비명을 질렀다.

"사람이에요. 떨어져 죽었다고요."

어떻게 좀 해보라며 다그치는 해선에게 대꾸도 없이 상현은 도로 의자에 와 앉아 식은 커피를 마셨다.

"호텔에서 알아서 처리할 테니 걱정 말고 앉아요."

"사람이 죽었는데 어쩜 그리 태연할 수 있죠?"

흥분한 해선이 다급하게 물었다.

"여긴 동반자 클럽이고 호텔 엑시트니까."

"그게 무슨 뜻이죠?"

"여기서는 뭐든지 자유니까. 구원이 반드시 행복이나 낙원을 의미하는 건 아니잖아요. 살아간다는 게 허무하고 피곤하게 느껴진다면 소멸도 구원이죠."

"그게 무슨 말도 안 되는 소리에요?"

"여기 오래 머문 사람들에게서는 가끔 있는 일이에요."

해선은 이해할 수 없었다. 안전하고 행복한 미래를 꿈꾸며 오는 곳이라지 않았는가.

"각자 생각이 다른 거니까요."

"그럴 거면 차라리 살던 곳에서 죽을 일이지. 여기까지 와서 죽을 건 뭐람. 그리고 왜 이렇게 먼 곳에 호텔 엑시트를 만든 거죠?"

"그래야 단순하고 명료해지니까요."

대체 무엇이 명료해지고 단순해진다는 걸까. 해선으로서는 아직 답을 알 수 없는 문제였다.

"이유는 또 있어요."

해선은 표정으로 그 이유를 물었다.

"내가 지금 여기 있다는 걸 아무도 몰라요. 오로지 나만 알죠. 그러니까 여기서 나는 나이기도 하지만 내가 아니기도 해요. 말하자면 여기는 바깥이에요. 모두에게서 비켜 나 있는 거죠."

해선이 또 물으려 하자 상현은 웃으면서 철저하게 신분이 보장된다는 뜻이라고 설명해주었다.

"그러니까, 만약 살던 곳에서 뭔가 죄를 지었다고 해도 이곳에선 아무 문제없다는 뜻이기도 하죠."

"아."

해선은 감탄했다. 익명성으로 신분이 철저하게 가려지는 곳. 내가 무슨 죄를 지었든 여기서 그 죄는 흔적 없이 사라진다. 모든 것을 내려놓는 대신 행복하고 안전한 생활이 남는다. 상현은 심지어 이곳 직원 대다수가 귀머거리에 벙어리라고 알려주었다. 보안을 고려한 조치라고 덧붙였다. 그러고 보니 과연 해선은 호텔 엑시트에서 직원들의 목소리를 들은 기억이 없었다.

"들리지도 않는데 투숙객에게 어떻게 그리 완벽하게 서비스할 수 있는 거죠?"

"눈치예요. 서비스를 잘 하려면 두 가지가 필요하죠. 빠른 눈치, 그리고 무거운 입."

"어떻게 그게 가능하죠?"

"돈과 힘이 있으면 안 되는 게 없는 세상이니까. 나는 곧 이곳으로 완전히 옮길 거예요. 내가 어떤 죄를 지었는지는 묻지 마시고."

문득 소름이 돋았다. 동반자 클럽에선 나에 대해 얼마나 알고 있는 걸까. 혹시 모든 걸 알고 내게 접근해온 건 아닐까. 더운 남국의 최고급 호텔 발코니에 앉아 해선은 갑자기 추위를 느꼈다. 상현이 해선 쪽으로 바싹 다가와 말을 낮춰 물었다.

"왜요? 해선씨도 뭔가 죄를 지었어요?"

뺨을 갈겼다. 상현의 얼굴에 붉은 자욱이 떠오르는 걸 보면서 해선은 자리에서 일어나 거듭 상현의 뺨을 때렸다. 상현의 무례에 대한 징벌이었다. 그런데 이상한 기분이었다. 화가 나는 대신 흥분됐다. 상현 또한 화를 내는 대신 히죽 웃었다. 선 자세로 앉아 있는 상현을 내려다보자 격렬한 성욕이 일었다. 해선은 당황했고 그만큼 더 흥분한 탓에 온몸이 빳빳해졌다. 해선은 열기 어린 눈으로 상현을 내려다보았다. 그러자 상현의 앞섶이 부풀어 올랐다. 상현의 음경이 서고 있었다.

해선은 상현을 발가벗겼다. 상현을 뒤흔들고 어지럽혔다. 그리고 스스로도 발가벗었다. 다급한 열정이 폭발했다. 누군가의 죽음을 발아래 두고서도 해선은 자신의 욕망에 부끄러워하지 않았다. 지나가는 새가 무엇 하나 가리지 않은 해선을 보았고 저 밑에 펼쳐진 울창하고 싱그러운 숲이 해선을 북돋웠다. 훤히 드러난 곳에서의 섹스는 이상하게 난잡하다는 느낌이 들게 했고 그로 인해 난폭함을 더욱 부추겼다. 해선은 더 세게, 더 자극적으로 움직이라고 상현을 다그쳤다.

상현의 위에 올라앉아 힘차게 몸을 움직일 때 해선은 문득 더스트를 떠올렸다. 더스트의 살의와 해선의 성욕은 순수하고 맹목적이라는 점에서 같았다. 해선은 양손을 상현의 목으로 가져갔다. 그리고 마치 더스트가 발톱을 세우듯 목을 감싼 손아귀에 힘을 주었다. 금세 상현의 목에 핏발이 섰다. 그러자 놀랍게도 상현의 음경이 더욱 커지고 단단해져 해선을 파고들었다. 해선은 흥분과 희열에 놀라 소리를 질렀다.

"악."

숨이 훕, 멎는 것 같은 느낌과 함께 갑자기 터져 나온 소리는 흡사 아까 죽음을 목격했을 때의 비명과 비슷했다. 마지막으로 상대 개에게 일격을 가하기 직전, 몸의 모든 힘을 모아 땅을 박차고 뛰어오르던 바로 그 순간에 더스트가 내질렀던 선뜩한 울음소리와도 같았다. 목덜미를 물어 뜯겨 침을 질질 흘리면서 죽어가던 상대 개를 발로 밟고 올라선 더스트가 생각나자 해선은 더할 수 없는 만족을 느꼈다.

해선은 상현의 목을 조르고 있는 손에 한층 더 힘을 주었다. 더스트가 죽인 개에게서 뿜어져 나오던 핏줄기가 기억났다. 그러자 상현을 이대로 죽이고 싶다고 생각했다. 상현의 몸에서 솟아오르는 붉은 피가 보고 싶었다. 눈의 핏발이 터지고 눈동자가 불쑥 튀어나올 때 상현의 음경에선 생의 마지막 정액이 힘차게 뿜어져 나오겠지. 잔혹한 상상일수록 더욱 흥분되었다.

고통과 희열에 신음하는 상현을 내려다보는데 동식이 생각났다. 상상 속에서 해선은 동식을 함부로 다뤘다. 뺨을 때리고 옷을 찢어발기고 바닥에 쓰러트린 다음 그 위로 올라타 앉았다. 그리고 동식이 쉼 없이 말을 하도록 재촉했다. 해선을 사랑한다고, 자기에겐 해선 밖에 없다고, 해선이 자신의 주인이며 영원하고 유일한 지배자라고.

동식의 목숨 건 고백을 즐기며 해선은 동식의 숨통을 조였다. 더 애원해보라며 동식에게 소리 질렀다. 동식이 마지막 숨과 함께 피를 토할 때 해선은 절정에 올라 하늘을 향해 소리 질렀다. 종을 알 수 없는 짐승의 울부짖음과도 같은 그 소리는 끊길 듯 이어지고 멀어지다 다시 커지길 반복하며 한참이나 지속되었다.

해선이 흥분을 가라앉히느라 발코니 의자에 늘어져 있는 사이 고층 호텔방에서 바닥으로 떨어져 죽은 누군가의 시체는 치워졌다. 뇌수가 터져 나오고 내장이 찢어져 수습하는 데만 한참의 시간이 걸릴만한데도 감쪽같이 말끔하게 정리되었다. 피가 흘렀던 자리에는 짙은 물빛만 남아 남국의 태양빛에 빠르게 말라 가고 있었다. 모든 작업과정은 신속하고 조용하게 진행되었다. 그들은 작업 내내 해선이 내지르는 비명과도 같은 환성을 들었을 것이다. 들리지 않는 귀로 말이다.

"그런데 왜 이름이 동반자 클럽이죠? 알고 보면 철저하게 개인적이잖아요."

바닥에 떨어진 옷가지들을 수습하다가 생각나 해선이 물었다.

"유대감 때문이에요."

상현은 여전히 알몸인 채로 식어빠진 커피를 마셨다. 찢겨진 상현의 셔츠가 발코니 구석에 던져져 있었다.

"어떤 유대감이요?"

"굳이 말하자면 공범의식과도 비슷한 거죠. 남을 밟고 서는 데 대한 죄의 공유? 나만 그런 건 아니라는?"

'죄' 라는 낱말이 낯설게 들렸다. 이곳에 와서 벌써 여러 차례 듣는 단어였다. 문득 멀리 떨어져야 단순하고 명료해진다고 했던 상현의 말이 '죄' 라는 낱말에 겹쳐졌다. 내가 서 있는 자리에서 더 나은 자리로 가기 위해서는 다른 사람들이 대신 뒷자리에 남겨져야 한다. 그것이 죄일까. 그렇다면 동반자 클럽은 '죄' 라는 유대감을 주는 동시에 '공범의식' 을 통해 면죄해 준다는 말이겠구나. 해선은 단순하게 그렇게 이해했다.

난 살기 위해 태어났다. 그 외에는 아무런 다른 목적이 있을 수 없다. 그러므로 나는 살아갈 것이다. 그리고 살아남기 위해서라면 내가 할 수 있거나 혹은 내가 할 수 없다고 여기던 일들도 해내야 할지 모른다. 그것이 뭐가 나쁜가.

그렇게 생각하는 해선이었지만 어쩐지 '죄' 와 '공범의식' 으로 인해 위로받는 기분이었다. 나만 그런 건 아니라는 안도감은 해선의 불안을 충분히 잠재워 줄 것이다. 무엇보다 동반자 클럽은 해선이 원하는 모든 것을 맞춤 서비스해준다지 않는가. 막 자리에서 일어서는 상현에게 해선은 동반자 클럽의 입회비용에 대해 물었다. 상현이 귓속말로 해선에게 알려주었을 때 해선의 입은 저절로 벌어졌다.

"확실하고 안전한 미래를 사는 비용이니까요."

마지막 말과 함께 상현이 방문을 닫고 나갔다. 쿵, 하고 문이 닫혔다. 혼자 남겨지자 여태껏 알몸이란 사실로 인해 해선은 부끄러움을 느꼈다. 황급히 옷을 입으며 해선은 닫힌 문을 한참이나 쳐다보았다. 상현이 알려준 비용의 숫자들이 곧 해선이 저지를 또 다른 죄의 이유가 될 거란 사실을 해선은 아직 체감하지 못하고 있었다.

물, 그림자의 힘

해선은 분주했다. 온 집안을 돌아다니며 이것저것 손에 들었다가 놓았다가 다시 다른 걸 챙겨 들었다. 다 챙겨서 현관문 앞에 내놓고 보니 아이스박스가 두 개에 종이 박스가 세 개나 되었다. 그러고도 해선은 뭔가 빠진 건 없는지 여러 차례 확인하느라 돌아가며 박스를 열어보고 닫고 또 다른 박스를 열기를 반복했다.

"텐트는?"

손길이 분주한 탓에 해선은 고개도 들지 않고 동식에게 물었다.

"벌써 차에 실어 놨지. 그런데 가서 텐트를 잘 칠 수 있을까?"

"별 걱정을 다 하네. 완전 신상이라 설치하기 쉬운 거거든."

해선의 핀잔에 머쓱해진 동식은 그 자리에 서 있었다.

"뭐 해? 이 박스들 가지고 내려가 차에 실어야지. 어머니도 모셔 오고. 아무튼 내가 말 안 하면 아무것도 안 된다니까."

"갑자기 무슨 가족 여행을 가자고 이 난린지. 언제 우리 가족이 여행 같은 거 다녔다고."

미적거리던 동식이 투덜댔다.

"뭐라고?"

해선이 고개를 들고 동식을 보았다.

"아니. 이것만 내려다 놓으면 되냐고."

"응. 얼추 다 챙긴 것 같아. 챙길 땐 짐이 많아 보여도 막상 가서 보면 다 필요하다니까. 당신도 가족 여행 가니까 좋지?"

해선의 말에 동식은 그럼 좋지, 라고 짧게 대답하고는 아이스박스를 양쪽 어깨에 하나씩 메고 종이 박스를 하나 가슴에 안아 들었다.

"벌써 출발했어야 길이 안 막히는데. 새벽같이 일어나 혼자 준비하는 거 봤으면서도 저런다니까."

느릿한 동식의 움직임을 눈으로 보면서 해선은 짜증 냈다. 문이 닫히는 소리와 거의 동시에 빼꼼, 방문을 열고 교영이 나왔다.

'다 챙겼나? 뭐 또 빠진 건 없겠지?'

해선이 우두커니 서서 혼잣말을 하는데 교영이 옆에 와 해선의 손을 잡았다. 한쪽 팔로는 낡아 군데군데 찢어지고 때에 절어 냄새나는 고르고를 꼭 끌어안고 있었다. 어수선한 집안 분위기가 낯설었는지 겁먹은 표정이었다. 해선은 교영의 눈높이에 맞춰 무릎을 꿇고 앉아 교영을 마주 보았다.

"이상한 거 아니야. 나쁜 데 가는 것도 아니고. 여행 가는 거야. 엄마랑 아빠랑 할머니랑 다 같이 물놀이하러."

"물놀이? 수영복도 입고 튜브도 타고?"

"그럼. 엄마가 새 수영복도 샀는데?"

해선은 따로 옷가지들을 챙겨넣은 가방에서 교영의 새 수영복을 꺼내 보여주었다. 허리 부분에 프릴이 빼곡하게 달린 핑크색 수영복을 받아 든 교영이 비로소 방긋 웃었다.

"그런데, 엄마랑 둘이 가면 안 되는 거야?"

교영은 해선의 옷자락을 흔들며 떼썼다.

"그럼 못써. 아빠랑 할머니한테 웃어주기도 하고 같이 놀자고 재롱도 부려야 착한 아이지."

"난 착한 아이 싫어."

교영이 홱 고개를 돌렸다. 그리고 들고 있던 고르고를 바닥에 내던졌다.

"자꾸 그럼 괴물이 잡으러 온다? 괴물이 잡아가서 너를 마구 때리고 물어뜯다가 사지를 찢어 죽이면 어쩌려고."

"그럼 난 괴물의 눈알을 파먹으면 되지. 아이스크림처럼 숟가락으로 막 저어서 떠먹을 거야. 괴물이 아프다고 울면 머리통을 부술 거야. 이빨도 다 뽑아버릴 거야."

해선은 웃었다. 입을 앙다물고 공중 어딘가를 매섭게 째려보는 교영이 귀여웠다.

"우리 교영이가 괴물보다 더 세구나? 그래도 머리통을 부술 땐 조심해야 돼. 네가 입은 새 옷이 엉망으로 더러워지면 안 되니까."

교영도 따라 웃었다. 엄마를 웃게 만들었다는 사실이 자랑스러웠기 때문이었다. 교영은 어떻게 괴물을 처리할지에 대해 계속해서 조잘거렸다. 괴물의 잘린 머리통은 햄스터가 돌리며 노는 것과 같은 동그란 통에 넣을 것이다. 그 통의 핸들을 잡고 돌리면 동글동글 머리가 둥글게 돌아갈 것이다. 그러다 싫증나면 머리통을 고양이에게 던져줄 것이다. 배고픈 고양이는 맛있게 잘도 씹어 먹고 베어 먹겠지. 까르르. 어느새 기분이 좋아진 교영이 발을 구르며 웃었다. 현관문이 벌컥 열렸을 때 교영은 웃느라 벌어진 입을 채 다물지도 못하고 해선의 뒤춤에 가 숨었다.

"재밌는 일 있으면 나도 좀 웃자."

미주가 죽은 뒤 기가 꺾인 문자는 교영과 해선의 웃음소리에 타박은 못하고 밸이 꼬인 것처럼 인상을 썼다. 교영이 바닥에 떨어진 고르고를 잽싸게 집어 들고 문자에게서 멀찍이 떨어졌다. 해선은 삐죽거리는 교영을 본체만체하고 저 혼자 거실 소파에 턱 하니 가 앉아버리는 문자를 보면서 생각했다.

'핏줄 같은 게 뭐가 그리 중요하다고. 그런데 교영이 남의 씨를 받은 아이란 걸 모르는 문자가 어쩜 저리 끝까지 교영을 외면하는 걸까. 정말 신기라도 있어서 제 핏줄 아닌 것쯤은 누가 말해주지 않아도 알아챌 수 있을 만큼 촉이 좋은 건가.'

그 점에 관해서라면 해선은 몇 가지 기억을 갖고 있었다. 주로 통닭집에 오는 손님들이나 시장통 상인들을 보면서 가끔 한마디씩 무심코 건네는 식이었는데 가령 이랬다.

"어이, 장씨. 이번에 둘째 아들 잔치 치르겠네."

시장 번영회장을 맡고 있는 세탁소 장씨를 보고 하는 말이었다. 술추렴이나 해볼까 하고 통닭집 문턱을 넘어오던 장씨가 화들짝 놀란 건 당연한 순서였다. 장씨는 테이블을 차지하고 자리에 앉기도 전에 문자에게 다가갔다.

"누님, 그게 뭔 소리요? 우리 둘째 아직 학교도 졸업 안 했는데?"

"두고 봐. 올해 안에 새 사람 들이게 될 테니까. 그것도 한꺼번에 둘이 들어오는구만."

난감해진 장씨는 애먼 소주잔만 빠르게 비워댔다.

"하. 거 참. 학교 졸업하고 취업 준비하고 결혼자금이라도 좀 모으려면 아직 멀었구먼."

장씨가 그렇게 문자의 말을 물면 바로 그때 문자는 장씨의 빈 소주잔을 채워주면서 기어코 말을 이었다.

"조심해. 새로 들이는 사람 때문에 집안이 망할 수도 있어."

그런 말을 할 때 문자는 목소리를 낮추지도 않았다. 그리고 눈으로 해선을 찾았다. 그렇게 해선의 주의를 끌었다. 문자는 해선더러 들으라고 일부러 그러는 거였다. 자신이 신기가 있다는 걸 은근히 자랑하면서 해선에게 경고하는 거였다.

"새 사람이 들어오는 것도 기가 막힐 노릇인데 집안이 망한다니. 내 이놈을 그냥."

둘째 놈을 다그치러 황급하게 집으로 돌아가면서 장씨는 붉어진 얼굴로 욕을 씹어뱉었다.

문자의 경우 그 엄마가 신내림을 받았다고 했다. 그러나 집안의 결사적인 반대 때문에 신을 모시거나 무당으로 영업을 하지는 못했다고 들었다. 그럴 때 신기는 좀 약해진 정도로 밑으로 내려와서는 자식들 중 누군가에게 옮겨붙는다는 것이다.

"찾지 마. 괜히 마음만 찢어질 거야."

얼마 전에는 통닭집에 생닭을 들이느라 매일 드나드는 물류 트럭 기사에게 뜬금없이 이런 말을 툭 던지는 문자였다. 이제 막 물류 일을 시작한 지 얼마 되지 않은 젊은 트럭 기사가 소스라쳐 놀라서는 들고 있던 플라스틱 박스를 떨어트린 것 또한 당연했다.

"그게 무슨. 혹시 우리 아버지 말씀이세요?"

"그럼 그 집에 집 나간 게 아버지 말고 또 있나?"

"그런데 찾지 말라는 건 무슨 뜻입니까?"

"에휴. 쯧쯧."

문자는 조급하게 묻는 트럭 기사를 향해 한숨으로 뜸을 들였다. 그래서는 좀 더 간절해진 트럭 기사의 태도와 눈빛을 보고 비로소 입을 여는 것이었다.

"어젯밤에 내가 예지몽을 꿨지 뭐야. 집 나간 아버지, 못 찾아. 찾아도 이미 이 세상 사람 아니고."

"그러니까 어떻게 된 건데요?"

아예 문자의 옷자락을 붙들고 흔들어대는 트럭 기사였다. 그제야 문자는 세상 유일한 진단을 내리는 의사처럼 오만하고 단정적인 투로 말을 꺼내주었다.

"깊어. 물속이야. 아주 깊이 들어앉아 있어. 눈이 까맣더라고. 까맣게 뻥 뚫려 있었어. 검은 동굴처럼."

항상 그런 식이었다. 문자의 신기는 언제나 누군가에게 닥쳐올 사고나 죽음 같은 불행에 대한 경고였다. 그래서 평온하게 오늘을 살고 있는 사람들의 일상을 공연히 흩어놓는다. 그리하여 미래에 일어날지 아닐지도 모를 일을 미리 끌어다 걱정하느라 사람들은 한숨과 불면을 달고 살게 된다. 그러다 불안한 마음에 누구는 무당을 찾고 또 누구는 정신과 의사를 찾아가고 또 다른 누군가는 보험을 드는 식이었다. 해선이 보기에 문자의 신기는 미래에 대한 대비를 위한 게 아니라 현재에 대해 벌을 주기 위해 작동하는 것 같았다.

해선은 소파에 앉아 다리를 건들거리고 있는 문자를 보았다.

신기 같은 건 언제나 어둠을 연상시켰다. 그 때문인지 문자에게서는 늘상 음산한 기운이 느껴졌다. 그런데 왜 신기 있다는 사람들은 자신에게 곧 닥쳐 올 불행은 전혀 감지하지 못하는 걸까. 해선은 의아했다. 정작 자신의 운명을 가늠하지 못하는 신기 따위가 무슨 소용이 있는 건지 모를 일이었다.

"어머니, 잠깐 이쪽으로. 네. 저를 보고 이쪽으로 앉으세요."

"왜?"

해선은 자신이 쓰는 각종 화장도구를 바구니에 담아 내와서는 문자 앞에 의자를 끌어다 놓고 앉았다.

"어머니 곱게 단장 좀 시켜드리려고요."

"단장은 무슨."

그러면서도 문자는 해선을 향해 몸을 돌리는 시늉을 했다. 미주가 죽고 난 뒤 문자는 눈에 띄게 기가 꺾여 있었다.

"어머니도 이제 좀 즐기면서 사세요. 평생 자식들 뒷바라지하고 통닭집에서 일하느라 고생만 하셨잖아요."

해선은 문자의 쭈글쭈글한 얼굴에 섬세하게 주름 에센스를 바르고 탄력 크림을 덧발랐다.

"말이라도 고맙구나."

고맙다니. 문자는 스스로 뱉은 말에 놀라 곧 입을 다물었다. 해선에게 뿐 아니라 살면서 몇 번 해 보지 않은 말이었다. 아끼던 진영이 죽고 아들은 애꾸가 되고 딸이 그토록 험하게 가고 난 뒤 문자는 전에 없이 사람들의 말이나 자신을 대하는 태도에 예민해졌다. 친절한 사람에게서 위로를 받았고 무례한 태도에서 서운함을 느꼈다. 심지어 간혹 혼자 남은 집에서 잠들지 못할 때 눈물을 찍어내는 일도 생겼다.

그전엔 없던 일이었다. 남들이 자신에게 어떻게 대하느냐 따위 중요하지 않았으니까. 자신이 어떻게 생각하고 행동하느냐가 가장 중요했으니까. 문자는 나도 늙었구나, 싶어서 허무한 기분이 들기도 했고 내가 뭐 때문에 이때껏 죽도록 일만 하면서 살았나 싶기도 했다.

문자는 해선의 손길이 지나간 자신의 얼굴을 들여다보았다. 파운데이션을 발라 피부는 좀 뽀얘졌고 브라운 색조로 그린 아이브로우는 자연스러웠다. 적당히 붉은 립스틱 색깔 때문인가. 그토록 생기 있어 보이는 얼굴이 얼마 만인지 몰랐다. 문자는 신중하지 못하게 아이처럼 웃음을 흘렸다. 삐쭉거리던 교영이 조금씩 옆으로 다가와서는 화장하고 있는 할머니 얼굴을 들여다보며 간간이 웃었다.

"이쁘냐?"

교영이 헤 웃으며 고개를 끄덕이자 문자가 놀랍게도 손바닥으로 자신의 옆자리를 두어 번 톡톡 두드렸다. 교영더러 거기 와 앉으라는 거였다. 망설이던 교영이 해선을 쳐다보았을 때 해선이 직접 교영을 안아 들어 문자 옆에 앉혀주었다. 해선도 즐거웠다. 문자는 약해졌고 그러니까 다루기가 훨씬 수월해졌다. 그렇게 세 여자가 나란히 앉아 화장도 하고 수다도 떨고 있으니 정말 한 가족 같았다.

"거봐요. 어머니도 단장하니까 이렇게 고운데. 제가 이제 날마다 이렇게 만들어 드릴게요."

문자에게 그렇게 말하는 동안 해선은 동시에 속으로 다른 말을 하고 있었다. 공들여 화장을 해 놓으면 뭐 하나. 여전히 쭈글거리고 형편없이 못생긴 노친네 같으니라고. 여행에서 돌아오면

두 번 다시 이런 고역을 치르지 않아도 되니 얼마나 다행이야. 그렇게 말이다.

해선의 속을 알 리 없는 문자는 차에 올라 출발하고 한참이나 지날 때까지 몇 번이나 거울을 들여다보고 있었다. 해선은 상냥한 표정을 지어 보이며 립스틱을 다시 발라주고 머리 모양을 정돈해주었다. 심지어 문자가 잘 들여다볼 수 있도록 손거울을 문자의 눈높이에 맞춰 들고 있어주는 수고도 서슴지 않았다.

"날씨가 너무 화창해요, 어머니. 저기 바깥 좀 보세요."

해선이 손가락을 들어 바깥을 가리켰다. 늦여름을 지나 초가을로 넘어가는 바깥 햇살은 환했으나 어쩐지 색이 바랜 느낌이었다. 해선은 짜릿한 즐거움을 느꼈다. 가족끼리 함께 보낼 행복한 순간들을 상상했다. 모든 일정은 이미 해선의 머릿속에 짜여 있었고 평소 건강에 나쁘다는 이유를 들어 제한해왔던 음식들을 잔뜩 준비했다. 이번 여행에서 가족들은 모두 놀고 싶은 대로 놀고, 먹고 싶은 것들을 실컷 먹게 될 것이었다.

해선을 따라 바깥에 눈을 주던 문자가 인상을 쓰면서 손차양을 만들어 이마에 가져다 댔다.

"여름도 다 갔는데 무슨 여행을 가자고."

"어머니, 그런 말씀 마세요. 낮엔 아직 덥잖아요."

"집 나가면 고생인데."

문자가 운전하고 있는 동식에게 에어컨을 세게 틀라며 투덜댔다.

"가족끼리 처음 가는 여행이잖아요. 이제 우리도 남들처럼 그렇게 살자고요."

해선이 가방에서 선글라스를 꺼내 문자에게 건넸다. 직접 문자가 쓰고 있던 안경을 벗기고 선글라스를 씌워주었다. 해외 명품 브랜드의 선글라스를 처음 써 본 문자는 해선이 보여주는 손거울에 이리저리 자기 모습을 비춰보았다. 고개를 살짝 들어 짐짓 도도한 자세를 취해보기도 하는 문자였다.

"잘 어울려요, 어머니. 그런 것도 자꾸 써 보고 해야 익숙해지죠. 앞으로 남자친구도 만나시고 하려면 치장할 줄 알아야 해요."

끽. 운전하던 동식이 커브 길에서 갑자기 브레이크를 밟았다.

"조심해. 놀랐잖아. 운전 다시 시작한지 한참 됐는데 아직도 그러면 어떡해."

저도 모르게 높고 차가운 투로 말하는 해선이었다.

"남자친구는 무슨. 다 늙은 엄마한테 그게 무슨 소리야?"

해선은 동식이 괜스레 예민하게 군다고 생각했다.

"그럼 뭐, 어머니는 평생 닭이나 튀기면서 자식 뒷바라지나 하면서 사시라고?"

동식이 뭔가 또 대꾸하려 하자 문자가 말을 끊었다.

"쓸데없는 소리들 그만해라. 넌 운전이나 조심하고."

그 말을 할 때 문자의 낯빛이 달아오르는 걸 해선은 놓치지 않고 보았다.

"우리 가는 데가 정말 좋은 곳이야. 내가 얼마 전에 미리 답사까지 했다니까. 첫 가족여행이니까 가서 즐겁게 지내다 오자고, 응?"

해선이 여행을 제안했을 때 문자와 동식은 시큰둥했다. 여름도 다 간데다 가족여행이라곤 단 한 번도 가보지 않았는데 이제와서 새삼스럽게 무슨 여행이냐며 심드렁하게 굴었다.

"한여름에 가면 오히려 고생만 하잖아요. 바람 쐬고 오면 좋잖아요. 요즘 우리 가족들 너무 우울하니까요."

해선이 발음한 '우리 가족' 이란 말이 문자와 동식은 낯설게 느껴졌다. 언제부터 해선이 우리 가족이라는 표현을 사용했는지 생각해보았지만 기억나는 게 없었다. 안 그래도 요즘 더욱이나 문자와 동식에게 친절하고 상냥했던 해선이었다. 동식은 그렇다쳐도 문자로서는 해선의 꿍꿍이를 알 수 없는 기분이었다.

문자와 동식의 미지근한 태도에도 불구하고 해선은 착착 여행을 준비했다. 텐트를 주문하고 만나는 사람들 모두에게 가족여행 계획을 알렸다. 며칠이 지나지 않아 시장통과 아파트 사람들이 문자와 동식을 마주칠 때마다 여행 간다면서요? 잘 생각했네. 기분 전환하고 가족끼리 잘 지내는 데는 여행이 최고라며 부추겼다.

모든 준비는 해선이 다 알아서 했다. 심지어 해선은 통닭집의 휴일 기간을 정하는 일부터 남은 재료들 정리까지 빈틈없이 처리했다. 문자와 동식은 차츰 여행을 다녀오는 편이 좋을지도 모르겠다고 생각하게 되었다.

"내가 맛있는 거 많이 준비했어. 다들 살찔 각오를 해야 할걸. 어머니, 노래 틀어드릴까요?"

해선은 즐거웠다. 그래서 평소와 달리 유난히 말이 많았다. 핸드폰을 열고 문자가 요즘 즐겨 듣는 노래를 틀었다.

'내 나이가 어때서. 사랑하기 딱 좋은 나인데.'

노래가 중반을 지나자 분위기 때문인가, 흥이 돋은 문자가 저도 모르게 노래를 따라 흥얼거렸다. 해선도 문자의 귀 가까이 대고 따라 불렀다. 누가 보면 정말 즐거운 가족여행의 풍경이랄 수 있었다.

"어머니, 여기 정말 좋지 않아요?"

해선이 들뜬 목소리로 문자와 교영을 물가로 이끌었다. 풍경만큼은 과연 절경이었다. 도로 가에 차를 주차하고 제대로 나 있지 않은 좁은 돌길을 따라 언덕을 내려오자 확 트인 강가였다. 강변답지 않게 고운 모래가 널찍하게 깔려 있었고 커다랗고 넓은 물이 둥근 모양으로 고인 듯 흐르고 있었다. 그 물을 높고 험한 산의 단면을 칼로 싹 베어낸 듯 고개를 한껏 들어서 보아야 그 끝에 시선이 가 닿는 절벽이 감싸고 있었다. 도로에서는 잘 보이지 않기 때문에 모르는 사람들은 찾아오기 어려운 지형이었다.

"좋긴 좋구나. 이런 데가 다 있었네."

문자도 간만에 나오니 좋다면서 주위를 둘러보았다.

"제가 일부러 찾았다니까요."

교영은 벌써부터 신이 나서 튜브를 안고는 물가에서 발을 굴렀다. 까르르 웃으며 소리 질렀는데 그 목소리 또한 물이 삼키고 절벽이 빨아들여 밖으로 새나가지 않았다. 세 여자는 신발을 벗고 물에 발을 적셨다. 한여름을 지난 물은 제 안에 서늘한 기운을 머금고 있었다.

해선의 장담과 달리 텐트 치는 일은 생각만큼 쉽지 않았다. 해선과 문자, 교영이 웃고 떠들며 노는 동안 애꾸인 동식이 혼자서 텐트를 치고 집에서 가져온 솥을 걸고 고기를 구울 돌판을 가져다 놓느라 진땀을 흘렸다.

"그냥 근처 펜션에 묵으면서 밥은 식당에서 사 먹자니까."

간신히 셋팅을 끝낸 동식이 해선에게 투덜댔다.

"이 근처에 펜션이 없다니까. 마을도 한참 떨어져 있고. 그리고 우리 가족끼리 오붓하게 있으니까 좋잖아. 당신은 안 좋아?"

해선의 목소리는 다정했다. 금방 맛있는 저녁을 만들어 주겠다면서 해선이 깨끗하고 시원한 강물을 적신 수건으로 동식의 얼굴을 닦아주었다.

집에서는 냄새나고 건강에도 좋지 않다며 먹지 못하게 했던 해선이 직접 돌판에 삼겹살을 구워 가족들을 먹였다. 기름진 고기에 짜디짠 쌈장에 소주를 곁들이니 노곤했던 몸이 풀리는 기분이었다. 교영도 물에서 뛰어노느라 배가 고팠는지 해선이 입으로 불어서 식혀 놓아주는 고기를 잘도 받아먹었다. 문자와 동식은 주거니 받거니 소주잔을 비우다가 자청해 소주를 받아 마시는 해선을 보고 놀라면서도 즐거운 내색을 숨기지 않았다.

"이제야 한 가족 같네. 얼마나 좋냐. 식구끼리 같이 고기 구워 먹고 소주도 한 잔 하고."

문자가 얼근해져서는 한 가족이네, 한 식구네, 어쩌고 하면서 해선에게 자꾸 소주를 따라 주었다.

"제 말대로 함께 여행 오길 잘했죠?"

"그래. 까짓거. 인생 뭐 있냐. 식구들끼리 이렇게 오순도순 살면 되는 거지."

해선은 모든 걸 가족들에게 맞춰주었다. 평소에 싫어하던 트랜스지방 덩어리인 삼겹살도 거리낌 없이 씹어 삼키고 소주도 문자와 동식이 주는 대로 받아 마셨다. 술에 취해 아무렇게나 불러대는 문자의 뽕짝 메들리에 박수 쳐주며 따라서 흥얼거리기까지 했다.

공기 좋은 곳이라 그런지 지는 석양이 짙은 핏빛이었다. 피가 흘러 번지듯 금세 붉게 물들던 석양이 지나고 나자 가족들을 내려다보고 있던 하늘이 어둠으로 검어졌다.

"좀 쉬고 계세요. 얼른 치울게요."

식사가 끝나자 해선은 서둘러 뒷정리를 한 뒤 식구들을 텐트 안으로 불러들였다.

"어머니, 이리로 와 보세요. 당신도 교영이 데리고 들어와."

마침 늦여름의 밤바람이 쌀쌀하다고 느끼던 참이었다. 해선이 깔아놓은 화투판을 보고 깜짝 놀라던 문자, 그것도 모자라 동전까지 잔뜩 바꿔가지고 온 걸 보고는 저도 모르게 해선을 우리 아가, 라고 불렀다. 미주가 죽은 뒤로 통 웃을 일이 없던 문자는 기분이 좋아져 웃었다.

"네가 이렇게까지 나를 생각해주는 줄 몰랐구나."

"어머니 고스톱 좋아하시잖아요. 소화도 시킬 겸 한 판 돌리실까요?"

패가 돌고 화투를 치고 동전이 짤그락거리며 서로 오갔다. 교영이 해선 옆에 앉아 짜거나 단 맛이 강한 과자를 쉼 없이 집어먹고 있는 게 거슬렸지만 나무라지 않았다.

"아가, 너 똥 쌌다. 옜다, 똥. 내가 먹는다."

쓰리고에 피박까지 얹어 해선이 가진 동전을 쓸어가면서 문자는 큰소리로 떠들었다.

"엄마 타짜야? 요즘 집에서 혼자 밤마다 고스톱 치는 연습하지?"

동식도 실없는 농담을 하면서 맥주를 홀짝이고 오징어를 씹었다. 개구리 소리, 어느새 활동을 시작한 귀뚜라미 소리, 이름을 잘 모르겠는 풀벌레 소리. 텐트 안에 켜진 한 줌 빛을 제외하곤 밖은 온통 어둠이었다.

"그런데 여긴 왜 놀러 온 사람들이 없는 거냐? 여름도 다 가서 그런가?"

착착착, 소리 나게 화투 패를 섞으면서 문자가 물었다.

"저는 우리 식구들끼리 오붓하고 좋은데 어머니는 싫으세요?"

"경치 좋고 물 좋은 데 치고 사람들이 북적대지 않는 곳이 없잖아. 덩그러니 우리만 있으려니까 좀 무섭기도 하고."

여전히 패를 섞으면서 문자는 눈으로만 밖을 내다보았다. 불빛 한 줄기, 사람 소리 하나가 없어서인가. 그것이 무엇이든 살면서 만나고 싶지 않은 어떤 게 웅크리고 있을 것 같은 기분이었다. 사람의 힘으로는 제어할 수 없는 종류의 악귀 같은 것이 땅속에서 일어나 살아 있는 자들에게 눈독 들일 것 같은 기분 나쁜 느낌.

그러고 보니 문자는 어젯밤 꿈자리가 사나웠던 게 생각났다. 미주가 죽은 뒤로 거의 매일 꿈이 뒤숭숭했던 까닭에 특별히 마음에 두지 않았는데, 분명 꿈속에서 여길 본 것 같은 기분이었다. 깊고, 어두운 물. 사방을 둘러보아도 보이는 건 오직 물.

문자는 웃으며 화투를 치고 있는 가족들을 둘러보다가 고개를 저었다. 꿈에서 물을 보았다는 것이 지금 여기 있는 것과 무슨 상관이 있나, 싶었다. 찬찬히 다시 생각해보니까 여기와 꿈속에서 본 곳이 닮은 것 같지도 않았다.

"여기에는 괴담이 있어요."

"괴담이라니?"

동식이 자신의 패는 확인도 안 한 채 놀란 목소리로 물었다.

"몇 해 전에 빨간 원피스를 입은 처녀가 여기서 다슬기를 잡다 빠져 죽었대. 저 밖에 물 한가운데 커다란 바위가 있잖아? 가끔 그 위에 하얀 소복을 입은 귀신이 나타난다고 하더라고."

자신의 패에 눈을 준 채 해선이 심상하게 말하는데 문자와 동식, 그리고 교영까지 눈이 동그래져서 해선을 보았다.

"여기 주민들은 강의 마녀라고 부른다는데 죽은 처녀가 노래도 하고 손짓도 하면서 사람들을 물속으로 끌어들인다는 얘기가 있어요. 바다에 사는 마녀 세이렌처럼요."

"세이… 뭐?"

문자의 반문에 해선이 웃으면서 말해주었다.

"그런 게 있어요. 아무튼 작년 여름엔 물에 빠져 죽은 사람을 처리하고 돌아갔던 파출소장이 밤에 다시 와서 물에 갑자기 뛰어들어 죽었다네요. 그래서 여긴 아무도 안 온대요."

"그럼 그런 곳에 우릴 데려온 거냐?"

문자가 화투 치는 것도 멈추고 으스스 몸을 떨며 말했다.

"좋잖아요. 전세 낸 것 같고. 이렇게 경치 좋은 곳에서 우리 식구들끼리만 놀 수 있고요."

"당신 농담이지?"

"진짜야. 여기서 놀던 사람들이 다 같이 점심을 먹다가 갑자기 빨리 물에 들어가야 한다면서 뛰어든 일도 있었대. 그때 여러 명이 빠져 죽었다는데?"

화투 패 한 장을 바닥에 내려놓은 해선이 어머니 차례예요, 라고 유쾌하게 말하면서 웃었다.

"애, 그만해라. 아무리 농담이라도 무섭다."

문자는 본능적으로 공포와 불안을 느낀 나머지 아리따운 처녀의 손짓에 홀려 자신이 물에 빠지는 상상을 하게 되었다. 그러자 금세 숨이 가빠지는 것만 같고 풀 길 없는 회한이 가슴을 탁 막는 것처럼 명치 끝이 아려왔다.

"나도 사줘."

가만히 듣고 있던 교영이 불쑥 말을 꺼냈다.

"빨간 원피스 사줘."

"갖고 싶니?"

해선이 묻자 교영이 고개를 끄덕였다.

"응. 나 노래도 잘하거든. 내가 물속에서 노래 부르면 사람들이 더 듣고 싶어져서 물속으로 빠질 거야. 그렇지?"

"교영이는 예쁘니까 사람들이 더 좋아할 거야."

"응. 매일 같이 많은 사람들이 내 노래를 들으러 오게 될 거야."

해선과 교영은 웃고 있었다. 문자와 동식은 갑자기 술에 취하는 기분이라고 생각하면서 이제 그만 자야겠다고 중얼거렸다. 처음으로 네 식구가 한자리에 누웠고 해선을 제외한 셋은 금세 잠에 빠져 코를 골았다.

해선은 텐트 안의 불빛 때문에 더 어두운 바깥을 보고 있었다. 두어 시간쯤 뒤척이다가 가장 어둠이 짙어 이제 곧 새벽이 깨어날 즈음 잠이 들었고, 그것을 보았다.

그것은 까만 어둠 한가운데 박혀 있었다. 그것 또한 까맸지만 살기로 번뜩거리는 푸른빛을 발하고 있어 알 수 있었다. 눈이었다. 두 개의 눈이 깜박일 때마다 온전한 어둠이 드러났다가 깨어졌다. 해선은 그 눈을 응시했다. 한참 지나자 해선의 눈도 어둠에 익었다.

더스트였다. 분명 개 싸움장에서 보았던 그 개였다. 어찌 된 일인지 몰라도 해선은 더스트가 호텔 엑시트에 몸을 숨기고 있다가 막 빠져나온 참이라고 생각했다. 어둠 속에 숨죽여 웅크리고 있던 더스트는 처음엔 흐릿했다가 점차 그 모습이 또렷해졌다. 무엇이 불안한지 몸을 이리저리 흔들어댔다.

더스트는 검고 강한 몸을 가졌지만 공포에 떨고 있었다. 두렵기는 해선 또한 마찬가지였다. 떨리는 가슴을 누르며 주위를 둘러보고서야 자신이 더스트와 함께 철조망이 둘러쳐진 둥근 링 안에 있다는 사실을 간신히 알아차렸다.

더스트와 대면하는 일은 오로지 해선 혼자만의 몫이었다. 누구도 더스트가 나타난 상황을 설명해주지 않았을 뿐 아니라 심지어 그것이 모두 해선 때문이라고 말하고 있는 것 같았다. 링 주위에 있는 사람들은 웬일인지 모두 구명조끼를 입고 있었다. 밝은 주홍색 조끼를 입은 사람들은 익사자를 앞에 두고 있기라도 하듯 서로 눈치를 보면서 누구 하나 앞으로 나서지 못하고 발만 구르고 있었다. 그 때문인가. 해선은 흐르거나 혹은 소용돌이처럼 휘감기는 깊은 물소리를 들은 것 같았다.

해선은 까닭을 모른 채 더스트와 싸워야 했다. 그러자 해선의 안에서 천천히 맹수가 형체를 갖추기 시작했다. 맨 처음으로 이빨이 드러났고 그 다음엔 소리가 살아났다. 으르르, 신음하며 해선은 더스트를 위협했다.

더스트가 뒷발을 굴렀다. 그리고 몸을 세웠다. 억센 근육과 단단한 뼈가 자라난 해선도 무자비한 집행관처럼 더스트를 향해 달려들었다. 해선과 더스트는 서로를 물어뜯었다. 피가 튀었고 그 피가 어둠을 물들였다. 살이 뜯겼고 그 살점들이 땅을 덮었다. 해선과 더스트를 링 위에 올린 사람들은 흉악한 음모를 꾸민 사람들답게 어둠 속에 숨어서 키득거리고, 소리 지르고, 더 힘차게 물어뜯으라며 화를 냈다.

날카로운 이빨을 더스트의 목덜미에 박아 넣는 순간, 해선의 안에 있던 맹수가 완성되었다. 더스트의 피와 살과 죽음을 밟고 올라서 하늘을 향해 포효했다.

아악!

두려움의 울부짖음이었고 승리에 대한 자축이었다. 그것은 사람의 소리가 아니었다.

"일어나. 어서!"

동식이 해선을 흔들어 깨웠다. 하마터면 해선은 양손으로 동식의 목을 움켜쥐고 조를 뻔했다. 깊게 빠져들었던 잠은 쉽게 해선을 놓아주지 않았다.

"일어나라고!"

동식이 내지르는 소리에 해선은 간신히 눈을 떴다. 그러자 더스트도 해선의 맹수도 어디론가 몸을 감췄다.

"왜? 무슨 일인데."

놀라 몸을 일으켰다. 눈이 부셨다. 그 빛이 낯설었다. 해선은 손을 들어 빛으로부터 얼굴을 가렸다. 늦여름의 아침 햇살이 텐트 전체를 달구고 있었다. 눈을 뜨자 비로소 소리들이 들렸다. 사람들이 웅성거리는 소리, 멀리서부터 점차 가까워지는 사이렌 소리, 교영이 놀라 엄마를 부르며 칭얼대는 소리, 그리고 동식이 내지르는 울음소리.

문자가 죽었다.

텐트 밖으로 나간 해선은 자동적으로 흐르기 시작한 눈물을 닦으며 모여 선 사람들 가운데 흰 천을 덮고 누운 문자의 시신을 내려다보았다. 젖은 몸을 덮은 천 또한 물빛을 머금어 젖어가고 있었다. 교영이 몸을 떨며 해선의 뒤춤에서 울기 시작했다.

"괜찮아. 엄마가 있잖아."

울먹이느라 가라앉은 투로 해선이 교영을 달래며 안아주고는 몸으로 눈을 가려주었다. 철푸덕, 바닥에 주저앉은 동식이 길고 큰 울음을 울었다. 잠에서 깨어나 지저귀던 새들이 놀라 날아가면서 문자가 덮고 있던 흰 이불에 똥을 쌌다.

경찰관들 서너 명과 주민 여럿이 자기들끼리 말들을 주고받거나 서로 뭔가를 묻고 답했다. 누군가의 불행이 달디 단 설탕 덩어리라도 되는 듯 사람들이 개미떼처럼 모여들어 둔덕 위쪽을 가득 메웠다. 조용하고 평화롭던 강가는 어느새 난장이 되어가고 있었다.

"그러니까, 여기 출입 금지 푯말이라도 하나 세우자고 주민회의에서 그렇게 말했구만. 또 이런 사단이 벌어지네."

노인 하나가 혀를 차며 경찰관을 나무랐다. 이곳 사정을 이미 알고 있는지 경찰관 또한 대꾸 없이 고개만 주억거렸다.

"이장님이 시신을 발견하신 게 또 그곳이구만요."

경찰관이 면목 없다는 투로 간신히 노인에게 물었다.

"그렇다니까. 이상하게 어제 마을회관에 전기가 나갔잖아. 사람을 불렀더니 오늘 아침에나 온다고 해서 나가보던 참이었지. 물 위에 꽃무늬 티셔츠가 둥둥 떠 있는 게 눈에 띄어서 내려가 봤지. 그래도 내가 자세히 안 봤으면 몰랐을 거야. 에휴.

작년에도 둘이나 죽어나갔잖아. 여기 사람들이야 아니까 안 들어가지만 외지 사람들은 어디 그래? 그리고, 여기 경치가 좀 좋아? 딱 빠져 죽기 좋잖아. 멋모르고 뛰어든 사람들을 찰나에 낚아채는 물귀신이지."

노인의 푸념은 그치지 않았다. 관에서 소홀해서 이런 일이 벌어졌다고 성토했다.

"여길 아예 폐쇄하자고 위에다 강하게 요구하겠습니다."

돌아서면서 경찰관은 노인에게 들리지 않도록 하필 전보 발령을 앞두고 일이 생겼다고 중얼거렸다. 동식은 우느라 정신줄을 놓고 있었다. 경찰관은 대신 해선에게 다가와 물었다.

"어젯밤에 무슨 특별한 일은 없었습니까?"

"특별한 일이라뇨?"

해선은 화가 난 듯한 투로 반문했다.

"아니, 그냥 피해자의 행동이나 말에서 무슨 이상한 낌새랄지 그런 거요."

문자가 스스로 목숨을 끊기라도 한 것은 아닌지 의심하는 투였다. 아니라면…. 혹여 또 다른 가능성을 염두에 두고 있는 건 아니겠지. 해선은 울먹이면서 사랑하는 가족을 잃은 자의 슬픈 목소리로 대답했다.

"없었어요. 오랜만에 가족들끼리 놀러 와서 무슨 일이 있었겠어요. 그저 저기 걸려 있는 솥에 백숙을 끓여먹고 물놀이하고. 즐거웠어요. 여러 가지 한약재까지 챙겨와 끓인 거라 맛있다고 어머니가 참 좋아하셨는데…."

문자는 해선이 정성 들여 만든 백숙을 잘도 먹어댔다. 담백하면서 깊은 맛이 나는 국물에 끓여낸 죽까지 한 그릇을 깨끗하게 비웠다.

"얘, 이거 우리 가게에 메뉴로 올리면 잘 팔리겠는데, 네 생각은 어떠냐?"

안 그래도 요즘 들어 해선을 통닭집으로 끌어들이려고 애쓰던 문자였다. 아무리 가르쳐도 실수가 잦고 도무지 일이 늘지 않는 동식보다 야무지고 꼼꼼하게 일처리를 하는 해선에게 차츰 의지하고 있던 문자는 틈만 나면 몽상을 접고 통닭집을 맡으라며 해선을 종용하곤 했었다.

"요즘 몽상도 유명해지고 잘 돼서 아까워요, 어머니."

해선이 설거지를 하고 뒤처리를 하는 내내 문자는 곁에 붙어서 졸라댔다.

"너 통닭집 매출이 얼만지나 알고 그러니? 언젠가는 너희 부부가 맡아야 할 일이잖니."

"알겠어요. 차차 그렇게 할게요."

"정말이냐?"

"네. 어머니가 정 원하시면 그렇게 할게요."

죽음을 앞둔 이의 부탁은 그것이 무엇이든 들어줘야 한다. 그렇게 말할 때 해선은 진심이었다. 문자가 살아있기만 한다면 정말 그렇게 할 수도 있겠다는 심정이었다.

"제가 통닭집 맡으면 어머니는 뭐 하시게요? 애인도 만나고 함께 여행도 다니면서 어머니만 즐겁게 사시려고요?"

농담처럼 해선이 웃으며 말을 꺼냈다.

"애인은 무슨. 나 같은 늙다리에 뚱뚱한 여자를 누가 좋아한다고."

"설마 모르시는 건 아니죠?"

"뭘 말이냐?"

"시장 번영회장 장씨 아저씨 말예요."

"장씨가 왜?"

"삼 년 전에 상처하시고 줄곧 어머니를 누님이라고 부르면서 의지하셨잖아요."

"그게 뭐?"

"아이 참, 어머니도. 장씨 아저씨가 어머니 좋아하는 거잖아요. 모르셨어요?"

거짓말이었다. 해선은 자연스럽게 거짓말을 하기 시작했다.

"얘가 무슨 농담을 그리…."

문자의 말꼬리를 자르며 어떻게 그것도 모를 수가 있냐는 투로 해선이 말을 이었다.

"저한테 몰래 와서는 어머니가 좋아하는 음식은 뭐냐, 어머니는 어떤 화장품을 쓰느냐, 언제 교외에 바람이라도 쐬러 가자고 하면 어머니가 가시겠느냐, 하면서 꼬치꼬치 묻더라니까요. 아예 자기 가게를 터서 통닭집을 넓히면 어떻겠느냐, 자기가 오랫동안 봐와서 통닭집 일은 잘할 자신 있다, 그렇게도 말했어요."

과연 문자의 볼이 붉어지기 시작했다. 한 사내가 자신에게 맘을 품고 있다고 말해주었는데 왜 안 그렇겠는가. 여자란 건 포기하고 잊고 산다고 해서 그 본능까지 사라지는 건 아니다. 문자도 여자였다는 사실이 새삼스러워 해선은 속으로 안쓰러운 마음에 한숨 쉬었다.

"아무리 장씨가 그랬으려고."

"어머니가 누님처럼 든든하고 의지가 된다고 했어요. 평생 골

골거리던 아내를 그렇게 보내고 나니까 강하고 단단한 여자가 그립다고요."

해선은 스스로 지어낸 말들을 뱉으면서 그것이 진실이라고 믿었다. 자신의 거짓말에 울렁이는 문자를 보면서 만족스러웠다. 어쨌든 문자도 즐거워하지 않는가. 붉은 물이 든 뺨을 손으로 감싸는 문자를 보면서 해선은 스스로 자랑스러웠다. 해선은 불우한 이웃에게 온정을 베풀었을 때의 만족감을 느꼈다.

"볼이 빨개지니까 예쁘세요."

귓가에 대고 해선이 속삭이자 문자는 어쩔 줄 몰라 하며 고개를 숙이고 미소 지었다.

"물놀이는 어디서 하셨어요?"

경찰관이 수첩에 백숙, 이라고 적어 넣으면서 해선에게 또 물었다.

"바로 요 앞이요. 여긴 물살도 느리고 깊이도 적당해서 딸아이도 하루 종일 놀았는걸요. 왜요?"

그렇게 되묻는 해선의 얼굴은 아무것도 모르는 아이처럼 순진한 표정이었다. 경찰관이 뭐라 대답을 하려는데 주민들과 쑥덕거리던 마을 이장 노인이 다가와 대답해주었다.

"여기 물은 겉으로 보기에만 그래요. 조금만 더 들어가면 유속도 빠르고 미끄러운 돌이끼가 잔뜩 나 있어."

울고 있던 동식이 벌떡 일어나 노인의 멱살을 잡을 기세로 바짝 다가서서는 소리를 지르듯 물었다.

"그게 무슨 말입니까? 저렇게 물이 고요한데요?"

"밖에선 완만해 보이지만 안에는 갑자기 수심이 깊어지는 웅덩이가 있어요. 거기에 와류가 숨어 있는데 외지인들은 잘 모르지. 자네 어머니는 거기에 휩쓸린 거야."

노인이 한숨과 함께 막 구급차에 실리고 있는 문자의 시신을 건너다보았다.

"그게 뭡니까? 와류라뇨?"

아예 노인의 옷깃을 붙잡는 동식이었다. 마치 미리 다 알고 있었으면서 문자의 죽음을 막지 못한 책임이 오롯이 노인에게 있기라도 하다는 투였다.

"소용돌이 말이오. 근데 그게 겉으로는 안 보이거든. 저기 갑자기 하폭이 좁아지는 지점에 좁고 하얀 바위가 솟아있는 거 보여요? 그쯤에 숨어 있어, 소용돌이가. 거기 휘말리면 못 빠져나와."

해선은 노인이 가리키는 바위를 보았다. 빨간 원피스를 입은 처녀가 빠져 죽고 하얀 소복을 입은 귀신이 앉아 노래를 부른다는 그 바위였다. 동식이 바위를 쳐다보고는 새로운 울음을 토해냈다. 하얀 소복의 귀신을 이쪽으로 부를 수도 있을 만큼 처절한 슬픔의 울음이었다.

"그런데 말입니다."

경찰관이 고개를 갸웃하면서 입을 떼었다.

"검시관 말이, 피해자의 사망 추정 시간이 밤 아홉 시 무렵이라던데, 왜 그 시간에 물에 들어갔을까요?"

딸꾹, 하면서 울음을 삼킨 동식이 해선을 돌아보며 말했다.

"식구들끼리 맥주를 나눠 마셨어요. 그렇게 많이 마신 것 같지는 않은데 여기 공기가 좋아서 그런가, 언제 잠들었는지도 모르게 잠이 들었어요."

동식의 말을 해선이 받아 이었다.

"네. 저기 보세요. 텐트 안에 맥주랑 주전부리랑 치우지도 않고 그냥 온 식구가 잠들었는데. 저는 술이 약해서 맥주 한 잔이면 곯아떨어지거든요. 그런데 자고 나니 이런 일이 있을 줄은…."

해선은 일부러 손을 들어 텐트 안쪽을 가리켰다. 식구들이 함께 즐겁게 어울렸던 마지막 흔적을 보자 슬픔이 복받쳐 서럽게 울었다.

"그러고 보니 엄마가 가장 많이 마셨어요. 유난히 기분이 좋아 보이더라고요. 자다가 오줌이라도 마려웠나?"

동식의 말에 노인이 그럴 줄 알았다는 듯 고개를 두어 번 주억거렸다.

"술김에 소변을 보러 물에 들어갔구만. 여자들이 가끔 그러데? 여긴 화장실이 따로 없으니까. 그러다 깜깜하니까 발을 헛디뎌 점점 더 빨려 들어간 거지. 틀림없어."

이제야 모든 걸 알았다는 표정으로 노인이 깔끔하게 정황을 정리해 주었다. 경찰관이 수첩에 소변, 이라고 적어 넣었다. 쓰러져 있는 빈 맥주병을 보면서 해선은 눈물을 훔쳤다. 문득 강한 요의가 느껴졌다. 그럴 만했다. 어젯밤, 문자와 함께 물속에서 오줌을 눈 이후 잠에서 깨어나 지금껏 참지 않았는가.

바로 그랬다. 노인의 말처럼 문자는 물에 들어가 오줌을 누었다. 하지만 오줌을 눌 때 문자는 혼자가 아니었다. 해선이 문자와 함께 소변을 보고 있었다.

해선이 미리 수면제를 섞어둔 맥주를 마시고 동식이 잠든 뒤였다. 교영은 물놀이에 지쳐 진작에 깊이 잠들어 있었다. 해선은 문자와 마지막 남은 맥주를 나눠 마셨다. 저물녘, 밤이 막 태어나기 시작하는 시각에 시작된 술자리였는데 밖은 어느새 짙고 무거운 밤이었다. 맥주를 마셨으니 오줌이 마려운 건 당연한 일이었다.

"어머니, 쉬 안 마려우세요?"

"응? 쉬? 마렵지. 눠야지."

문자가 취한 몸을 일으켜 텐트 밖으로 나왔다. 쓰고 있던 안경도 벗어놓은 채였다. 그 뒤를 해선이 따랐다. 텐트 뒤편 아직 덜 피어난 갈대숲으로 들어가려는 문자를 해선이 잡아끌었다.

"물속에 들어가서 볼일 보면 어때요?"

"물속에서?"

"네. 아무도 없는데 어때요?"

"그래 볼까?"

둘이 물속에 들어가 오줌을 누었다. 밤을 맞은 물은 서늘했고, 뜨듯한 오줌이 물과 섞여 사타구니를 적셨다. 물속에서 오줌을 누는 행위는 이상하게 문자를 유쾌하게 만들었다. 기분이 좋아진 문자는 물속에 쪼그려 앉은 채 오래 오줌을 누었다.

"생각해 보셨어요?"

"뭘 말이냐?"

"장씨 아저씨 말예요. 어머니는 모르는 척하세요. 제가 다 알아서 할게요. 우선 두 분이 여행 한 번 다녀오시고."

물은, 할랑할랑 조용하게 흐르면서 밤의 세계를 한층 어둡게 만들고 있었다. 낮 시간 동안 늘어져 있던 그림자와 그늘마저 빨아들여 삼킨 물은 오줌이 나오는 소리 또한 제 안으로 받아 삼켰다. 왠지 부끄러운 기분에다 까닭 모를 열기가 밑으로부터 올라와 문자는 괜스레 물장난 치는 시늉을 했다.

"여행은 무슨. 남사스럽게."

문자는 싫다고 말하지 않았다. 다만 서늘한 물기운에 가슴을 쓸어내렸을 뿐이었다.

"일본 온천 어떠세요? 아예 멀리 가면 아무도 모르잖아요."

해선은 문자와 장씨가 함께 떠날 여행을 상상해보았다. 촌스런 꽃무늬 블라우스를 입은 쭈그렁바가지에 뚱뚱한 문자, 머리에 포마드를 잔뜩 발라 어색하게 넘기고 우스꽝스럽게 번쩍이는 버스기사 선글라스를 쓴 장씨. 그 둘이 손을 잡고 은밀하게 입맞춤하고 알몸이 되어 서로 부둥켜안고 뒹구는 모습. 역시나 남사스러웠고 어디 내놓고 말하기 부끄러웠다. 조금 더 상상하자 구토가 이는 기분이었다.

"어머니, 저기 저 바위 보이세요?"

문자가 안경을 쓰지 않은 눈으로 대충 해선이 가리키는 곳을 바라보았다. 바랜 듯 하얀 달빛이 삐죽 솟은 바위와 그 주변의 빠른 물살을 비추고 있었지만 문자는 정확히 식별할 수 없었다.

"저기가 청춘의 샘이라고 불린대요."

"청춘의 샘?"

해선이 고개를 끄덕이면서 귀 좀 빌리자는 시늉을 하며 문자에게 바짝 다가섰다. 이어 목소리를 낮춰 말했다.

"저기서 목욕을 하면 회춘한다는 이야기가 있대요. 특히나 여자들은 늘어졌던 거기가 탄력이 생기고 젊어진다고요."

"에이, 무슨."

깔깔 웃는 문자의 웃음에 해선도 따라 웃으며 농담처럼 가볍게 말을 건넸다.

"한번 해 보세요. 이제 곧 여행도 가셔야 하는데. 밑져야 본전이잖아요."

이쪽으로요, 라며 해선이 문자의 손을 잡아 이끌었다. 태연하게 고요한 표면으로 문자를 더욱 유혹하고 있는 물은, 그러나 불과 몇 미터 앞에 급작스럽게 수심이 깊어지면서 생겨나는 와류를 감추고 있었다.

그것은 바로 해선이 이곳을 택한 이유이기도 했다. 물. 더럽게 고여 있는 물이 아니라 깨끗하게 흐르고 있는 물. 좋지 않은가. 불결한 것을 씻어 내려 정화하는 것은 모든 제물이 반드시 거쳐야 하는 과정이니까.

소용돌이 바로 앞에서 해선은 문자와 위치를 서로 바꾸었다. 젊어지고 예뻐지겠다는 욕망에 눈이 먼 문자는 해선이 이끄는 대로 물속으로 스스로 걸어 들어갔다. 해선은 그저 문자의 등을 슬쩍 밀쳤다. 물속에서의 손놀림이 느리면서도 우아하다고 생각했다. 마치 춤사위처럼 해선은 아름다운 몸짓으로 팔을 뻗었다.

그게 다였다. 그 다음은 물이 알아서 해선을 도와주었다. 미끄러운 바닥으로 문자의 발을 헛디디게 만들었고, 문자가 일단 한 발을 들이밀자 물의 소용돌이는 난폭하게 문자의 나머지 몸뚱이를 빨아들였다.

"사람 살려!"

문자는 소리 질렀다. 딸꾹질을 하는 것처럼 발작적이면서도 격렬하게 물을 삼켰다. 문자는 죽어가면서 끝도 없이 물을 삼켜 더러운 제 몸을 스스로 정화시켰다.

"미안해요, 어머니. 전 수영을 못 한답니다."

아기 스포츠단 수영 선수 출신인 해선은 차분하게 서너 걸음

뒷걸음질 치며 중얼거렸다.

달빛에 드러난 물결은 아름다웠다. 문자는 그 물결을 따라 그림자도 남기지 못한 채 둥글게, 더 깊이 빠져들어가고 있었다. 수없는 짐승의 생명을 죽이며 살아온 문자의 피는 물에 씻겨 어둡고 말개질 것이다. 각자에게 어울리는 죽음이 있다면 물에 빠져 죽는 건 문자에게 꽤나 잘 어울리는 죽음일 것이다.

아름답고 섬뜩한 죽음을 종용하는 물은 살아 보겠다고 허우적대는 문자의 안간힘 따위 간단하게 삼켰다. 문자는 마지막으로 꺽꺽 물을 먹으며 목이 막혀 나오지 않는 말을 해선에게 전했다.

"뭐라고요?"

해선은 답답하다는 듯 귀를 기울였다. 울면서 흘러가는 물의 목소리만 들릴 뿐이었다. 누가 그랬더라. 물은 그 무엇에도 상처받지 않는 피부와 같다고. 해선은 속으로 생각하면서 감쪽같이 문자를 삼키고 언제 그랬냐는 듯 시치미를 떼고 다시금 고요해진 물의 탄성에 감탄했다.

"한 번은 이 말을 꼭 하고 싶었어요."

해선은 더 이상 보이지 않는 문자를 향해 미워해서 그런 건 아니라고 말하면서 이렇게 덧붙였다.

"어머니 몸뚱이… 꼭 오뚝이 같아요."

그런 말을 하는 건 자학에 다름 아닐지 몰랐다. 해선은 자신이 쓰레기가 되어가는 듯한 묘한 쾌감을 느껴 몸을 떨었다.

동식은 구급차에 실린 문자의 시체를 붙잡지는 못하고 대신 구급차의 문을 붙들고 사정하고 있었다.

"엄마, 죽으면 어떡해. 나는 어쩌라고."

이러면서 울었다. 경찰관과 구급대원이 말리자 이윽고 문자의 흰 이불자락을 움켜쥐었다. 움켜쥔 채로 주먹을 쥐고 울음이 터져 나오는 입을 틀어막았다. 동식의 손에 흰 천이 딸려 올라가 죽은 문자의 얼굴이 드러났다.

죽은 여자의 떠 있는 눈.

깜짝 놀랐다. 문자의 부릅뜬 눈은 해선을 노려보고 있는 것 같았다. 죽기 전에 마지막 신기라도 발휘한 것처럼 문자의 눈에는 경고와 단죄의 빛이 서려 있었다.

해선은 외면했다. 하늘을 올려다보았다. 마치 문자의 죽음이 몰고 오기라도 한 듯 화창했던 하늘에 갑자기 구름이 끼고 어둠이 드리워졌다. 그 어둠 사이로 하얀 새 한 마리가 날아가고 있었다.

경찰차와 구급차가 먼저 출발하고 해선과 동식, 교영이 탄 차가 그 뒤를 따랐다. 사이렌 소리에 귀가 먹먹했다. 마을회관 앞을 지나는데 노인 두엇이 회관 앞에 서서 말을 주고받는 게 보였다. 해선은 돌아보았다.

맞다. 미리 와서 해선이 이것저것 물어보았을 때 대답해주었던 할멈이었다. 할멈은 다른 노인들과 함께 이쪽을 보고 있었다. 해선은 슬픔에 겨운 듯 자연스럽게 고개를 숙이고 눈물을 훔쳤다. 할멈은 멀어져 가는 차창을 통해 해선의 뒤통수를 뚫어져라 보고 있었다.

파르마코스 – 희생양의 조건

몽상이 어딘지 어둡고 음습한 냄새가 나는 고딕풍의 소설에 나올법한 중세의 성이라면 그곳은, 어둠 속에서도 밝게 빛나는 주인공이 결국 나라의 가장 존귀한 사람이 되었다는 식의 결론이 내려지는 동화풍의 성이었다.

희고 밝고 넓으며 동시에 높은 그곳에서 해선은 빛으로 호흡했다.

안녕, 두려움?

굿바이, 죽음.

빛들이, 조명에서 나오는 그토록 환한 인공의 빛이 해선의 몸 바깥에서부터 안쪽으로 천천히 스며들었다. 스며들자, 그러자… 흩어졌다.

흩어졌다고 느꼈는데 그것이 무엇인지 해선은 알 수 없었다. 어쩌면 아닐 수도 있지만 또 어쩌면 넋들이 울부짖는 소리일 수도 있었다. 그것은 피울음의 소리로, 토할 듯 비린 냄새로, 싸늘하고 차가우며 쾌적한 공기와 직원의 깔보는 듯한 순간적인 눈길로, 해선을 감당할 수 없는 어떤 구렁텅이 같은 곳으로 밀어내고 있었다. 하얀 피. 밝은 빛으로 되어 공기를 타고 흐르는. 냄새를 맡을 수 있었다. 비릿한 쇠 맛이 느껴질 것 같은 피 냄새.

목이 말랐다. 갈증은 순식간에 온몸을 말라비틀어지게 만들어 검게 부서트릴 수도 있을 것처럼 강력했다.

그곳에 있는 사람들 중 오로지 해선만 상처 입었고 또한 해선은 그들 중 누구에게도 상처 입히지 않았다. 그러므로 해선은 충분히 그곳에서 당당할 자격이 있었다. 해선은 고개를 들었다. 어깨를 펴고 뒷목을 세웠는데, 그렇다고 지나치게 뻣뻣하게 세운 것은 아니었다. 눈은 약간 치켜 뜬 정도로 매니저의 이마쯤을 은근한 시선으로 바라보았고 입은 작게 벌려 조용하게, 낮은 목소리로 부드럽게 말했다.

"물을 좀 마실 수 있을까요?"

"그럼요. 물론이죠, 고객님. 잠시만 기다려 주시겠습니까?"

매니저는 멀찍이서 대기하고 있던 직원을 향해 손목 부분만 살짝 들어올렸다. 조용하지만 빠른 걸음으로 다가온 직원에게 낮은 목소리로 말을 할 때 매니저는 손을 들어 올려 말하는 자신의 입과 듣는 직원의 귀를 동시에 가렸다.

더 이상 볼 것은 없었다. 이미 매장 전체를 한 바퀴 둘러본 후였다. 그러나 그곳에 좀 더 오래 머물고 싶었다. 해선은 계속해서 걸었다. 눈은 매대를 훑으면서 공간의 냄새를 맡고 높은 천장에 규칙적이고 맑게 울리는 또각이는 스스로의 구두굽 소리를 듣고 있었다.

그 공간에서는 모든 것들이 울림이었다. 소리와 냄새와 표정과 말들이 모두 공기를 타고 흐르며 날아다니고 서로에게 공명했다.

몸매를 당당하게 강조하기 위해 꼭 끼는 푸쉬업 브라와 힙업 기능성 속옷을 입은 탓에 엉덩이와 앙가슴이 가려웠지만 긁지 않고 참았다. 그러느라 엉덩이에 힘을 주고 있었더니 이번에는 방귀가 나올 것 같았다. 바짝, 엉덩이를 올려 세워 힘껏 참았다.

매니저가 해선이 입은 원피스의 실루엣을 타고 흐른 엉덩이 선을, 힘주고 있느라 한껏 업이 된 엉덩이에 혹여 시선을 줄까 싶어 매대를 향해 있던 자세를 바꿔 매니저를 돌아보았다.

"뭐 더 필요하신 거라도 있으십니까?"

"아니오. 그게 아니라…."

하마터면 뿡, 하고 나올 뻔했다. 매니저의 질문에 순간적으로 당황한 탓이었다.

"아, 마침 오는군요."

해선은 쟁반에 물 컵을 받쳐 들고 오는 직원을 향해 미소 지었다. 그게 아니라, 다음에 무슨 말을 해야 할지 모르던 참이었다. 그게 아니라 방귀가 마려운데 방귀를 뀔 수 있도록 잠시만 저쪽 멀리로 좀 떨어져 있어줄래요? 라고 말할 수는 없는 노릇이잖은가.

직원이 받쳐 들고 있는 쟁반 위에는 두 개의 물 컵이 올려져 있었다. 한 개는 얼음물이, 다른 쪽은 차갑지 않은 물이 각각 담겨 있었다.

아.

해선은 속으로 감탄했다. 그리고 감동했다. 차가운 물과 그렇지 않은 물 중 선호하는 쪽을 골라 마실 수 있도록 배려한, 아름다운 장면이었다. 상대에 대한 정교하고 진심어린 이해의 척도였다. 해선은 감사의 눈인사를 건네며 차갑지 않은 쪽을 택했다. 매장 안은 덥지도 춥지도 않았다. 차가운 물을 택하는 건 어쩐지 얼음이 들어 있는 쪽이 더 대접받는 느낌이라고 생각하는, 그러니까 평소에 제대로 된 대접을 별로 못 받고 사는 사람들이나 할 만한 짓이었다.

해선은 어느 때보다 강하게 삶에 대한 의지를 느꼈다. 다른 사람들이 어떤 경험을 할 때 살고 싶은 욕망을 갖게 되는지는 알 바 아니었다. 해선은 바로 그때 살아 있음을 실감했다. 낡고 오래된 아파트나 시장통이 아니라 그곳에서.

해선은 서두르는 기색 없이 물을 마셨다. 차를 마실 때처럼 한 모금 입에 물었다가 삼키는 식으로 물을 마시는 내내 한쪽 손으로는 물 컵의 바닥을 받치고 있었다. 그것은 다도茶道에 익숙하며 그러한 우아한 몸짓이 저도 모르는 사이 몸에 배어 있는 사람이라는 인상을 주기에 충분한 제스처였다.

마치 칵테일이나 스파클링 와인이 담긴 잔이라도 되는 듯, 해선은 물 컵을 든 채 다시 한 번 매장 안을 걸었다. 시간은 충분했다. 매장 안에 손님은 해선뿐이었고, 그 예약을 하기 위해서만 이미 턱없이 많은 돈을 지불하지 않았는가. 다른 여러 손님들과 마주치기 싫어하는 브이브이아이피 고객들이 사용하는 방법이었다. 그래봐야 여기 있는 시계들의 줄 값도 안 되고 가방들의 끈 값에도 못 미치는 금액이지만.

마침내 해선은 한 가방에 시선을 멈추고 손으로 그 가방의 겉면을 쓸어보았다. 검은 윤기가 해선의 손끝을 타고 흘렀다. 마치 어린아이의 피부 같은 보드라운 촉감이 온몸을 저릿저릿하게 만들었다. 검정색이 어쩜 그리 밝을 수 있는지. 신비롭달까. 그것은 흥분의 느낌이었다.

"한정판입니다. 이 제품의 구입을 원하신다면 서둘러 예약을 하셔야 합니다. 이미 아시겠지만."

매니저는 말끝을 흐렸다. 앞에 붙어 있는 가격을 흘낏 보고 해선은 멈칫했다. 수천 만 원이라기에는 오히려 억 단위에 가까운 금액이었다. 해선은 매니저가 자기를 깔보고 있다고 느꼈다. 멈칫하는 손길과 흘낏, 가격표에 머물렀던 시선을 매니저가 알아챘다고 확신했다. 매니저는 이미 해선이 매장 안으로 들어서던 바로 그 순간 모든 것을 파악했는지도 모를 일이다.

너무 차려입은 티가 나지 않도록 신경 쓴 명품 드레스와 해선이 들고 있던 몇 년 전 제품의 가방과 트랜드를 지나치게 의식한 건 아니지만 그렇다고 뒤처지지는 않는 메이크업과 해선의 걸음걸이, 몸놀림과 절제된 손짓과 세련된 말투에도 불구하고 현재는 매장 안의 대다수 제품들을 위한 구매력을 완전히 갖추고 있지는 못하다는 사실을 말이다.

그래봐야 이 매장에서 가장 싼 가방 하나 갖고 있지 않을 거면서. 남의 시중이나 드는 주제에. 얼마 안 가 너 같은 년은 곧 내 앞에 무릎을 꿇게 될 거야. 해선은 속으로 매니저를 욕했다.

시장통 가마솥 앞에 오래 앉아 있으면 결국 닭을 튀기게 된다. 매일 잠들기 전에 해선이 스스로에게 타이르는 말이었다. 그렇게 살도록 자기 자신을 내버려둘 수는 없는 일이었다. 해선은 매니저를 건너다보면서 미소 짓는 표정으로 상냥하지만 권위가 느껴지는 목소리로 말했다.

"예약을 하면 얼마나 기다려야 되는 거죠?"

"경우에 따라 다릅니다만, 이번 달에 충분히 입고될 거란 정보가 있습니다. 길어도 두 달 내에 고객님의 팔에 이 가방이 걸려 있을 수 있도록 최선을 다하겠습니다."

"그렇게 해 주세요. 최대한 빨리 처리해주기를 바랍니다. 머지않아 한국을 떠나게 될 예정이거든요. 공항에 나갈 때 이 가방을 손에 들고 있다면 좋겠군요."

보여지는 모습의 내가 바로 나다. 해선은 공항을 빠져나가는 자신의 모습을 상상했다. 검은 빛깔에도 불구하고 그 어떤 다른 색보다 밝은 빛이 느껴지는 그 가방을 손에 든 자신의 모습은, 완벽했다. 어떻게 생겨먹었는지도 모르겠는 영혼의, 정신의 귀티 따위를 위해 애쓰는 건 무모하고 쓸데없는 짓이 아닌가. 모든 것은 에티튜드에 달려 있다. 그것이 세련되고 우아하면 영혼의 귀티는 저절로 보여지게 마련이다. 그러자면 그에 걸맞는 외양이 필요하다. 예를 들면 한정판의 윤기 나는 이 가방 같은.

매니저는 환하게 웃었다. 해선을 응접세트로 이끌었고 아이패드를 가져와 주문서를 작성하기 시작했다. 진영이 죽고 미주와 문자까지 차례로 죽어 내내 기분이 나빴었는데 비로소 살 것 같았다. 슬픔이 주관적인 것처럼 행복도 마찬가지 아니겠는가. 고급 소파에 앉은 해선의 앞에 무릎을 꿇은 자세로 해선을 올려다보고 있는 매니저를 향해 미소 지어 보여주었다.

"가방은 어디로 보내드릴까요?"

주소를 묻는 말에 해선은 아차, 싶었다. 낡고 오래된 아파트 주소를 불러줄 수는 없는 노릇이었다. 그래서 이렇게 말했다.

"지금은 포시즌 호텔에 묵고 있어요. 하지만 가방이 도착할 때쯤엔 어디 머물고 있을지 확신할 수 없군요. 가방이 도착하면 그때 제게 연락을 주세요. 그럼 그때 가져다주실 곳을 알려드리죠."

매니저는 충분히 이해한다는 표정으로 깊숙하게 고개를 끄덕였다. 세상 가장 귀한 사람을 대하고 있다는 표정으로 친절하게 전화번호를 받아 적은 매니저, 마침내 고개를 들고 처분만 바라는 아랫사람의 표정으로 공손하게, 해선을 향해 빗나가지 않는 화살을 쏘아 날렸다.

"결제는 어떻게 할까요?"

"계약금만 걸고 가방 받을 때 잔금 지불하는 거 아닌가요?"

진짜 화살촉이 심장을 뚫은 듯, 해선의 입에서 높고 날카로운 말소리가 비명처럼 터져 나왔다.

교영의 손을 잡고 호텔의 레스토랑으로 들어서면서 해선은 자꾸만 뒤를 돌아보았다. 안 그러려고 했는데 자꾸만 그렇게 되었다. 아직도 화가 나고 민망해서 매니저가 여기까지 쫓아올 것만 같은 기분이었다.

"우와, 여기 어디야, 엄마?"

교영은 신이 나서 들썩거렸다. 큰소리로 말했으며 사방으로 눈을 굴렸다. 예약 확인을 하고 자리를 안내 받아 앉아서도 교영은 크림색 실크 테이블보며 은식기와 크리스탈 물 컵을 신기하다며 손으로 만져댔다.

"좀 조용히 못 하겠니? 창피하게 왜 그렇게 큰 소리로 떠드는 거니? 교양 없어 보이잖아."

해선은 화난 표정으로 교영을 나무랐다. 주문을 받은 직원이 교영을 향해 살짝 웃음 짓고는 멀어졌을 때였다. 벌써 옆 테이블의 손님들이 이쪽을 돌아보는 바람에 해선은 얼굴이 붉어졌다. 엄마의 꾸중을 들은 교영이 금방이라도 울 것처럼 입을 삐죽댔다. 거기서 교영이 울어대기라도 할까봐 깜짝 놀란 해선이 얼른 일어나 교영을 달래주었다.

"아니야. 엄마가 잘못했어. 미안해. 평소에 이런 데 자주 데리고 왔어야 하는 건데. 모두 엄마 잘못이야. 앞으로는 우리 좋은 데 많이 갈 거야. 그러니까 울지 마. 알겠지?"

"진짜? 이런 데가 많이 있어?"

"그럼. 그렇고말고. 엄마가 다 데리고 갈 거야. 그러니까 엄마가 가르쳐주는 대로 잘 따라해야 해. 알겠지?"

교영에게 미안했다. 못난 엄마 만나서 이런 데도 처음 와 본 교영이 가엾어 왈칵 눈물이 날 것 같은 기분이었다. 엄마가 생각났다. 해선에게 엄마가 있었을 때 엄마는 해선을 이런 곳에 자주 데려오지 않았던가. 해선이 주의를 주었는데도 교영은 계속해서 엉덩이를 들썩거리고 있었다. 다른 사람들이 쳐다볼까봐 신경쓰여 해선은 좀 화가 났다.

전액 선결제일 줄이야. 그걸 내가 어떻게 알겠냐고. 속으로 매장의 매니저 욕을 했다. 모든 걸 취소하고 매장에서 그냥 나와야 했을 때의 심정이란. 다시 떠올리기도 싫을 만큼 치떨리는 순간이었다. 제깟 년이 감히 나를 우습게 봐? 유니폼이나 입고 남의 뒷수발이나 들어 먹고 살면서? 기회만 있었다면 그 년을 끝장내야 했었는데.

해선은 솟구치는 분노와 증오를 간신히 참아내면서 주문한 스테이크를 들고 오는 직원을 쳐다보았다. 단정하게 유니폼을 갖춰 입은 직원이 조심스럽게 음식들을 세팅해주었다. 유니폼에 해선의 시선이 잠깐 머물렀다.

"저기요?"

그 직원을 다시 부른 건 접시들을 놓아주고 직원이 막 돌아섰을 때였다. 원래부터 그럴 작정은 아니었다. 그런데 갑자기 화를 참을 수 없어진 걸 어쩌겠는가.

"네, 손님. 뭐 더 필요하신 게 있으십니까?"

잽싸게 고기를 입에 넣으려는 교영을 눈으로 제지하면서 해선이 손가락으로 스테이크를 가리켰다.

"이게 뭐죠?"

"네?"

"이거, 머리카락 아닌가요?"

맞았다. 그건 분명 윤기 나는 빛깔로 잘 구워진 스테이크 고기 위에 얌전하게 얹혀 있는 한 가닥의, 머리카락이었다. 새 것처럼 잘 정돈된 유니폼을 입고 머리를 단정하게 묶고 있던 직원이 가까이 와서 보고는 깜짝 놀라는 표정을 지었다.

"이걸 나더러 먹으라고 가져온 건가요?"

"이럴 리가 없는데. 저희 주방에는 이 정도 길이의 머리카락을 가진 사람이 없고 또 저는 이렇게 머리를 묶고 있는데."

하면서 직원은 길게 늘어진 해선의 머리칼을 바라보았다.

"그 말은, 내가 머리카락을 일부러 스테이크에 넣기라도 했다는 건가요?"

"아니요, 손님. 그럴 리가요. 제 말은 그런 뜻이 아니라…."

"머리카락을 보고서도 그런 말을 하고 있어요? 내가 이 따위 머리카락 스테이크를 먹고 탈이라도 나면 당신이 책임질 건가요?"

"죄송합니다, 손님."

"죄송이고 뭐고 매니저 나오라고 하세요."

"손님, 음식을 다시 만들어드리겠습니다. 그러니…."

겁먹은 듯한 직원의 표정을 교영이 비웃고 있었다. 해선은 교영에게 귓속말을 했다. 해선에게 엄마가 그랬듯 교영에 대한 조기교육이었다.

"너는 커서 저 여자처럼 되면 안 돼. 저 여자 표정 좀 봐라. 얼마나 비굴하니."

고개를 끄덕이는 교영의 머리를 쓰다듬으며 해선은 날카로운 말투로 직원을 꾸짖었다.

"내 말 안 들려요? 매니저 오라고 하라니까?"

정말 그렇게 할 작정이었다. 직원이 보지 않는 사이 얼른 자신의 머리카락을 스테이크 위에 올려놓고 해선이 직원을 다시 불렀을 때 해선은 직원에게 분풀이를 할 작정이었다.

그런데….

그런데 저기요, 라고 해선이 직원을 불렀을 때 해선을 돌아본 건 서빙하던 직원뿐이 아니었다. 입구 쪽에 서 있던 한 남자가 빠른데 소리는 나지 않는 걸음걸이로 해선에게 다가왔다.

"뭐 더 필요하신 게 있습니까?"

남자는 멋져보였다. 한창 때의 나이인지 중년으로 넘어가는 중인지 확신할 수 없을 만큼 활기차보였고 몸 어디에도 군살이 없었으며 고가의 세련된 수트를 입고 있었다. 상냥하게 미소 짓는 모습에 해선은 움찔했다.

"매니저신가요?"

그렇게 묻는 해선의 목소리는 스스로도 놀랄 만큼 부드럽고 교양 있었다.

"여기 대표입니다, 손님. 뭐든 필요하신 게 있다면 말씀하십시오."

해선은 말없이 눈으로 스테이크를 내려다보았다. 그러자 남자는 직원을 향해 고개를 한 번 끄덕, 했다. 직원이 금방 다시 해오겠다며 음식 접시를 거두어갔다.

"죄송합니다, 손님. 뭐라 사과를 드려야할지 모르겠군요. 이런 실수를 범하다니. 모두 제 잘못입니다. 오늘 식사하시는 모든 비용은 당연히 제가 지불할 것입니다만, 그 밖에도 원하는 것이 있으면 무엇이든 말씀해주십시오."

남자는 해선을 향해 깊숙하게 고개 숙였다. 그러자 희한하게 화가 풀렸다.

"괜찮아요. 누구든 할 수 있는 실수니까요."

해선은 그렇게 말했다. 남자의 세련됨을 보는 사이 화가 풀렸다. 목구멍으로 잔뜩 밀려올라오던 욕들이 남자의 미소를 소화제 삼아 한순간에 어디론가 분해되어 사라져버렸다.

빈 포크를 입에 문 교영이 접시를 들고 사라진 직원 쪽을 돌아보며 울상을 지었다. 창피해진 해선은 남자가 어서 돌아가 주었으면 싶었다. 남자가 교영을 보고 미소 짓더니 한 직원을 불러 귓속말을 건넸다.

음식이 다시 나올 때까지 남자는 교영과 말을 주고받으며 교영의 시간을 지루하지 않도록 배려해주었다.

"이건 꼬마 아가씨를 위한 거예요. 아저씨가 특별히 주문한 거니까 맛있게 먹어요."

접시 위에 곰돌이 모양을 한 크랩 케이크가 누워 있었다. 까만 올리브가 곰돌이의 윤기 나는 눈동자를 담당하고 있었다. 맛있게 드시라는 정중한 인사를 남기고 돌아간 남자가 계속 신경 쓰여 해선은 고기를 아주 작게 잘라 입에 넣었다.

낮은 온도에서 일정 습도를 지키며 삼 주의 숙성과정을 거친 드라이에이징 스테이크는 육질이 월등하게 부드러웠고 육즙은 더할 수 없이 향기로웠다.

"포크는 이렇게 나이프를 오른 손에 들고. 그렇지."

교영에게 식사예절을 가르치면서 해선은 우아한 동작으로 움직였다.

"너무 너무 맛있어, 엄마."

신이 나 급하게 먹어대는 교영을 제지했다. 고기를 작게 잘라주었고 오십 번은 씹고 삼키라고 가르쳐주었다. 해선은 그 부드러운 고기를 마치 입속에서 매니저를 씹듯 잘근잘근 형체가 없도록 씹어댔다.

"그만."

마지막 조각을 막 입에 넣으려는 교영의 손을 탁 치는 해선이었다.

"왜?"

"그건 먹지 않고 남겨야 해."

"그러니까 왜?"

"그래야 훌륭한 사람이 되는 거야."

이런 데 와서 이런 음식을 처음 먹어본 티를 내면 안 되는 거야, 알겠지? 오늘만 지나면 언제든지 이런 데 올 수 있으니까 걱정 마. 라고 덧붙이면서 해선은 엄마로서 제대로 된 교육을 했다는 사실이 뿌듯했다. 마저 먹고 싶어 쩝, 입맛을 다시면서도 참는 교영이 대견했다. 음식 값을 받지 않겠다고 정중히 사양하는 레스토랑 대표라는 그 남자에게 굳이 계산을 하고 나오면서 자신이 한 끼 식사 값으로 그만한 돈을 지불했다는 데 대해 자부심을 느꼈다. 해선은 웃었다.

'엄마 보고 있지?'

밖으로 나와 밤이 내린 하늘을 올려다보며 해선은 속으로 엄마에게 물었다. 인간답게 살아야 한다는 엄마의 유언이 생각났다. 먹구름이 잔뜩 낀 하늘은 어두워 아무 것도 보이지 않았다.

"이게 무슨 냄새야?"

해선은 문을 열자마자 코를 막고 숨을 참았다. 집으로 돌아와 교영을 제 친구 집에 보내고 서둘러 미주와 문자가 살던 집으로 들어선 참이었다. 습기와 곰팡이, 오래 묵은 먼지 냄새. 더 이상 사람이 살지 않는 집은 저 스스로 그런 방식으로 죽음을 맞이하고 있었다. 거긴 집의 호흡이 없었다. 그러니까 살아 있는 공간이 아니라는 느낌이었다. 해선은 간신히 밭은 숨을 내쉬고 들이마시며 짐을 정리하기 시작했다.

문자와 미주가 살던 집은 똑같은 평수의 같은 구조였지만 해선의 집과는 전혀 다른 느낌이었다. 마스크를 쓰고 손에 비닐장갑을 끼고 서둘러 모든 것들을 치워냈다. 해선의 분주한 손길에는 보상도 없이 허드렛일을 도맡아 해야 하는 자의 조급함과 불만이 섞여 있었다. 해선은 주로 옷가지들과 생활용품들을 정리했다. 큰 짐들은 중고물품을 다루는 업체에서 와 처리할 것이다.

해선은 미주의 방으로 들어갔다. 영영 주인이 사라져 이제 기나긴 고요만 들어차 있는 미주의 방. 아직도 군데군데 피 얼룩이 남아 바래가고 있는 이 방은 오랫동안 미주에 대한 기억을 품고 있을 것이다. 그리하여 시간이 흐른 뒤 새로운 주인을 맞아들일 때마다 미주에 대한 이야기를 들려줄 것이다. 방의 새 주인들은 밤마다 피로 물든 꿈을 꾸게 되겠지.

해선은 모든 것들이 원래 위치를 잃지 않도록 주의하면서 쌓인 먼지를 꼼꼼하게 닦아냈다. 원래는 치울 물건들만 챙기려던 거였는데 어느새 해선은 강박적으로 보일 만큼 불결함을 지우는 데 온 힘을 쏟고 있었다. 혹여 먼지 한 올이라도 날아오를까 숨조차 죽이면서 걸레로 닦고 또 닦았다.

"이게 왜 여기 있는 거지?"

해선은 새삼스러운 눈으로 장식장과 책상 위를 보았다. 세트로 된 도자기 개 인형, 네 개들이 안나수이 미니 향수, 발색과 밀착력이 좋은 피치색 립스틱, 일반 피클보다 값이 세 배는 비싼 연근 피클, 몇 번 켜보지 않은 쟈스민 향의 양키 캔들, 심지어 섬세한 수입 레이스 속옷까지. 해선이 잃어버렸던 것들이 고스란히 거기 있었다.

하나같이 비싼 것들이긴 하지만 사라져도 그리 큰일이라고 생각하지 않을만한 것들이었다. 시샘에 찬 여동생이 그저 골탕을 먹이려고 벌인 짓처럼 귀여운 구석이 있었다.

미주가 실은 나를 좋아하기라도 했었나? 그리 생각하자 뜬금없이 울적해져서 해선은 한숨을 뱉으며 조금 울었다. 처음엔 조금만 울려고 했는데 한 번 시작하니까 오래 울게 되었다.

"나는… 잘 살고 싶어. 그뿐이야."

혼잣말이 흘러나왔다. 미워서, 세상에서 없애버리고 싶을 만큼 미워서 한 짓이 아니라고 변명했다.

"다만… 단단한 돌계단을 딛고 서야 흔들리지 않고 세상을 이길 수 있으니까. 그래서 이러는 거야. 타락이라고 말할 수도 있겠지. 하지만 그게 세상이 미리 정해놓은 규칙이잖아. 강해져야 살아남는 거."

해선은 기억들을 가슴속에 새기지 않았다. 따라서 지난 일들에서 비롯된 모든 감정들에서 자유로울 수 있었다. 적어도 해선 스스로는 그럴 수 있다고 믿었다. 해선에겐 오직 현재가 있고 오늘이 있고 오늘 해야 할 일들만 있을 뿐이었다.

해선은 앞날을 위해 정진했다. 더 완벽하고 더 치밀한 계획을 위해서 매일 생각을 진전시키고 혹시나 빠트리는 부분이 없는지 세심하게 검토했다. 그것이 미래를 위한 유일한 방법이었다. 그리고 생각은 언제나 행동이 되었다.

그런데 눈물이 멈추지 않았다. 해선은 자신의 울음을 해독할 수 없었다. 왜 우는 건지 알 수 없어서인가, 마땅히 그쳐야 한다고 생각하는데도 그쳐지지 않았다. 울다 보니까 어쩐지 스스로 가엾은 생각이 들었다.

문득 외로워져 오랫동안 몸을 떨었다. 해선의 떨림에 미주의 방이 함께 진동하기라도 하듯 허공에 떠돌던 먼지 몇 알이 해선의 어깨 위로 떨어졌다. 마치 위로처럼 가만히 내려앉은 먼지를 해선은 알아차리지 못했다.

해선은 자스민 향의 캔들만 챙겨 들었다. 나머지 것들은 미주를 위한 선물로 남겨두었다. 마지막이 될 게 분명한 시선을 한참이나 미주의 방 구석구석에 두었다.

집으로 돌아오자마자 해선은 음식 준비로 분주했다. 매생이에 한창 제 철인 굴을 넣어 끓이고 싱싱한 도미 조림에 알싸한 낙지볶음, 소고기 부추무침까지, 메뉴는 온통 동식이 좋아하는 것들이었다. 이어 와인에 어울릴만한 핑거 푸드도 서너 가지 미리 준비해놓았다.

그리고 마지막 준비를 했다. 해선이 오늘을 위해 마지막으로 준비해야 할 것은 바로 해선 자신이었다.

해선은 정성 들여 화장했다. 수분 마스크를 미리 올려 촉촉해진 피부에 파운데이션을 얇게 바르고 옅은 브라운과 골드를 섞은 아이섀도를 과하지 않게 눈꺼풀에 얹었다. 눈매가 깊어 보이도록 마스카라를 속눈썹에 칠하고 시든 장미색 립스틱을 입술에 바른 다음, 손가락을 이용해 뺨에 자연스러운 홍조를 만들었다.

의식을 준비하는 여사제처럼 해선의 손놀림은 신중하고 빈틈이 없었다. 보기 좋게 균형 잡힌 몸매와 잘록한 허리가 돋보일만한 원피스를 갖춰 입고 웨이브진 머리칼을 자연스럽게 늘어뜨려 거울에 비춰보고 있을 때 동식이 돌아왔다.

"이게 무슨 냄새야?"

같은 말, 다른 느낌. 동식의 외투를 받아주며 해선이 웃었다. 옆집에서 해선이 뱉었을 때와 달리 동식의 말투에는 거칠고 험한 바깥세상에 시달리다 비로소 자신의 안식처에 돌아온 자의 안온함과 나른한 만족감이 들어 있었다.

해선은 기뻤다. 출발이 좋았다. 오늘 동식은 무엇이든 최고의 만족을 얻게 될 것이었다.

"왜 웃어?"

"아니야, 아무것도. 당신 좋아하는 거 잔뜩 만들었으니까 다 먹고 배 터질 각오해."

"오늘은 진영이 기일인데 왜 내가 좋아하는 걸로 만들었어?"
"진영이가 꼭 제 아빠 입맛이었잖아. 벌써 잊었어? 기일이라고 꼭 나물가지며 닭 삶아 얹어놓고 그래야 하나? 평소 좋아하던 음식 준비하는 게 낫지."
"그건 그래. 그런데 당신 오늘 왜 이리 예쁜 거야?"
동식이 입맛을 다시며 해선을 훑어보았다.
"진영이가, 엄마가 예쁘게 치장하는 거 좋아했잖아. 기억 안 나? 근데 나 정말 예뻐?"
"응."
성급한 손길로 해선의 허리를 감는 동식이었다. 그 순간, 해선은 동식에게서 나쁜 냄새를 맡았다. 밖에서 묻혀 온 먼지 냄새, 감지 않은 머리카락의 기름 찐 내, 버석거리는 피부에서 떨어지는 살비듬 냄새, 그리고 왜 그런 냄새가 나는 건지 까닭을 알 수 없는 역한 비린내. 그건 마치 죽은 몸에서나 풍길 법한 썩은 냄새 같았다.
"일단 진영이부터. 어서 씻고 와요."
말은 상냥하게 하면서도 해선은 탁, 소리가 나도록 동식의 손길을 뿌리쳤다.
"그래. 그래야지."
손과 얼굴만 씻고 나온 동식을 해선은 다시 욕실로 들여보냈다. 욕실 문 앞에 지키고 서서 물로만 샤워하려 드는 동식을 다그쳤다.
"이 정도면 깨끗하잖아."
"그럼 오늘 밤 혼자 자게 될 거야."
해선의 으름장에 동식은 볼멘소리를 삼키고는 겨드랑이며 사타구니며 구석구석 비누칠을 하고 샴푸도 두 번이나 했다. 동식의 몸에서 풍기는 비누 냄새를 맡고서야 해선은 몸을 비켜 길을 터 주었다. 알몸으로 욕실에서 나오자마자 동식은 깜짝 놀랐다.

"이게 다 뭐야?"

고급 셔츠와 새 바지를 비롯해 속옷까지 새 걸로 꺼내온 해선이었다. 동식의 젖은 머리칼을 한 차례 쓰다듬어준 뒤 해선은 손수 동식에게 옷을 입혔다. 신중하고 정성스러운 손길이었다.

"오늘은 당신도 최고로 멋져보여야지."

"내가 왜?"

"응? 왜는. 그냥, 진영이 기일이니까."

"그럼, 그거 꺼내와도 돼?"

"뭐? 기차? 그래, 그럼."

동식은 별다른 의심을 하지 않았다. 해선이 주는 대로 순순히 새 옷을 받아 입었고 평소 질색하던 향수까지 뿌리는데도 싫다고 투정 부리지 않았다.

해선의 허락에 기분 좋아진 동식은 냉큼 방에서 기차놀이세트를 꺼내왔다. 진영이가 생각난다는 이유로 버리자고 주장했던 해선이었지만 반면 동식은 같은 이유로 그것을 소중하게 간직하고 있었다.

"진영이가 이걸 보고 얼마나 좋아했었는지 기억나지? 내가 마지막으로 사 준 선물이었는데."

거실에 기차놀이세트를 펼쳐놓고 조립하면서 동식은 들뜬 목소리로 물었다. 그래. 오늘은 동식이 원하는 거라면 뭐든 다 들어주자. 해선은 진영이 떠올라 가슴이 옥죄는 기분이었지만 레일 위를 돌고 있는 장난감 기차를 보고 즐거워하는 동식을 향해 미소 지었다.

"저녁 먹자."

해선의 부름에 대답하지 않고 기차 레일만 들여다보던 동식은 두어 번 더 재촉하는 소리를 듣고서야 밥상머리에 앉았다. 애도 아니고 알아서 좀 하면 안 되나. 끝까지 저렇다니까. 동식의 수저를 챙겨 놓아주면서 해선은 속으로만 짜증 냈다. 겉으로는 국그릇을 동식 앞으로 당겨 놓아주면서 그랬다.

"애는?"

매생이 굴국을 후루룩거리면서 마시던 동식이 생각났다는 듯 물었다. 언제부터인가, 동식은 교영의 이름을 부르지 않았다. 빨리도 물어 본다, 라고 한 마디 하려다 해선은 그만두었다.

"친구 집에서 자고 싶다고 하도 졸라서 그러라고 했어. 오늘은 우리 둘이 오붓하게 지내자."

동식이 시선을 옮겨 해선을 뚫어져라 보았다. 처음엔 의아함, 만족감, 그리고 약간의 흥분이 섞인 눈빛이었는데 점차 열기로 달아오르기 시작했다. 삑. 장난감 기차가 기적을 울렸다. 아직 아니야. 해선은 동식의 시선을 피하면서 말을 돌렸다.

"정리는 다 된 거지?"

"응. 잔금 받았고 통장에 고스란히 넣어놨어. 한 푼도 안 썼으니까 당신이 나중에 확인해봐."

동식의 말에 해선은 짐짓 신경 쓰지 않는다는 투로 답했다.

"당신이 알아서 잘 했겠지."

"그런데 왜 그렇게 서둘렀던 거야? 빨리 파느라 집은 제값도 못 받았잖아. 가게도 그래. 장사 잘 되던 가게를 파니까 시장 사람들이 다 왜 그러냐고 묻더라고. 서두르느라 권리금도 제대로 못 챙겼고."

"어차피 어머니 없이는 통닭집 운영도 못하잖아. 그리고 어머니 돌아가시고 말들이 많았잖아. 소문도 많고. 그런 거 당신은 괜찮아?"

문자가 죽은 뒤 시장통이며 아파트 단지에는 소문이 무성했다. 식구들이 차례로 불행한 죽음을 맞은 데 대해서였다. 그것을 두고 사람들은 해선을 입에 올리기 시작했다. 심지어 어떤 노인들은 해선이 잡아먹은 것이며 오래지 않아 동식 또한 해선의 손에 잡아먹힐 거라며 저주를 서슴지 않았다.

"해선이 네가 성격이 깔끔하고 예민해서 그래. 남들이 뭐라든 그게 무슨 상관이야?"

아무 상관없었다. 사람들이 찧고 까부는 거야 여길 떠나면 그만이었다. 정작 문제는 다른 데 있었다. 그건 바로 해선의 기대와 달리 죽은 문자가 남긴 재산이 많지 않다는 거였다.

집이라야 낡고 오래된 아파트라 값나가는 것이 아니었고 통닭집도 장사가 잘 되긴 했으나 그건 문자가 살아서 장사했을 때의 얘기였다. 황금알을 낳던 닭의 목을 비틀어 배를 갈라보니 냄새나는 창자와 똥만 가득 들어있었던 셈이었다. 아니었나. 닭이 아니라 거위였나. 아무렴.

문자가 죽고 난 지금, 통닭집은 그저 그런 시장통의 좁고 허름한 가게들 중 하나일 뿐이었다. 그 외 모아 둔 재산이 상당하다고 알고 있던 것과 달리 동식에게 마련해 준 이 집을 제외하곤 별다른 뭉칫돈을 찾을 수 없었다. 나이가 많았던 탓에 보험금도 턱없이 적은 액수였다. 그 사실을 알게 된 해선이 얼마나 당황했는지는 아무도 모를 것이다.

만약 문자가 남긴 것이 충분했더라면 어땠을까. 해선은 그랬다면 아마 오늘 같은 날은 오지 않았을 거라고 생각하면서 한숨 쉬었다. 그리고 동식의 손을 꼭 잡아주었다.

"이 집도 팔자. 다른 데로 이사 가는 거야. 당신은 몽상에 와서 일 도우면 되고. 낡은 거 버리고 깔끔하게 새로 시작하면 좋잖아. 우리 둘이서 같이."

"우리 둘이서?"

해선의 손길에 동식은 눈을 빛냈다.

"응. 우리 둘이. 그리고…."

망설이듯 해선이 말을 줄이자 동식은 허리를 곧추세우고 귀를 더 열었다.

"오늘 진영이 기일인데 이런 얘기를 하는 게 맞나 싶기도 한데, 또 오늘이 진영이 기일이니까 오늘이 좋을 것 같기도 하네. 마침 가능한 날이기도 하고."

"어서 말해봐."

해선이 무슨 얘기를 할 것인지 대충 짐작하면서도 동식은 해선이 직접 말하는 걸 듣고 싶었다.

"우리, 애기 가질까?"

드르륵. 동식이 식탁 의자에서 급하게 일어나느라 의자가 뒤로 밀리는 소리였다. 동식은 해선의 손을 잡아 일으켰다. 당장 방으로 들어가자며 서둘렀다. 동식의 품에 안기듯 몸을 밀착시키면서 유혹하듯 깊고 진한 눈빛을 건네는 해선이었다.

동식은 맨 처음 해선을 만났을 때를 기억했다. 짙은 물 냄새를 풍기며 자신에게 다가오던 해선이었다. 자신을 깊숙하게 빨아들이며 출렁이던 해선의 매끄러운 속살이 떠올랐고 익사할 것처럼 숨이 막히던 그 흥분을 느껴본지 한참 되었다는 사실이 새삼스러웠다.

"급하긴. 우선 같이 한 잔 하자. 난 오늘 최고로 분위기 있게 하고 싶어."

동식에게서 몸을 빼내며 해선이 열린 방문 안쪽, 침대 옆 테이블에 놓여있는 고급 와인을 가리켰다.

"조금만 놀고 있어. 내가 금방 준비할게."

쩝, 입맛을 다신 동식이 그런 게 왜 필요하냐는 투로 막 불평을 하려고 할 때였다. 레일 위를 잘 돌아가던 기차가 갑자기 삐걱거리더니 이내 멈춰 서버렸다. 간단한 안주를 차리고 평소 좋아하던 캔들을 이곳저곳에 켜놓느라 분주한 해선을 보면서 동식은 기차를 점검하고는 새 건전지를 가져다 교체했다.

새 힘을 얻은 기차가 우렁차게 기적을 울리고 다시 출발했다. 기차는 정해진 레일 위를 일정한 속도로 달리기 시작했다. 동식은 기차를 보았다. 언젠가 진영이 크면 함께 기차 여행을 하고 싶었던 동식이었다.

동식은 기차의 스위치백 버튼을 눌러보았다. 한 번 덜컹, 작게 흔들린 기차는 이내 서 있던 자리를 출발점으로 해서 다시, 반대 방향을 나아갈 길로 삼아 기운차게 달리기 시작했다. 동식은 잘도 달리는 기차를 보며 새로운 꿈을 꾸었다.

새로 아이가 태어나고 그 아이가 자라 함께 기차를 타면 아이는 기차가 덜컹거릴 때마다 환하게 웃을 것이다. 조금만, 이제 아주 조금만 기다리면 될 일이었다. 그렇게 된다면 난폭하게 꺾여 깊게 상처 입은 삶이 다시금 온전해질 수 있으리라. 바람에 흩날리는 아이의 머리칼을 쓰다듬어 줄 때, 비로소 날카롭고 험하게 자신을 할퀴던 지나온 시간들과 남은 나날들이 둥글게 부풀어 오를 테지. 동식은 그렇게 생각했다.

준비가 되었다. 해선은 방안을 둘러보았다. 동식과 함께 마지막 밤을 보내게 될 침실은 해선이 켜 놓은 수십 개의 촛불로 어두우면서 동시에 환하게 빛났다. 와인병을 새로 따고 두 개의 잔에 따라놓았다.

검붉은 장미색이 도는 짙은 와인이었다. 그 핏빛의 술은 이제 곧 마지막 숨을 쉬게 될 희생양에게 바치는 성수가 되어줄 것이다. 누군가를 위해 술을 준비한다는 것은 알고 보면 드러낼 수 없는 끔찍한 의미를 갖고 있는 것일지도 모른다. 그렇게 생각하자, 아직 아무 일도 일어나지 않았음에도 해선은 평생 매달렸던 목표를 달성해버린 사람의 허탈한 심정이 느껴지는 것 같았다.

바닥에 쭈그리고 앉은 동식은 기차를 오랫동안 보았다. 한쪽씩 번갈아가며 눈을 감았다 떴다 해보았다. 기차가 보였다가 이내 곧 암흑이었다. 실명한 눈을 감고 한쪽 눈으로만 쉬지 않고 잘도 달리고 있는 기차를 보는데 문득 자신에게 남은 게 별로 없다는 생각이 들었다.

어쩌다 그렇게 된 일인지 알 수 없었다. 한쪽 눈만 남은 자에게 세상은 자신을 들여다볼 수 있는 창구를 딱 반만 열어주는 게 아닐까. 세상을 반만 볼 수 있다는 건 사실 아무것도 볼 수 없다는 것과 같은 말이 아닐까. 동식은 그런 것만 같았다.

쭈그리고 앉은 동식의 등을 보는데 해선은 안쓰러운 마음이 되었다. 보듬어주고 쓰다듬어주고 싶었다.

"이리 와."

직접 동식을 일으켜 손을 잡고 침실로 들어가는 해선이었다.

"앉아."

의자에 앉자마자 동식은 우선 방안을 휘둘러보았다. 그렇게나 많은 촛불이 켜져 있는 광경을 처음 본 탓이었다.

"맘에 들어?"

동식은 고개를 끄덕였다. 촛불 때문인가, 동식은 해선이 건넨 와인을 마시기도 전에 취하는 것 같았다.

반 병쯤 비웠을까. 어느새 취기가 오른 동식은 스스로도 생각지 못했던 말을 하기 시작했다.

"난 바보가 아니야."

"응?"

동식의 잔에 와인을 더 따르다 말고 해선이 동그랗게 뜬 눈으로 물었다.

"나는 그냥… 널 사랑하는 거야. 그러니 말해줘. 정말 다 사고였던 걸까?"

"갑자기 무슨 말이야?"

"이상하잖아. 사람들 말도 그렇고."

"그럼 내가 일부러 어떻게 하기라도 했다는 거야?"

해선은 와인 병을 탁 내려놓으며 거칠게 물었다.

설마 동식이 그 일을 마음에 두고 내내 기억하고 있었는지 몰랐다. 문자가 죽고 해선이 보험금을 청구한지 얼마 지나지 않아 보험 심사관이 동식을 찾아왔었다. 해선이 아니라 동식을 말이다. 어찌 됐든 기대하지 않았던 일이었다. 해선은 인상을 썼다. 대체 병숙은 이런 일 하나 제대로 처리하지 못하고 뭐하는 거람.

"아니, 당신은 지금 내가 미주랑 엄마를 일부러 어쩌기라도 했다는 거야?"

심사관이 찾아온 경위에 대한 설명을 채 끝내기도 전에 동식은 벌컥 화를 냈다.

"길지 않은 간격을 두고 가족 두 분의 사망보험금이 청구되어서…. 저도 뭐, 별다른 혐의점이 있다고 생각되진 않습니다. 어머니는 그렇다 치더라도 아무래도 동생분은 살해당한 게 명백한 사실이니까요."

"뭐라고? 이놈이 지금 뭐라는 거야? 엄마는 뭐가 그렇다 치는 건데? 뭐, 우리가 일부러 엄마를 물에 빠트려 죽이기라도 했다는 거야? 아니 왜? 미주도 우리가 죽여 놓고 덮어씌운 거라고 말해보시지?"

서른이나 됐을까, 싶은 심사관은 현장 경험이 별로 없어 보였다. 다른 말로 하면 베테랑을 보낼 만큼 의심을 산 경우가 아니라는 뜻이겠지. 심사관은 동식에게 멱살을 잡힌 채 어쩔 줄 몰라 쩔쩔 맸다.

"그저 의례적인 요식행위라고 생각하시면 됩니다. 윗선에서 그래도 한 번 가보고 서류 작성해야 한다고 그래서요."

결국 앳된 심사관은 동식에게 뺨을 한 대 얻어맞고야 돌아갔다. 보험 심사관은 직접 나오기 전에 이미 주변 조사를 마치고 심지어 지난 몇 년간의 통화 내역까지 모조리 검토한다던데.

병숙은 이 점에 대해 미리 해선에게 당부했다. 그뿐 아니라 세무서를 통해 소비, 지출 내역이며 혹시나 외국으로 빼돌린 돈은 없는지까지 꼼꼼하게 확인한다고 말이다. 그러니 한동안 평소와 똑같이 생활해야 할 것이며 고가의 물품을 사들이지 말고 병숙과도 당분간 연락을 끊어야 한다고 주의를 주었었다.

"보험금은 해선이 네가 청구한 거야?"

심사관이 돌아가고 열받는다며 소주를 병째 나발 불던 동식이 불쑥 해선에게 물었다.

"응? 응. 내가 했어. 당신은 장례며 다른 일들 처리하느라 정신없었잖아."

"미주 것도?"

"내가 했지. 지금이나 그때나 당신은 바빴으니까."

"왜 말 안했어?"

"무슨 말?"

"계속 내 이름으로 보험금 넣고 있었다는 거며 사망 보험금 청구했다는 거며."

"전에 말했잖아. 잊었어?"

그때만큼은 해선도 당황했다. 동식이 해선을 물끄러미 보았기 때문이었다.

"나한테 말 안 했잖아. 게다 내 눈 실명했을 때도 보험금 나왔던데."

"그때마다 매번 얘기했었잖아. 설마 지금 나를 의심이라도 하는 거야?"

해선은 자리를 박차고 일어났다. 찬바람이 쌩쌩 불었다. 다시 돌아온 해선의 손에는 통장이 하나 들려 있었다. 해선은 그것을 탁, 동식의 앞에 던지듯 놓았다.

"자 봐. 여기 당신 명의 통장. 거기 다 있으니까. 난 십 원 한 장 손 안 댔어."

그리고 해선은 그 자리에 앉아 오래 울었었다.

동식은 취기가 오른 눈으로 해선을 보았다. 해선은 다시 통장이라도 꺼내 보여줄까, 라며 소리를 질렀다. 순간적으로 높고 날카로워진 해선의 목소리. 와인 잔을 들고 있던 해선의 손끝이 가늘게 떨렸다.

저게 뭐지. 놀라 커진 해선의 눈앞으로 촛불에 흔들리는 무엇이 휙, 지나갔다. 작고 검은 그림자였던 그것은 다시 한 번 해선의 눈앞을 지나갈 때 부풀어 오르면서 형체를 얻었다.

더스트였다. 하하. 흡흡. 가빠진 숨. 척추를 따라 흐르는 식은 땀.

"무슨 냄새 안 나?"

코를 감싸 쥐고 인상을 쓰는 해선.

"무슨 냄새?"

동식은 코를 킁킁거렸다. 안 나는데, 라는 동식의 말과 달리 해선은 아주 구체적이고 몹시 지독한 악취를 맡고 있었다. 개들의 무덤에서 맡았던 냄새 같은 죽은 시체의 냄새. 냄새의 입자들은 흔들리는 촛불을 따라 공중을 휘돌더니 점차 가라앉으며 해선에게 향했다.

"내 몸에서 냄새나는 것 같아."

냄새는 해독할 수 없는 언어처럼 해선의 머릿속에 들러붙었다. 벌떡 일어난 해선. 그 뒤를 따르는 더스트의 그림자. 해선은 그 그림자를 밟거나 혹은 질질 끌면서 욕실로 갔다. 신경 써 차려 입은 옷을 벗어 버린 채 알몸이 되어 온몸을 공들여 씻었다. 연달아 세 번이나 비누칠을 하고 차갑고 뜨거운 물을 번갈아 가며 온몸으로 맞았다. 해선은 오랫동안 물 아래 우두커니 서서 냄새와 그림자가 한꺼번에 씻겨 내려가는 모습을 지켜보았다.

"미안해. 난 그런 뜻으로 말한 게 아니라…."

정신이 번쩍 난 동식이 샤워 후 물방울을 흘리며 방으로 들어온 해선의 눈치를 살피고 미안한 표정을 지었다.

"요즘 내가 좀 변한 것 같아서…."

동식은 고개를 떨구고 한숨을 내쉬며 고백 투로 말했다.

"아까 집에 오는데 요 앞 버스 정류장 있잖아? 폐지 줍던 한 노인이 버스정류장에 기대 서 있다가 바람이 부니까 휘청하더니 옆으로 넘어졌어. 그걸 보고 다른 사람들은 도와주러 달려갔는데 난 웃었어. 너무 우스꽝스러웠거든. 그 노인이 비루해 보였고."

"그런데?"

무슨 말을 하고 싶은 건지 해선으로서는 알 수 없어 다그치는 표정으로 더 물었다.

"그게 옳은 거야? 내가 이상해지고 있는 거 같아. 그래서 불안해. 저따위 보잘것없는 노인은 되지 않아야겠다고 생각했어. 도와주러 가야 한다고 생각하는 대신."

해선은 동식의 귀에 대고 이렇게 대답해주었다.

'당신이 오늘 죽어야 한다니 안타깝네. 이제 마음을 열고 얘기를 나눌 수 있을 텐데.'

그때 해선의 입술 사이에서 목소리는 나오지 않았다. 말을 입속으로만 하는 대신 해선은 동식의 귓바퀴에 뜨거운 숨을 불어넣었다. 그러므로 동식은 해선의 대답을 영영 알 수 없을 터였다.

"그리고… 열린 창문만 봐도 섬뜩하고 불안해."

동식의 탄식에 해선은 테이블에 꽂인 꽃병에서 꽃을 한 송이 꺼내 건네주었다.

"웬 꽃이야?"

"디기탈리스. 실내에서 키워서 그런가, 겨울인데도 꽃이 피었더라고. 베란다에 피어있는 거 못 봤어?"

해선은 동식을 위로하거나 공감하는 말을 건네는 대신 유혹했다.

"지금 보면 됐지. 예쁘네."

빨리 침대로 자리를 옮기고 싶어 하는 동식이었는데 해선이 자꾸만 와인을 더 따라 주었다. 꽃 안에 손가락을 넣으면 잘 들어맞기 때문에 여우 장갑이라고 부르기도 하는 그 꽃.

동그랗고 좁은 관 모양의 꽃을 보는데 문득 해선은 자신이 꽃이라면 이제 곧 손가락 대신 동식의 성기를 받아 머금을 거라는 생각을 했다. 마녀의 꽃. 오랫동안 굶주린 동식의 성기는 해선의 꽃 구석구석을 탐하며 한사코 빠져나가기를 거부할 테지.

해선은 식탁 위에 미리 만들어 두었던 디기탈리스 샐러드를 떠올렸다. 오늘 밤, 그것을 사용할 예정이었다. 엄마도 그러지 않았는가. 만들어놓고 보니 잊고 있던 사실이 기억났다. 독을 가진 잎이 뿜어내는 쓰디쓴 맛. 스스로 자신의 운명을 결정한 자 외에 그 누가 독초로 만든 샐러드를 자진해서 먹겠는가. 그래서 해선은 스스로 꽃이 되기로 마음먹었다.

"나쁜 요정이 이 꽃을 여우에게 주었어. 여우가 그것을 발에 감으니 발소리가 나지 않게 되었지. 그러자 여우는 대담하게 닭장 주위를 어슬렁거릴 수 있게 되었어. 그 다음엔 어떻게 됐는지 알아?"

"어떻게 됐는데?"

어서 빨리 이야기를 끝내고 싶은 마음으로 동식이 손으로 해선의 가슴을 감싸며 그렇게 물어보았다.

"황금알을 낳는 닭을 잡아먹었대. 여우 발에 감긴 꽃송이 위로 닭의 피가 뚝뚝 떨어졌지."

닭과 닭의 피. 동식은 인상이 찌푸려졌지만 농담이지 않나, 그렇게 생각했다.

"그거 거위 아냐?"

"그런가?"

예쁜 웃음을 흘리는 해선이었다. 해선은 간간이 안주를 동식의 입에 넣어주기도 하고 우스갯소리도 하면서 동식에게 시간을 벌어 주었다. 최후의 만찬이란 걸 알 리 없는 동식은 주는 대로 먹고 마시며 좋아했다. 해선은 자신의 가슴을 만지작거리는 동식을 물끄러미 보았다. 따뜻한 손의 온기. 동식이 해선에게 건네는 마지막 위로의 느낌이었다.

꼭 그래야만 할까? 라는 문장이 바람이 불어오듯 해선의 머릿속에 흩날렸다. 자신이 낳았던 아이의 아빠였고 지금껏 의심 없이 자신을 사랑한 남자였다. 작게 흔들리는 촛불이 밝히고 있는 동식의 얼굴은 편안하고 순해 보였다.

이대로 이 남자와 살 수도 있지 않을까. 아무 일도 없었던 것처럼, 그리고 남들과 다름없이 평범하게 살아가다 보면 또 그렇게 살아지지 않을까. 해선은 주저했다. 사실 하루에도 여러 차례 다른 방법이 없겠는지에 대해 생각했던 해선이었다.

"여기 좀 도와줄래요?"

문득 기억난 한 문장. 해선은 그 말을 들었을 때 느꼈던 모멸감과 수치심으로 다시 한 번 몸을 떨었다. 성공한 중견 기업가의 자서전 출판기념회였다. 오성급 호텔의 널찍한 볼룸. 해선은 일종의 케이터링 서비스로 쿠키와 허브티를 준비해 갔다. 인편에 배달해도 되는 일이었으나 해선은 직접 들고 갔다. 뭐랄까. 무언가를 확인하고 싶은 마음이었달까. 전면에 마련된 무대 위편에 걸려 있는 자서전 제목.

'망망대해에서 살아남는 법.'

입구에 마련된 테이블 위에 쌓여 있는 책을 들춰보았다. 무한 경쟁의 현실에서 어떻게 매출 오백 억에 직원 수만 수백 명에 달하는 기업을 일궜는지에 관한 뻔한 자수성가 스토리였다.

파티의 목적 또한 뻔했다. 초대된 정재계 인사들과의 관계 맺기를 통한 스펙 쌓기. 콰트로 현악단의 연주가 이어지는 가운데 고급스럽게 차려입은 사람들이 상대방을 배려하면서 자신의 교양을 드러낼 수 있도록 신경 쓴 티가 나는 단어를 골라 덕담을 주고받았다.

"가족 동반 파티라 아이들을 위한 쿠키가 필요한데 아무거나 먹일 수가 있어야죠."

파티를 주최한 기업가의 안주인이 해선에게 직접 들고 올 줄은 몰랐다며 인사를 건넸다. 기념회가 얼마나 진행되었을까. 잘 차려입은 아이들 예닐곱이 지루함을 견디지 못하고 서로 잡고 잡히며 뛰어다니기 시작했다. 셋팅만 끝내고 돌아오려던 해선이었다. 그때마다 누군가 해선에게 다가와 말을 건넸다.

"허브티 한 잔 부탁해요."

흰 셔츠와 나비넥타이 차림이 아니었음에도 사람들은 해선에게 그렇게 주문했다. 내가 가장 맛있게 티를 만들 수 있는 것도 사실이잖은가, 하는 생각으로 해선은 불쾌함을 누르고 있었다. 한쪽 구석에 놓인 테이블. 그 뒤편 파티 참석자들에게 서비스하기 위해 마련된 자리에 해선은 서 있었다. 대체 무엇을 확인하고 싫었던 걸까.

해선은 바닥에 놓아두었던 가방을 집어 들면서 이제 그만 돌아가자고 중얼거렸다. 쓸데없이 진중하고 점잖은 파티가 반쯤이나 진행되었을까. 주인공이 후발 기업들의 도전에도 불구하고 어떻게 시련을 이겨냈는지에 대해 웅변조로 목소리를 높이던 무렵이었다.

"거기, 와서 좀 도와줘요."

티브이에서 보았던 한 정치가의 아내였다. 그 여자는 막 가방을 메고 나가려던 해선을 불러 세웠다. 하필 메인 코스 요리를 서빙 하느라 호텔 소속 직원들은 분주하게 움직이고 있었다. 매니저도 보이지 않았다.

"저요?"

해선은 손가락으로 스스로를 가리키며 물었다.

"그럼 여기 누가 있어요? 물수건 좀 가져오세요."

그 여자는 해선에게 짜증 냈다. 한 아이가 뛰다가 여자의 발에 걸려 넘어지면서 여자의 옷에 구토를 한 모양이었다. 해선은 대꾸 없이 테이블 위에 놓여 있던 물수건을 가져다주었다.

"고마워요."

여자는 해선을 쳐다보지도 않고 말했다. 흡사 아랫사람에게 건네는 의례적 인사 같은 투였다. 해선은 후회했다. 하필 거기에서 있었던 것하며 인편에 배달을 보내지 않고 직접 들고 온 것도 심지어 쿠키 쪼가리나 구워 파는 스스로의 삶에 대해서도 후회했다. 그래서 그랬다.

"손모가지 멀쩡한데 직접 가져다 쓰시죠? 아니면 발모가지에 문제가 있으신가? 토 냄새나는 옷을 뭉개고 있기 그러면 이쯤에서 가시던가."

물수건을 좀 더 가져다 달라는 여자의 귀에 대고 그렇게 속삭였다. 그리고 날카로운 송곳니를 드러내 보여주었다. 막 새파랗게 질리기 시작한 여자의 얼굴을 확인한 해선은 볼룸에서 빠져나오기 전에 이렇게 덧붙여주었다.

"그러다 오줌 싸요."

부들부들 떨고 있는 정치가의 아내 대신 도와주거나 구경하러 몰려든 중년 여자들 서넛이 해선의 등 뒤에서 쑥덕거렸다.

"이게 무슨 악취야?"

누군가 말을 내지르다 말고 스커트에 묻은 구토자국을 닦고 있는 정치가의 아내를 힐끗 보고 입을 다물었다.

"그러게. 구토 냄새가 아니야. 무슨 시체 썩는 냄새 같지 않아?"

눈치 없는 다른 여자가 말을 받아 이었다. 정치가의 아내는 다급하게 스스로의 냄새를 맡아보았다.

"저 여자한테서 나는 냄새네."

또 다른 여자가 해선의 등을 가리켰다.

"닦다 말고 그냥 가면 어쩌라는 거야. 돈 받고 일하러 왔으면 공손하게 굴어야지. 아무튼 요즘 젊은 것들은 버르장머리가 없다니까."

여자들은 도망치듯 빠져나가는 해선의 발뒤꿈치를 향해 웃었다.

"똥이라도 지린 건가. 냄새가 지독하네."

그때 해선은 알아차렸다. 무엇을 확인하고 싶었는지 깨달았고 심하게 느껴지는 모멸감의 이유를 알 수 있었다.

저 한가운데 있어야겠다. 테이블 뒤편 같은데 더는 서 있지 않겠다. 호텔의 높은 문을 빠져나오면서 그렇게 중얼거렸다.

해선은 그 일에 대해 동식에게 말하지 않았다. 다만 이렇게 물었다.

"죽을 날을 알게 되고 그것이 채 하루가 안 남았다면 뭘 하고 싶어?"

애당초 그래야 할 일이었다. 해선의 뜬금없는 물음에 취기가 오른 동식은 몸을 일으켰다.

"해선이 너랑 사랑해야지."

동식은 해선이 무엇을 물었는지도 신경 쓰지 않았다. 가령 해선이 십 억 정도의 돈이 생긴다면 뭘 하고 싶어? 라던가 자고 일어났더니 갑자기 유명한 사람이 되어 있다면 어떨 거 같아? 라는 식의 질문을 했더라도 동식의 대답은 같았을 것이다.

그리하여 해선과 동식은 섹스했다.

해선은 지금껏 살면서 가장 열과 성을 다해 동식을 이끌었다. 스스로 옷을 벗은 해선은 동식의 앞에 무릎을 꿇고 지퍼를 열어주었다. 피로 부푼 동식의 성기는 솟구칠 듯 팽창해 있었다. 그 동물적인 생명력을 본 해선은 아, 하는 신음을 내어 경탄해주었다.

이윽고 해선은 그 비인격의 상징물을 어루만지고 쓰다듬기 시작했다. 세상 가장 신비롭고 소중한 신의 물건을 다루듯 신중한 열정의 손길이었다. 그러나 해선의 지극한 제의는 얼마 가지 못했다. 동식이 절차를 무시하고 해선을 침대 위로 넘어뜨렸다. 곳곳에 켜놓은 일랑일랑 향초의 말초를 자극하는 향이 흥분을 더욱 부추기고 있었다.

처음에는 헤벌레해서 달려드는 꼴이 좀 역겨웠다. 모든 일에는 마땅한 순서와 절차가 있는 법 아니겠는가. 동식은 처음으로 귀족의 기름진 식단을 하사받은 노예처럼 성급했고 게걸스러웠다. 너무 맛있어, 라며 해선의 젖가슴을 세게 움켜쥐었다가 입으로 빨았고 가냘픈 허리를 거세게 끌어당겨 꺾었다. 주저하던 해선은 신성한 의식을 치르겠다는 바람을 버렸고 끝내 흥분했다. 발정난 암캐처럼.

의지가 지워지자 뜨거운 몸의 충동은 어느새 한계를 넘어서고 있었다. 해선은 다리를 벌리고 동식의 머리를 거기로 잡아끌었다. 처음 있는 일이었다. 자신의 꽃을 탐하는 동식의 혀를 느끼자 희열이 오고 마치 태풍이 몰아치듯 온몸이 떨렸다.

"더. 더 깊이."

해선의 말은 애원이기도 했고 동시에 명령이기도 했다. 해선의 유혹에 동식은 입가로 침을 흘리며 달콤하고 비릿한 해선의 꽃을 빨았다. 마치 자신의 꽃가루를 암꽃의 수술에 묻히듯 깊이 들어가 중심에 닿았다. 아. 짧은 비명에 가까운 해선의 신음에 동식은 마침내 자신의 당당한 수컷을 해선에게 넣었다.

그때부터 동식은 그저 한 마리 짐승이었다. 간간이 귓가에 와 닿는 해선의 교성과 음란하도록 유연한 해선의 허리 놀림이 동식의 성기를 쥐고 흔들었다. 갑자기 해선이 동식의 위로 올라타더니 손을 뻗어 동식의 목을 조르기 시작했다. 동식은 놀라 해선을 보았다. 음탕하면서도 순수한 정욕을 흘리고 있는 해선의 눈빛.

아. 해선이 손에 힘을 주자 원활하게 돌지 못한 피는 더욱더 성기로 쏠렸다. 숨이 막혀오자 죽음의 불안에 휩싸였지만 동시에 흥분 또한 더해졌다.

동식은 저도 모르게 더욱 세게 해선의 엉덩이를 붙잡고 앞뒤로, 위아래로 움직였다. 한 번, 두 번. 동식의 움직임에 해선의 꽃이 비리고 달콤한 꿀을 내뿜었다. 시작부터 이미 절정 상태였던 동식은 이제 절정 너머의 어떤 곳으로 확장되는 황홀한 감각을 느끼고 있었다. 방안에 켜진 많은 촛불들이 타올랐고 그것의 주홍빛 또한 발끈 일어섰다.

"좋아?"

숨을 몰아쉬며 해선이 물었다.

"최고야. 이대로 죽어도 좋을 거 같아."

격한 몸놀림 때문에 동식의 대답은 마디가 뚝뚝 끊겼다.

"당신 정말 죽어도 좋아?"

"응. 너무 행복해서 죽을 거 같아."

그 말을 할 때 동식은 막 절정의 최고점을 지나고 있었다. 호흡이 멎는 것 같았다. 한 번씩 해선의 꽃 속에 정액을 뿌릴 때마다 작은 죽음의 파열들이 뒤통수를 치는 것 같았다.

그러려던 게 아니었는데, 해선도 행복을 느꼈다. 우연한 행복이었다. 격렬한 동요 속에서 정말 애라도 들어서면 어떡하지, 라는 생각이 들었으나 곧 상관없다는 마음이 되었다. 낳아 기르면 될 일이지, 싶었다.

"해선아, 사랑해."

해선의 가슴에 머리를 묻은 동식이 속삭였다.

"나도. 당신 사랑해."

사랑한다고 말하자 비로소 흥분이 가라앉기 시작했다. 해선은 자신의 몸을 빠져나가는 행복감을 아쉬운 눈으로 지켜보았다. 해선은 동식의 머리를 감싸 안아주었다. 그리고 쓰다듬었다. 해선이 해줄 수 있는 최대의 위로였고 이제 곧 벌어질 잔혹한 현실에 대한 가림막이었다. 작게 흔들리는 수십 개의 촛불만이 오롯이 제 몸에 장면들을 새기며 지켜보았다.

"자, 건배."

늘어져 잠에 빠져들려는 동식에게 해선은 와인이 담긴 마지막 잔을 건넸다.

"응? 졸린데?"

이미 반쯤 잠에 빠진 듯 늘어지는 목소리의 동식.

"마시고 푹 자라고."

아이처럼 자신에게 기대 누운 동식에게 해선은 핏빛 술을 입에 머금어 동식의 입안으로 흘려 넣어주었다. 미리 수면제를 넣어 침대 옆에 놓아두었던 술이었다. 마지막 방울까지 삼키자마자 동식은 곯아 떨어졌다. 동식은 편안한 표정이었으며 심지어 미소를 짓고 있었다. 해선은 깨닫지 못하면 비극이 아니라는 누군가의 말을 떠올렸다.

동식이 잠든 걸 확인한 뒤 해선은 우선 입안을 헹궈 남아 있을 수면제 성분을 털어냈다. 깨끗하고 맑은 눈으로 모든 것을 지켜보아야 하니까. 동식의 잠든 얼굴을 오랫동안 보았다. 얼마나 오래였는지는 모른다. 밤이 자꾸만 깊어졌고 그러니까 곧 새벽이 올 것만 같았다.

꽃향기가 풍겼다. 집안에 갇혀 있어서 그런가, 강렬하면서도 싱그러운 디기탈리스 꽃의 향기는 일렁이는 촛불과 함께 해선에게 또 한 번 정욕을 느끼게 해주었다.

꽃의 발정기. 순수한, 그 어떤 교활한 계산이나 달콤한 미래로 포장된 거짓 따위 없는 침묵의 욕구. 해선은 무력하게 누워 있는 동식을 내려다보면서 맹렬하게 온몸을 휘감는 욕망을 눌렀다. 크게 숨을 몰아쉬느라 창밖을 내다보았다.

붉은 달. 아파트 창 사이로 보이는 달은 붉었다. 노랑이 섞이긴 했지만 빨강에 가까웠다. 월식이라도 있을 모양이네. 대수롭지 않게 생각한 해선은 거실에 서서 달을 바라보았다. 그러다 생각나는 대로 이렇게 중얼거렸다.

'크고 영화로운 날이 이르기 전에 달이 변하여 피가 되리라.'

스스로 한 말에 놀랐다. 하필 상현이 건네준 팸플릿에서 보았던 구절이 아니던가. 크고 영화로운 날, 그리고 피. 해선은 무의미한 말이라고 애써 생각하면서도 역시나 피를 본 자만이 크고 영화로운 그런 날을 맞을 수 있는 게 아니겠는가, 의 쪽으로 생각이 기우는 스스로를 어쩌지 못했다.

그리고 눈이 내렸다. 첫눈이었다. 까만 어둠을 바탕으로 하얀 눈은 빨강 달을 가로로 거스르거나 혹은 세로로 훑으며 바닥으로 내려앉았다. 해선은 베란다 문을 열고 난간 바깥쪽으로 몸을 내밀었다. 손으로 얼굴로 눈을 맞고 입을 벌려 차가운 눈을 받아 삼켰다.

진영이 갔던 날도 눈이 왔던가. 거실에서는 여전히 기차가 돌고 있었다. 해선은 그 앞에 무릎을 꿇고 앉았다. 바닐라 아이스크림 향이 날 것 같던 진영의 살결과 이른 아침 숲속에 울리는 새의 지저귐 같던 진영의 목소리. 손바닥을 진영의 뺨에 대고 있으면 말간 물결이 일 것 같은 눈으로 해선을 바라보았던 진영이었다.

진영이 죽어서, 그로부터 온 것만 같은 상실감과 박탈감으로 인해 여기까지 온 걸까. 어쩌면 그 반대일 것이다. 진영은 상실감과 박탈감으로 가득 찬 세상에 대한 유일한 해답이었을지도 모른다.

해선은 그렇다, 아니다 같은 류의 대답을 꺼내놓을 수 없었다. 대신 버튼을 눌러 기차를 죽인 해선은 비어 있는 답안지를 찢어발기듯 벌떡 일어났다.

갑자기 바람이 몰아닥쳤다. 해선은 베란다 문을 닫았다. 이어 창문까지 모조리 닫았다. 바람에 저항하듯, 또는 바람을 따르듯 작아지며 흔들리던 촛불 줄기들이 제 몸을 일으켜 곧게 타올랐다. 해선은 촛불 하나를 머리맡에 가져다 놓고 동식이 누워 있는 침대 발치에 앉았다. 팔꿈치를 무릎에 대고 거기에 머리를 기댔다. 마치 먼 과거로부터 쭉 그 자세로 있었던 것처럼 편안했다. 한참이나 동식과 촛불을 번갈아 보았다.

겨울의 깊은 밤이었고 촛불은 온화하고 예뻤지만 떨고 있었다. 울음 섞인 목소리가 배어있는 경련의 숨결 같았다. 해선은 심장의 피가 깜박이는 기분이었다. 이토록 작고 따뜻한 것이 잠시 후면 무서운 공포로 변할 것이다. 가장 떨리는 낱말을 하나만 대라면 그건 불꽃일 것이다. 해선은 그렇게 중얼거렸다.

"그러고 보니 진영이 아빠를 많이 닮았었네."

해선은 확인이라도 하듯 동식을 보았고 쓰다듬었다. 한참이나 촛불을 보고 있었기 때문인지 동식의 뺨이 촛불의 색깔로 보였다. 동식의 얼굴은 한없이 무고해 보였고 죽임을 당할 아무런 이유를 갖고 있지 않다고 느껴졌다. 마치 제단에 누워 있는 성스러운 희생물처럼 보였다. 해선은 제의를 치르듯 기원하는 마음으로 촛불을 들어올렸다.

이윽고 촛불을 거실의 커튼 끝자락에 가져다 대었다. 양초에 갇혀 있던 불은 금세 살아나 빠르게 성장했다. 커튼을 먹어치운 불은 커지기 시작한 제 몸의 일부를 여기저기 쏟아냈다. 소파와 바닥을 훑었고 가구들과 벽을 타고 올랐으며 주저 없이 동식이 누워 있는 방으로 향했다. 불이 닿는 곳마다 사물들은 살갗이 벗겨진 것처럼 녹아내렸고 애초에 자신의 몸속에 불을 간직하고 있기라도 했던 것처럼 금방 불이 되어 다른 사물들을 향해 뻗어나갔다.

타닥타닥.

불꽃은 소리를 내며 신음했다. 괴로워하는 그 소리는 불이 급속한 성장과 변화를 반복하면서 고통스러워 내지르는 일종의 성장통이었다. 해선은 타오르는 불을 보면서 진영을 떠올렸다. 진영이 흘렸던 붉고 검은 피. 그 찐득하고 비릿한 것이 해선의 손에 감겨 올라왔을 때의 깊은 절망과 흥분. 작고 무고한 아이의 죽음.

진영의 장례를 치르던 날 화장장에 솟구쳐 오르던 붉은 불을 보았던 날로부터 해선은 불을 볼 때마다 진영을 떠올리곤 했었다. 아마도 해선이 오늘을 고른 까닭이 되었을 터였다. 오늘이 바로 진영이 죽은 날이었고, 그로 인해 모든 것이 끝이 났으며 또한 새롭고 어두운 것들이 시작되었던 날이었으니까.

불은 점점 커졌다. 해선은 크게 숨을 들이쉬어 불의 냄새를 맡았다. 깨끗하고 향기로운 정화의 냄새였다. 악취를 태워 없애고 불결한 것들을 쓸어내는 냄새였다. 저마다 빗자루 깃털을 하나씩 품고 있는 불의 입자들은 냄새로 해선의 몸 안과 밖을 넘나들었다.

해선은 서걱거리는 모래알을 삼키듯 불의 냄새를 받아 삼켰다. 그리고 쿨럭, 기침을 토했다. 독을 독으로 치유하듯 해선은 몸 안에 있던 것들을 깨끗하게 소각시키는 대신 강한 이산화탄소의 독을 차곡차곡 채워 넣었다.

불은 순식간에 거실의 반을 집어삼켰다. 모든 것을 태우며 살아남으려는 강렬하고 타협 불가능한 불의 의지 같았다. 더욱 비대해진 불의 몸집은 천장까지 타고 올라 그 거센 혓바닥을 날름거렸다. 온몸이 혓바닥이 된 불은 닿는 모든 것을 까만 재만 남긴 채 핥아댔다.

뜨거웠다. 온 집안의 온도가 붉은색으로 변해갔다. 그 열기와 매운 연기를 들이마시자 해선의 온몸이 젖어들었다. 땀이 흘렀고 몸이 떨렸다. 두려웠고 흥분되었다. 이제 시간이 별로 없었다.

해선은 동식에게로 가 그 옆에 앉았다. 쿨럭. 기침이 자꾸 터졌다.

"말해줄게."

눈물이 흘렀다.

"당신은 아무 죄도 없어."

해선은 동식이 들어야 할 것들을 모조리 말해주었다. 죄의 고백이었고 동식에 대한 경의의 표시였다.

"난 그냥 견딜 수가 없어. 살아남지 못하거나 혹은 남보다 못하게 살아가야 한다고 생각하면 말이야. 그뿐이야."

절규라도 하는 듯한 목소리였다. 촛불 하나를 집어 들었다. 그리고 자신의 다리에 갖다 댔다. 뜨거운 불은 섬뜩하게 차가웠다. 피부를 태운 불은 붉은 속살을 드러내주었고 그 자리에서 신선한 피가 흘렀다. 해선은 비명을 목구멍으로 넘기며 동식에게 말하기를 멈추지 않았다. 말을 하는 내내 기침과 눈물이 해선의 입과 눈을 가렸다. 그래서 생각했다.

'웃자, 웃자, 웃자. 행복해서 웃는 게 아니라 자꾸 웃어야 행복해지는 거라잖아.'

고통스럽고 힘겨운 일을 하는 순간에 웃을 수 있는 자가 이기는 것 아니겠는가, 라고 중얼거렸고 실제로 조금 웃었다. 스스로는 연민의 웃음이었다고 생각했으나 해선의 입가에 떠오른 건 교활한 미소였다. 교활한 악의가 드러나는 웃음. 약한 것을 짓밟을 때 느끼는 승리의 미소, 범죄의 희열에 대한 쾌락의 미소였다.

이제 이별할 때가 되었다. 마지막으로 해선은 촛불을 자신의 뺨으로 가져갔다. 한사코 밀어내려는 손을 다른 쪽 손이 붙잡아 주었다. 살이 타들어가는 냄새. 금세 돋아난 불의 자국. 피가 맺히기 시작한 뺨을 거울로 보고 해선은 촛불을 동식의 침대 발치에 떨어트렸다. 불똥이 튀어 해선의 옷자락을 조금 태웠다.

해선은 깊이 잠들어있는 동식의 입술에 키스한 뒤 방을 빠져나왔다. 기침이 점점 깊어졌다. 거실을 거의 먹어치운 불은 이제 동식을 마지막 희생물 삼아 산 채로 화장시킬 것이다. 동식은 사랑의 기억을 갖고 죽어갈 것이다. 동식의 방을 향해 달려가는 불의 발걸음을 보며 해선은 현관 쪽으로 뒷걸음질 쳤다. 연기를 많이 마신 탓에 현기증이 일어 바닥에 주저앉아 기었다.

현관문이 열리지 않았다. 정신을 차리려고 했지만 그럴수록 눈앞이 흐려졌다. 더럭 겁이 났다. 이대로 무너져 끝나 버리는 건 아닐까. 잠깐이지만 차라리 그 편이 나을지도 모르겠다는 생각이 들었다.

그러다 정신이 번쩍 들었다. 온몸의 힘을 손끝에 모았다. 도어록의 잠긴 버튼을 눌러 잠김을 해제했다. 더욱 힘을 냈다.

열려라, 문아. 빨리!

자꾸만 정신이 흐려졌다. 숨을 쉴 수가 없었다. 해선은 잠들고 싶은 유혹에 저항했다. 손잡이를, 당겼다. 다시, 당겼다.

열렸다. 문이 열리자 바람이 휘몰아쳐 들어왔다. 그 바람의 틈을 비집고 기어나갔다. 멀리서 사이렌 소리가 들렸다. 사람들이 웅성거리기 시작했다. 텅 빈 아파트 복도는 어두웠다. 곧 새벽이 올 테고 사람들도 몰려올 테고 경찰이 오고 또….

저기, 저 멀리 복도 끝에서부터 그것이 오고 있는 걸 보았다. 더스트. 검고 강한 어둠의 개. 개가 걸을 때마다 반질거리는 검은 근육이 도드라졌다.

해선은 눈을 부릅떴다. 그러자 해선의 안에 있던 맹수가 모습을 드러냈다. 손끝에서 억센 발톱이 나오고 다리의 근육이 불거졌다. 해선은 어느새 자라난 송곳니를 드러내 으르렁거렸다. 해선은 몸을 움츠렸다. 일 초, 이 초, 삼 초. 기다렸다. 더스트가 눈앞으로 다가들었을 때, 바로 그때 해선은 뒷발로 바닥을 차고 뛰어올라 더스트에게 덤벼들었다. 두 짐승의 몸뚱이가 서로 부딪쳤을 때, 불보다 붉고 뜨거운 피가 하늘로 튀었다. 붉게 뜬 커다란 달이 점차 일그러지고 있었다.

나를 지켜줘, 내가 원하는 것으로부터*

검은 재의 공간. 그리고 그 공간과 함께 멎어버린 시간. 해선은 현관에 서서 발을 내밀지 못하고 집안을 보았다. 그것은 더 이상 집이라고 불리기보다는 공간(空間)이라고 부르는 게 더 맞을 것 같았다. 그러니까 아무것도 없는 빈 곳. 다 보았고 견뎠고 모든 것을 잃었으며 이제 죽음에 가까워져 텅 비어버린 곳.

살아있는 것은 언젠가 전부 죽게 되어 있다고 말하고 있는 것 같았다. 그 공간에 있는 것은 두 가지뿐이었다. 재, 그리고 재가 되다 만 것. 현관문을 열었을 때 생겨난 바람 때문인지 먼지처럼 풀썩, 재가 일었다.

쿨럭. 기침이 쏟아졌다. 쿨럭. 재의 냄새. 흙냄새나 먼지 냄새, 혹은 사막의 모래에서 맡을 수 있는 냄새와도 비슷했지만 동

* Text를 소재로 하는 작가 제니 홀저가 1985년 뉴욕 타임스퀘어 전광판에 걸어놓았던 작품이다. 원문은 'PROTECT ME FROM WHAT I WANT'.

시에 전혀 달랐다. 더 황량하고 더욱 매캐했으며, 조금만 흡입하더라도 폐에 들러붙어 종국에는 죽음에 이르게 만드는 치명적인 물질이라도 되는 듯, 싸늘한 죽음의 냄새가 풍겼다. 해선은 손수건으로 입을 막으며 거실을 휘둘러보았다.

무엇도 미리 예상하지 않았으나, 그러나 예상했던 것보다 훨씬 참혹하다고 할 수밖에 없었다. 불의 자국이 곳곳에 배어 있는 거실은 마치 고통과 분노에 차 긴 싸움을 벌인 것처럼 보였다. 찢어지고 타 버린 벽지 위엔 붉고 검은 얼룩, 바닥에는 깨지고 부서져 나뒹구는 세간들. 원래 모습이 사라지고 부서져 가루가 되어버린 물건들. 이곳에서 오랫동안 살아왔다는 사실이 믿어지지 않았다. 해선은 낯설고 추운 그곳에 서서 어쩔 줄 몰라 하다 고개를 떨구었다.

신발이었다. 동식이 신었던 운동화 한 짝. 현관에 뒤집어져 있는 그것을 해선은 저도 모르게 손으로 집어 들었다. 나머지 한 짝은 보이지 않았다. 망자의 신발. 때 묻고 냄새나고 불에 그슬려 군데군데 타들어간.

걸음걸이에 문제가 있었는지 운동화는 왼쪽보다 오른쪽 뒤축이 심하게 닳아 있었다. 해선은 더러운 그것을 쓰다듬었다. 망자의 몸이나 되는 듯 찬찬하고 슬픈 손길이었다.

동식은 이제 모든 것을 알고 있을 터였다. 어쩌면 해선이 미처 깨닫지 못하고 있는 것까지 모조리 알게 되었는지도 모를 일이다. 그런 생각이 드니까 들고 있던 신발이 낯설어졌고 두려워졌다.

그리하여 해선은 신발을 바닥에 내동댕이쳤다. 차가운 현관 벽에 기대고 서 있자니 문득 불안해졌다. 어디선가 뭔지 모를 센

것이 덮쳐올 것 같았고 해선의 숨통을 잡아 쥐어서 끝내 물어뜯고야 말 것 같았다. 해선은 목덜미를 감싸 쥔 채 덜덜 떨었다.

동식의 장례식장에서도 불안에 떨긴 마찬가지였다. 몇 번이나 거듭 겪었어도 여전히 장례식장은 낯설었다. 해선은 벽에 기대앉아 끊임없이 몸을 떨었다. 더운 실내 공기에도 해선은 누군가에게 담요를 청했고 흐르는 땀에도 결코 손에서 담요 자락을 놓지 않았다. 그리고 불안한 시선으로 쉼 없이 드나드는 사람들을 살폈다.

그러나 드나드는 사람은 별로 없었다. 밤이 깊었고 이제 몇 시간 뒤면 발인이지만 장례식장은 썰렁했다. 해선은 원래 혼자였고 동식 쪽 또한 가족 모두가 죽었으므로 당연한 일이라고 생각했다. 먼 친척이라고 밝힌 사람들 여럿이 와서 인사를 나누었지만 해선으로서는 잘 알지 못하는 사람들이었다. 장례식장의 잡다한 일처리는 전반적으로 시장통의 장씨가 도맡아 처리했다.

한 남자가 와서 동식의 사진 앞에 무릎 꿇어 두 번 절한 뒤 이어 해선을 향해 한 번 더 절을 했다. 해선은 동식의 사촌인가 하는 여자의 도움을 받아 간신히 무릎을 꿇어 인사했다. 팔에 링거를 꽂고 그때껏 진물이 흐르고 있는 뺨에는 붕대를 붙여 놓은 모습이었다. 입고 있는 소복 안에는 환자복을 겹쳐 입고 있었다.

"고인의 명복을 빕니다."

남자가 내민 명함에는 경찰 마크가 찍혀 있었다.

"힘드시겠지만 사건 경위에 대한 얘기를 해주실 수 있겠습니까? 그냥 진술서에 몇 마디 적어 넣을 말을 해 주시면 됩니다."

경찰을 예의를 갖춰 말했고 해선을 부축해 자리에 앉아 벽에 기댈 수 있도록 도와주었다.

"다 제 잘못이에요. 모든 게 내 탓이라고요. 초를 켜놓고 잠들면 안 되는 거였는데. 아무리 정신이 흐려졌어도 혼자 빠져나오는 게 아니었는데…."

불의 연기가 채 빠져나가지 못한 해선의 폐는 말할 때마다 목구멍이 찢어질 듯 심한 기침을 토해냈다. 기침과 함께 또다시 울음이 터진 해선은 뒷말을 더 잇지 못했다.

"네. 소방서 의견도 촛불이 화재의 원인이라고 하더군요. 그런데 한 가지, 최초 발화지점이 촛불이 켜져 있던 안방이 아니라 거실이라는데…."

"이게 뭐 하는 짓이에요? 환자인 거 안 보여요? 폐도 오십 프로는 상했고 심장도 더 안 좋아졌다고요. 다리랑 얼굴에 화상도 입었고요. 중환자실에 누워 있던 환자가 의사가 말리는데도 기어이 여기 내려와 있는 거라고요."

사촌 여자가 경찰에게 화를 냈다. 해선에게 따뜻한 물을 가져다주고 한 모금씩 천천히 마실 수 있도록 도와주었다.

"그 날은 거실에도 향초를 켜두었어요. 아이 기일이라 음식을 많이 만들어서 음식 냄새를 빼느라고요."

울음과 기침을 간신히 눌러가며 해선이 말을 했다. 그러느라 온몸이 벌게지고 눈에 핏발이 섰다. 그리고 눕고 싶다고 말했다. 머리의 문이 쪼개지듯 열리는 것 같았고 열린 문으로 날카로운 어떤 것이 들어와 머릿속을 마구 쑤시는 것 같았다. 해선은 감상하듯 자신의 두통을 머릿속에 그려 보았다. 해독할 수 없는 암호나 추상화 계열의 그림 같았다.

사촌 여자가 해선의 머리에 베개를 받쳐주고 담요를 덮어주었다. 해선은 돌아가는 경찰의 등을 보면서 최근 들어 각종 향이 나는 향초가 많이 팔리면서 촛불로 인한 가정 화재가 급격하게 늘었다는 한 뉴스 보도를 떠올렸다.

누워서도 해선은 몸을 떨었다. 추웠고 불안했다. 더스트는, 그 크고 검은 개는 이제 사방에서 해선을 노려보고 있었다. 작은 틈이라도 보일라치면 언제라도 덮칠 수 있도록 항시 송곳니를 드러낸 모습이었다. 해선은 천장의 한 곳을 노려보았다.

열에 들떠 정신이 흐려진 거라 생각한 사촌 여자는 친절하게도 젖은 수건을 가져다 해선의 이마를 닦아주었다. 대학을 졸업하고 취업 준비 중이라는 그 여자는 몽상에서 함께 일하고 싶다고 말했다.

"솔직히 우리 엄마는 불길하다고 하는데요. 전 상관없어요. 언니가 일부러 그런 것도 아니고. 그리고 몽상 같은 데서 일하면 폼도 나고."

여자는 매운 육개장 대신 일부러 사온 잣죽을 한 숟가락씩 떠서 해선의 입안으로 흘려 넣어주었다.

"잘됐네요. 이제 나도 혼자라 도와줄 사람이 필요하니까."

해선은 미소 지으며 여자의 손을 잡고 고맙다고 말했다. 곧 몽상의 문을 닫게 될 거라는 이야기를 여자에게 할 필요는 없다고 생각했다. 여자의 엄마가 마땅찮다는 표정으로 해선과 여자를 보았다.

장례식에 온 사람들은 서로 반대의 감정이 실린 눈으로 해선을 보았다. 가족들을 차례로 잃은 데다 얼굴에 화상을 입고 폐와 심장까지 상한 해선을 가엾어하는 눈. 그리고 뭔가 의심하고 캐내려는 듯 해선을 흘겨보는 눈.

해선은 사람들의 눈을 피하려고 눈을 감았다. 자신을 보는 모든 눈에서 더스트를 보았다. 그 안에 자신을 향한 억센 송곳니와 목덜미를 할퀼 수 있는 날선 발톱이 들어 있는 것 같았다. 눈을 감자 몸이 더 떨렸다. 어느 방향에서 자신을 위협해 올는지 알 수 없어서였다. 다시 눈을 떴다. 그리고 곧바로 다시 눈을 감았다. 떴다, 감았다, 감았다, 떴다.

"해선아…."

더욱 깊어진 밤. 병숙이 해선을 찾아왔을 때 장례식장에 있던 사람들은 대부분 돌아가거나 혹은 앉아서 졸고 있었다.

"어서 와."

"괜찮아? 꼭 이렇게까지 할 필요는 없었는데."

뺨에 화상 붕대를 붙인 채 병색 짙은 표정으로 간신히 앉아있는 해선을 보며 병숙은 소리 낮춰 말했다. 고요하게 가라앉은 장례식장은 링거병에서 링거액이 떨어지는 소리마저 들을 수 있을 것처럼 조용했다.

해선은 병숙의 말에 아무런 대답을 하지 않았다. 한동안 그렇게 있었다. 병숙은 뭔가 하고 싶은 말이 있는 듯 보였으나 머뭇거렸다. 그러는 사이 누군가 찾아와 동식의 사진을 향해 절했고 해선은 자신을 향해 표하는 조의를 받아주어야 했다. 그 모양을 지켜보던 병숙이 가방을 집어 들고 일어났다.

"나는 이제 떠날 거야."

"떠난다고?"

그러고 보니 미소 짓고 있는 표정과 달리 병숙은 어딘가 초조해 보였고 뭔가 서둘고 있는 듯했다.

"응. 그러기로 결정했어."

호텔 엑시트. 해선은 고급스럽고 정갈한 실내장식과 보송하고 서늘한 느낌이 살아있는 거위털 침구와 향기로운 초록빛 술을 떠올렸다. 그리고 자쿠지에 담겨 있던 따뜻한 물. 문득 그 안온함이 그리웠다. 그 속에 몸을 담그고 누워 모든 것을 흘려보내고 싶었다. 어둠의 색깔을 가진 무엇이 주위에 가득 찼다가도 그 물속에 누워 손으로 떠내면 언제라도 투명의 물빛을 지니게 될 것이다.

해선은 병숙이 마지막으로 했던 말들을 떠올렸다. 아무래도 이번에는 진짜 보험 심사관이 방문할 것 같다고 미리 알려주었다. 그럴 때 무어라 대답해야 할는지에 대해 매뉴얼을 작성해 건네듯 상세하게 가르쳐주었다.

오늘? 아니면 내일이나 모레? 동식의 사망보험금과 화재보험금이 지급될 것이다. 그러면 모든 준비는 끝난다. 상현에게 미리 이 사실을 알려주고 모든 준비를 해 달라고 부탁하고 싶었지만 보험금 수령까지는 가급적 누구와도 통화를 삼가라는 병숙의 당부에 따라 상현에게 연락하는 일 또한 미뤄두었다.

교영에게도 장거리 비행에 대해 말해주어야겠다. 그곳에서 새로운 생활을 시작하게 되면 어떤 것들이 변하게 될 것인지 또 무슨 신나는 일들이 생겨나게 될 것인지에 대해 알려줘야지.

누구에게도 적의를 드러내는 법이 없던 거리의 개들이 생각났다. 순하게 졸다가 누군가 쳐다보거나 자신을 만질라치면 자신을 해칠 의도가 없다는 걸 이해하고 있다는 듯 그저 졸린 눈을 깜박이며 먼지 나는 거리를, 더운 공기가 텁텁한 하늘을 쳐다보는 것으로 만족하던 개들. 그 개들은 결국 그러한 마음 상태에

도달했을 때 적당한 권태와 더불어 행복을 느끼는 것이 아닐까, 하는 생각이 들게 만드는 종족이었다.

그리고 교영과 자신의 새 옷도 미리 사두어야겠다고 생각했다. 집이 불탔으니 당연한 일 아니겠는가. 밝고 화사하고 무늬가 선명한 여름옷들을 고르다 보면 기분도 좋아질 게 분명했다. 그 전에 마지막으로 집을 둘러보고 무엇이든 깔끔하게 정리해두어야 할 일이었다.

교영은 해선의 뒤춤에 숨어 불타버린 집을 구경하고 있었다. 어두운 검은 집. 온통 불이 남긴 자국이었다. 작고 연약한 촛불로 태어났던 불은 탐욕의 동물처럼 집안의 모든 것을 삼키고 잔뜩 먹어치우며 배를 채운 뒤, 더 이상 먹을 것이 없어지고 나서야 결국 자기 자신을 삼켜 스러졌다. 어디를 둘러보아도 쌓여 있는 건 숯으로 변한 세간살이이거나 아니면 재였다. 날이 어두워지고 있었지만 전기가 나간 탓에 불도 켤 수 없었다.

교영이 놀라거나 무섭다고 울면 어쩌나 싶었는데 교영은 울지 않았다. 마치 신기하고 새로운 장난감을 구경하듯 눈을 크게 뜨고 까만 재가 가득한 집안을 둘러보았다.

"엄마가 이렇게 만든 거야?"

해선이 비춘 손전등 불빛 안에서 환하게 날아오르는 잿가루를 보며 신나는 목소리로 물었다.

"불이 그랬지."

"와. 불은 정말 대단하구나? 멋있어."

까르르. 교영이 웃었다. 해선의 손에서 손전등을 빼앗아 둥근 회오리 모양으로 비추어 재들이 빛을 받아 제멋대로 춤추도록 만들었다.

"나도 보고 싶어."

교영이 볼멘소리로 말했다.

"뭘?"

"불. 불이 춤추면서 여기저기 뛰어다니는 모습."

뜨겁게 활활 타오르는 불을 보고 있기라도 하듯 교영은 눈을 빛냈다.

"불이 춤추고 나면 뭐든 이렇게 변하는 거잖아. 나도 해보고 싶은데. 엄마만 하고. 엄마 미워."

그러더니 교영이 신발을 신은 채 거실로 올라갔다. 잿더미 속에서 교영이 들어 올린 건 기차였다. 불에 녹아 붙어 버린 플라스틱 레일이 기차의 꽁무니에 딸려 올라왔다.

"엄마, 이거."

"그래. 기차구나."

"진영이 거였는데."

교영은 뭔가 생각에 잠긴 표정이었다.

"내가 가져도 돼?"

"엄마가 새로 사 줄게. 다 망가졌잖아."

"싫어. 이거 가질래."

"그럼, 잠깐만 놀고 있어. 엄마 정리해야 하니까."

해선은 그러라고 했다. 그리고 외투를 벗어 교영이 앉을 수 있도록 거실 바닥에 깔아주었다. 교영은 그렇게 재의 한가운데 앉았다. 거기 앉아 기차를 가지고 놀았다. 붉은색의 코트를 입은 교영은 검은 재에 둘러싸여 입으로 기적소리를 내며 웃었다. 삑삑. 삑삑. 그러다 혼자 이야기를 했다.

"기차는 달렸어요. 엄청 빨리 달렸어요. 그러다가 진영이를 치었어요. 그래서 진영이 머리가 박살 났어요. 박살난 머리에 서 피가 났어요. 빨강색 피가 계속 났는데 기차는 그런 줄도 모르고 달렸어요. 원래는 진영이 기차인데 기차는 그것도 모르고 진영이를 깔아뭉갰어요. 그리고 이렇게 말했어요. 칙칙폭폭. 칙칙폭폭."

이야기를 하면서 교영은 기차를 손으로 잡고 바닥에 둥글게 돌렸다. 기차놀이가 재밌는지 교영은 깔깔 소리를 내며 웃었다. 커튼이 타 버리고 유리가 깨진 베란다 창문으로 찬바람이 몰려들었다. 바람은 교영의 머리칼을 흩어놓고 바닥의 재를 일으켜 달리는 기차를 뒤덮었다. 교영은 재를 뒤집어쓴 기차를 노려보았다. 꽁무니에 플라스틱 레일을 매달고 있는 더러운 기차.

"부숴버리고 싶다."

교영은 자리에서 일어나 작은 발로 기차를 밟았다. 혼자 노는 게 싫증 났는지 교영이 짜증을 냈다. 해선은 까닭 모르게 동식을 떠올렸다. 동식이 있었다면 어떻게 했을까.

산산조각 나 파편으로 남아 있는 일상의 기억. 그 속에서 교영이 피아노 건반 악기를 뚱땅거리며 놀고 있고 해선이 몽상에서 가져온 장부들을 정리하고 있을 때. 무료하게 소파에 앉아 티브이를 보고 있던 동식은 가끔 사과나 귤, 오렌지 같은 과일을 쟁반에 받쳐 들고 와 서툴게 깎은 과일을 해선과 교영에게 건넸다. 해선의 입에 귤 한쪽을 넣어준 동식은 건반을 두드려 소음을 만들고 있는 교영의 손에 사과를 찍은 포크를 쥐어주었다. 동식의 그 손을 떨쳐낸 건 교영이었다. 생각해보니 그랬다.

"우와. 저거 봐, 엄마. 제리가 톰을 톱으로 두 동강 냈어."

그때 티브이 화면에는 톰과 제리가 나오고 있었다. 평소 교영이 좋아하던 비디오를 틀어준 거였다.

"푸하하. 정말 그러네. 저것 좀 봐. 몸통이 잘린 톰이 문으로 뛰어가다가 부딪쳐 넘어졌어."

교영과 함께 웃어준 건 동식이었다. 해선이 아니라. 까르르 웃던 교영이 제 방에서 예닐곱 개의 인형을 가져다 차례로 허리를 꺾어 두 동강 내기 시작했다. 해선은 그저 한 번 힐끗 쳐다보았고 동식은 허리 아래가 잘린 인형들을 끌어다 다시 온전하게 맞추고 있었다. 그러면서 과일을 깎아 빈 접시에 올려놓기도 했었다.

그럴 때 집안은 환했고 따뜻한 온기가 가득했었다. 당연한 일이지만 그때 집안에는 소파와 피아노 건반 악기와 티브이와 과일을 담은 쟁반 따위가 있었다.

그 외에 또 뭐가 있었나. 해선이 좋아하던 크림색 러그, 햇살이 좋은 오후에 티를 따라 마시던 도자기 찻잔, 동식이 아끼던 눈 오는 풍경의 오르골. 오르골의 태엽을 감아 돌릴 때마다 색깔로 따지면 하얀색으로 느껴지는 피아노 음악이 눈 오는 오르골 안의 풍경을 조그맣게 감싸주었다.

해선은 교영이 밟아 부서지고 있는 기차를 보았다. 불에 타버려 더 이상 빛도 온기도 남아 있지 않은 집. 그 가운데서 교영은 혼자 화가 나 있었다. 해선은 그저 멀리서 바라보고 있었다. 동식이라면 어땠을까.

그런 생각이 드니까 문득 외로운 기분이 되었다. 어쩌다 보니 주위의 모든 사람들이 죽고 이제 혼자 남았다. 소소한 일상을 함께 나누며 시간을 흘려보낼 수 있는 가족들이 더 이상 해선에겐 없는 거였다. 혼자 살아남았다. 생각해보니 그랬다.

혼자…남았다. 어둡고 가파른 절벽 위에 혼자 서 있는 기분이었다. 깨진 베란다 창문의 유리를 거쳐 들어온 바람이 차갑게 해선의 몸을 뒤흔들었다. 초인종이 울린 건 뭔가 잘못되어 가고 있는 게 아닐까, 하는 의심이 막 들던 참이었다.

해선은 깜짝 놀랐다. 초인종이 울릴 줄 몰랐고 또 초인종이 제대로 작동한다는 사실이 새삼스러웠다. 인터폰 화면 안의 한 남자. 나이가 지긋하고 차림이 단정했으며 표정은 날카로웠다. 올 게 왔구나, 생각했다.

해선은 병숙이 알려준 절차를 상기했다. 뭔가 고가의 상품을 사들이지는 않았는지, 평소 가깝지 않던 사람들과 최근 들어 자주 연락을 주고받은 일은 없는지 점검했다. 또한 동식의 명의로 처리한 재산 목록을 모두 파악하고 있는 건 아니라는 인상을 줘야 한다고 마음먹었다.

해선은 몽상 외에는 자신의 명의로 된 것이 하나도 없다는 사실에 적잖이 안심했다. 미주와 문자의 사망보험금에 대해서는 몰랐던 일이라고 스스로에게 다짐하기도 했다. 엄마와 여동생을 차례로 잃은 동식이 미래에 대한 불안감을 자주 해선에게 말했다는 사실과 화재 보험을 든 것도 최근 들어서야 동식에게 들어 알게 되었다고 말할 작정이었다.

남자는 현관에 들어서서 우선 집안을 둘러보았다. 불타 버린 집이므로 그건 그럴 수 있는 일이라고 여겼다. 남자가 내민 보험 심사관이라는 명함을 보고 해선이 물었다.

"그런데 왜 저를 찾아오신 거죠?"

도무지 이유를 알 수 없노라는 표정을 지어 보이며 남자에게 들어오라는 말도 하지 않고 현관에 그대로 세워 두었다. 해선은 빨리 끝내야 할 숙제를 받은 기분이었다. 사실 마땅히 들어갈 만한 공간이 아니기도 했으므로 남자 또한 현관문을 열어놓은 채 어정쩡하게 서 있었다.

이상한 건 남자가 뭔가 해선을 다그치는 말을 꺼내는 대신 더 이상 남은 게 없는 집안을 한참이나 보고 있다는 거였다.

뭔가 잘못되었다. 해선은 그렇게 직감했다. 예상했던 질문과 미리 준비한 답들이 쓸모없는 것이 될 거라는 본능적인 자각. 때로 보험 심사관들이 경찰보다 예리하게 일의 본질을 꿰뚫기도 한다고 했던가. 스스로 만들었던 과거가 이제 와서 한꺼번에 자신을 덮쳐오는 기분이 들 무렵.

해선이 깨달은 건 남자가 자신의 얼굴을 물끄러미 보고 있다는 거였다. 물끄러미. 해선은 생각난 듯 손으로 한쪽 뺨을 가렸다. 남자는 분명 몸통은 붉고 많은 다리가 달린 흉측한 벌레 같은 해선의 화상 흉터를 보고 있었다. 해선에게 들릴락 말락 하도록 낮은 한숨도 내쉬고 있었다.

왜지. 해선은 남자의 연민과 동정어린 시선에 어쩔 줄 몰랐다. 남자는 꺼내기 어렵다는 듯 미안한 표정으로 작게 말했다.

"조병숙씨 아시죠?"

그는 생각도 못한 질문을 했다. 안다고 해야 하나, 아니면 모른다고 잡아떼야 할까. 해선은 답을 찾지 못했다. 통화기록을 남기지 않기 위해 일부러 병숙과 연락을 끊어왔던 건 현명한 판단이었다고 생각하는데…. 갑자기 장례식장에서 보았던 병숙의 표정이 기억났다. 병숙은 불안해 보였고 뭔가 서두르고 있었다.

"왜요? 그건 왜 묻죠? 무슨 일이 있나요?"

해선은 서너 개의 질문을 연거푸 쏟아냈다. 남자는 다시 한 번 뜸을 들인 뒤 해선에게 또 물었다.

"혹시 조병숙씨에게 신분증을 맡긴 적이 있습니까?"

어떻게 답하는 것이 정답인지 알 수 없어 해선은 답답한 심정이었다. 동식과 문자와 교영과 다 함께 가족여행을 떠났던 때였다. 해선은 여행을 계획하고 준비하느라 바빴다. 그 와중에 집에 대한 화재보험도 미리 들어놓았어야 했다.

"내가 알아서 다 해 놓을 테니까 걱정 말고 여행이나 잘 다녀와."

병숙은 그런 말로 해선을 안심시켰다. 그때 며칠 병숙에게 신분증과 도장을 맡겨놓은 적이 있을 뿐이었다.

"그러니까 무슨 일인데요?"

다른 도리가 없어 그저 그렇게 반문했다. 울컥, 토하듯 기침이 터져 나왔다. 해선은 뱃속을 온통 다 긁는 듯한 깊고 거친 기침을 연신 뱉어냈다.

"조병숙씨가 고객들의 보험금을 횡령해 어제 해외로 도피했습니다."

"그게 무슨…."

"십오 억 가량의 액수인데, 그 중에는 남편 분의 사망 보험금과 이 집에 대한 화재 보험금이 포함되어 있습니다."

그게 무슨 뜻인지 이해할 수 없었다.

"고객님의 신분증과 도장을 이용해서 위조 통장을 개설한 듯 싶은데…."

병숙이 장례식장에 왔던 날. 해선이 미리 부탁했던 보험금 청구 서류를 챙겨 온 병숙이 서류 작성을 도와주었다. 채 회복되지 않아 몸이 엉망인 해선을 대신해 병숙이 서류를 작성하고 해선은 서명 날인을 하는 것으로 확인했다.

그 서류에 적혀 있던 자신의 계좌번호가 기억나지 않았다. 해선이 알고 있던 그 계좌가 아니라면? 그러니까 보험금이, 그 돈이 해선에게 오지 않고 병숙이 새로 만든 해선의 다른 계좌로 들어간 거라면?

해선은 남자가 돌아간 뒤에도 남자가 남긴 말의 뜻을 해석해 보려고 안간힘을 썼다. 그럴수록 두통이 심해지고 기침이 거세졌다. 심장이 옥죄어오듯 선뜩해지면서 아팠다. 해선은 가슴팍을 손으로 쥐어뜯었다.

해선은 집안 가운데 막연히 서 있었다. 바싹 타버린 재가 가득한 빈 터. 어느 날 죽게 된다면 재만 남은 텅 빈 집에 서 있던 것이 마지막 기억으로 떠오를까. 그 생각이 들자 몸이 선뜩 차가워졌다. 그리고 쓸쓸해졌다. 그러니까 웃음이 흘러나왔다. 웃게 만들 수 있는 그 무엇도 없다는 이유 때문에 웃음은 더욱 짙어지고 커졌다.

해선은 스스로를 꽉 끌어안듯 팔짱을 꼈다. 천장과 바닥과 벽에 잔뜩 들러붙어 있는 더스트를, 송곳니를 드러내고 으르렁거리는 그것들을 노려보았다. 화상을 입은 다리가 가려웠다. 긁기 시작하니까 온몸이 간지러웠다. 여기저기, 구석구석 긁어댔다. 몸을 씻어내야 한다고 생각했다. 더욱 깨끗하게 정화시켜야 저것들이 없어질 거야. 해선은 자신을 둘러싸고 있는 짐승들을 보면서 으르렁거리듯 낮게 말했다. 교영이 해선을 보았다.

까만 재의 공간에 우두커니 서 있는, 붉은 옷을 입은 교영. 교영은 미친 듯이 온몸을 긁고 있는 해선을 보았다. 미숙하고, 그래서 온전하며 순수한 얼굴이었다. 교영은 해선에게 다가오지 않았다. 교영은, 해선의 귀여운 딸은, 마지막으로 남은 유일한 가족은, 해선을 뚫어져라 쳐다보았다. 그러다 깔깔거리며 손가락을 쳐들고 해선을 가리켰다.

"원숭이 같아."

그러고는 한 손으로 턱을 잡고 다른 손으로는 제 뺨을 긁는 시늉을 하면서 게다리 춤을 추었다.

해선은 번들거리는 눈으로 교영을 보았다. 베란다에 넘어져 있는 디기탈리스 화분이 눈에 들어왔다. 시들어 쪼그라든 꽃. 그리고 이상하게 아직 싱싱한 이파리들. 해선은 작게 오므리는 동작을 하고 있는 자신의 손을 내려다보았다. 이만큼이면 될 거야. 아직 작은 아이니까 많은 양이 필요하지는 않을 거야. 속으로 중얼거리다 소스라치게 놀랐다. 해선은 디기탈리스를 외면하기 위해 뒤돌아섰다.

반짝였다. 분명 재 가운데서 그것은 반짝, 빛을 내고 있었다. 냉장고가 있던 자리, 그 바닥. 재 속에서 칼날이 반짝이고 있었다. 기억났다. 미주 방에서 사과를 깎았던 바로 그 칼이었다. 해선은 저도 모르게 칼을 집어 들었다.

부드러운 복숭아 과육 같은 어린아이의 속살에 들어갈 때 칼날은 어떤 느낌을 줄까. 말갛고 신선한 피가 흘러내리면 죄 많은 자의 깊은 죄가 함께 씻겨 내려갈까. 해선의 손에 발톱이 돋아났다. 억센 어깨와 날카로운 송곳니는 물어뜯을 먹잇감이 필요했다.

등 뒤에 교영이 있었다. 교영은 원숭이 흉내를 내며 노래를 부르고 있었다.

"엄마에게 인사했어요. 근데 바닥에 누워 있는 엄마가 찡그렸어요. 들고 있던 봉지를 앞뒤로 흔들었어요. 그랬더니 바나나

한 개가 툭 튀어나와 엄마를 찔렀어요. 엄마를 찌른 바나나가 빨강색이 되었어요. 난 엄마가 가르쳐준 대로 할 거예요. 난 엄마가 좋으니까요."

해선은 노래를 부르고 있는 교영을 보았다. 계속 듣고 싶은 마음과 그만 멈추게 하고 싶은 마음이 서로 싸웠다. 교영은 이제 바닥에 앉아 고르고를 재우면서 노래 불렀다. 착 가라앉아 너무도 아름다운 피의 눈빛.

그것은 또한 해선의 눈빛이었다. 섬뜩했고 몸이 떨렸다. 작은 것이 커지는 데는 그저 약간의 시간만 필요하다. 빠르게 자라고 있는 교영도 언젠가 고르고를 제 몸 안에 품고 살게 될까. 그때가 되면 고르고는 제물이 필요하겠지.

"엄마도 내가 자장가 불러줄까?"

교영은 고개를 돌려 해선을 올려다보았다. 해선은 교영을 보고 웃어주었다. 해선의 등 뒤에서 칼날이 반짝였다. 교영은 오랫동안 함께 한 고르고를 가만히 안아주었다. 해선과 교영은 마주보았다. 서로 유일하게 남은 사랑하는 가족이었다. 해선은 교영에게 다가가 쓰다듬어 주었다. 그러자 온몸에 차가운 소름이 돋았다.

이 이야기는 몇 가지 실제 사건으로부터 비롯되었다.
그 중 한 가해자는 '여기서 멈출 수 있어 다행이다.' 라고 마지막 진술을 했고, 나는 거기서 출발해 거꾸로 되짚었다. 소설을 쓰는 내내 불면과 악몽이 나의 밤들을 채워나갔다. 필멸必滅에 대한 예감과 그것으로부터 오는, 학습되어 몸에 새겨진 불안 때문이었다. 멸滅이 끝과 동의어로 작용하는 오래 묵은 습관 때문이었다. 붉게 달궈진 긴 칼을 몸으로 받는 기분이었다. 뜨거웠고 동시에 섬뜩하게 차가웠다. 지는 것이 이기는 것으로 규칙을 바꿀 순 없는 걸까. 테두리 바깥으로 각자를 밀어내면 안 되는 걸까. 아무짝에도 쓸모없는, 그런 생각들이 맴돌았다. 나는, 아무래도 모르겠다, 고 생각했다.

세상 어느 구석에는 주로 쓸모없는 것들을 고안해내는 자가 있다. 분명히 그럴 것이다. 그 자는 이대로 두고 볼 수만은 없다고 분연히 떨쳐 일어났을 것이다, 아마도. 그리하여 모든 것들을 거꾸로 볼 수 있도록 만드는, 그러니까 세상을 제대로 볼 수 있게 되는 어떤 안경 따위를 감춰두고 있을 것이다, 반드시. 다 알고 있으니 자, 이제 그만 썩

내놓으시지. 우선 제대로 봐야 고쳐 쓰든 버리든 할 수 있을 테니까.

쓰면서 직접적으로, 간접적으로, 많은 이들의 도움을 받았다. 다른 때와 달리 이번에는 꼭 밝혀두고 싶은 심정이어서 여기에 쓴다. 가스통 바슐라르, 조르주 바타이유, 르네 지라르, 지그문트 바우만, 셜리 잭슨, 찰스 부코스키, 마루야마 겐지, 이종호의 저작들에 특히 고마운 마음을 전하고 싶다. 아, 참. 마더구스의 노래도 있었다. 교훈적이고, 끔찍한 자장가였다.

2016 여름의 끝

김이은

11:59 PM
밤의 시간

1판 1쇄 2016년 9월 12일

지은이	김이은
펴낸이	손정욱
마케팅	라혜정·홍슬기·박선경
관리	김윤미
디자인	길은영
펴낸곳	도서출판 답
출판등록	2015년 2월 25일 제 312-2015-000063호
주소	서울시 마포구 포은로 56. 2층
전화	02 324 8220
팩스	02 3141 4934

「이 도서의 국립중앙도서관 출판예정도서목록(CIP)은 서지정보유통지원시스템 홈페이지
(http://seoji.nl.go.kr)와 국가자료공동목록시스템(http://www.nl.go.kr/kolisnet)에서 이용하실 수 있습니다.
(CIP제어번호: CIP2016016825)」

ISBN 979-11-87229-04-9 03810